P分署捜査班

集結

マウリツィオ・デ・ジョバンニ

JN095610

独自の捜査方針を貫く切れ者ロヤコーノ警部は、ピッツォファルコーネ署への異動を命じられる。そこはナポリでもっとも治安の悪い地区にある分署で、捜査班の大半が汚職で逮捕されたため、早急に人員を補充する必要があった。ロヤコーノのほかに送り込まれたのは、暴力沙汰を起こした男性刑事、署内で発砲した女性刑事、スピード狂の巡査と、いずれも能力はあるが各分署が持て余した者たち。彼らは着任早々、スノードーム蒐集が趣味の女性資産家殺しをはじめ、いくつもの事件に直面する。イタリア発の警察小説、21世紀の〈87分署〉シリーズ始動。

登場人物

ルイージ・パルマ……………………ピッツォファルコーネ署長
ジョルジョ・ピザネッリ………………同副署長
ジュゼッペ・ロヤコーノ………………警部
オッタヴィア・カラブレーゼ…………副巡査部長
フランチェスコ・ロマーノ……………巡査長
アレッサンドラ（アレックス）・ディ・ナルド……………………巡査長補
マルコ・アラゴーナ……………………一等巡査
ラウラ・ピラース………………………検事補
チェチーリア・デ・サンティス………資産家の婦人
アルトゥーロ・フェスタ………………チェチーリアの夫、公証人
インマ・アラーチェ……………………
サルバトーレ・デ・ルーチャ（リーノ）……
ラファエラ・レア………………………
マリーナ・ランツァ……………………
（以上4名）フェスタの部下

パスクァーレ・マスコーロ……………………アパートメントの管理人
アマーリア・ガルダショーネ………………通報者の老婦人
ジェルマーノ・ブラスコ……………………建築家
アヌンチアータ（ヌンツィア）・
　エスポジート……………………………ブラスコの同居人
イオランダ・ルッソ…………………………フェスタの愛人
ニコラエバ・イヴァノーヴァ・マヤ………フェスタ家のお手伝い
アドリアン・フローレア……………………マヤの同居人
ロザリア・マルトーネ………………………広域科学捜査研究所の管理官
ビストロッキ…………………………………同巡査部長
レティツィア…………………………………トラットリア店主
マリネッラ……………………………………ロヤコーノの娘、十五歳
レオナルド・カリージ………………………神父、副署長の友人

P分署捜査班

集　結

マウリツィオ・デ・ジョバンニ

直良和美 訳

創元推理文庫

I BASTARDI DI PIZZOFALCONE

by

Maurizio de Giovanni

Copyright © 2013 by Maurizio de Giovanni
Japanese translation rights arranged with
THE ITALIAN LITERARY AGENCY
through Japan UNI Agency, Inc.

日本版翻訳権所有
東京創元社

P分署捜査班

集　結

あらゆる言葉の同胞
セヴェリーノ・チェザーリに捧げる

謝辞

ある種の物語は数多《あまた》の視線が交差して生まれ、語られる。この物語における視線をここに述べる。

とても真似のできない理想像　エド・マクベイン
善と悪について語ってくれた街の天使たち　ファビオーラ・マンコーネ、
　ヴァレリア・モッファ、ルイージ・ボナグーラ、ルイージ・メローラ
死について語ってくれた　ジュリオ・ディ・ミツィーオ
ある事務所について語ってくれた弟分　ディーノ・ファルコニオ
本人のみが知る理由で　アンナ・ジュリア
自閉症について教えてくれた　ラウラ・パーチェとアンナマリア・トロンチェッリ
愛について語ってくれた　エリアーナとキアラ
苦悩について語ってくれた　愛すべきロベルト
わたしの言葉と出くわした　フランチェスコ・コロンボ
数多の物語のなかからわたしの物語を見出してくれた　セヴェリーノ・チェザーリ

この作品を信じ、あらゆる障害から守り抜いてくれた　パオロ・リペッティ
この作品を世界へ送り出してくれる　マリア・パオロ・ロメオ
この作品の誕生に立ち合い、今後も見守ってくれるであろう〝I Corpi Freddi〟
わたしの視線、出会い、言葉のすべてを愛しいパオラに捧げる

第一章

海。

海が大気を侵略し、街路を覆う。

海が天を目指して駆け上り、上階の固く閉じた窓に触れる。

海が耳朶《じだ》を濡らし、風の音をくぐもらせる。

海が岩に砕け散り、しわがれた雄叫びを上げる。

海が逆巻き、細かな水滴を宙にまき散らす。

あなたの好きなあの雪のようだ。揺さぶられて舞い上がり、一瞬パノラマを覆い隠して落ちていく、あのスノードームの雪。

たいていは底に向かって落ちていく。でも、なかに仕込まれたパノラマを横切って落ちるときもある。さっきがそうだった。わたしはそれを呆然と眺めていた。

あたりに人影はない。わたしひとりだ。こんな嵐の夜に、外に出てくる者はいない。どこか遠くの島まで吹き飛ばされるかもしれないのだから。

　吹き飛ばされてしまいたい。

　あんなことをしたとは、信じられない。でも、やってしまった。やりたくなかったし、考えたことさえない。話し合って説得できると思っていた。あなたがこう答えることを期待していた――ええ、わかったわ。あなたが正しい、あなたの勝ちよ。こうして話し合いを終え、帰るつもりだった。

　苦もなく説得できると思っていたのに。あなたはなんと頑ななのだろう。

　頑なだったことか。

　宙を舞う塩辛いしぶきと耳を聾《ろう》する騒音が襲いかかり、わたしの心を混乱させる。

　やむを得なかった。あれは必要な行為だった。

　愛とはそういうものなのだ。さりげないまなざしや身振りで愛を押し隠し、ひっそり育《はぐく》むこともできる。でも、日の当たる場所に出そうと決心したが最後、もう愛を操《あやつ》ることはできない。今度は、愛が人を操るようになる。愛が自ら決断を下して大輪の花を咲かせ、すべての空間を独占しようとする。

　だが、あなたは？　愛に空間を与えなかった。その道を選ばなかった。残念だ。

　あなたは、わたしの目の色を読んで悟るべきだった。あれだけ時間があれば、拒絶が受け入れられないことも、わたしが逆上することも予測できただろうに。わたしの目は、それをはっきり語っていたのだから。

雪。あなたの好きだったまがい物の雪は、わたしをずぶ濡れにし、風と水で心を埋め尽くす今夜の海に似ている。

暴風と塩辛いしぶきが視界を妨げて、あなたの部屋の固く閉じた窓は見えない。

あなたはスノードームを振って、吹雪を起こすのが好きだった。今夜の海も吹雪のように水滴をまき散らし、周囲を覆う。あなたは想像しただろうか。さっきの吹雪が、この世での見納めになることを。

じつは、まがい物の雪はあと一度舞い、血のついた面とは反対の側にパノラマを横切って落ちていった。

最後のひとひらが落ちたとき、あなたは過去の人になる。

第二章

ジュゼッペ・ロヤコーノは背筋をピンと伸ばして両手を膝に置き、身動きひとつしないでパトカーの助手席に座っていた。打ち解けやすい人物ではなく、同僚たちが陰で呼んでいる中国《チネー》人《ゼ》というあだ名がぴったりの風貌である。頬骨が高く、切れ長の目は集中すると糸のように細くなる。つややかな黒髪、いまにも突進せんばかりに力をみなぎらせた、たくましい体躯。口元に皺が少しあるところを見ると、四十歳を越しているようだが、だとしてもほんの数年だろう。
ロヤコーノは、骨身を削って築き上げたものを失うのは、なんと簡単なことなのだろう、と思いにふけっていた。同時にこうも思った。三月末のこの時季、故郷のシチリアではアーモンドの木が花を咲かせ、暖かい陽光の降り注ぐ浜辺で海を眺めて考え事をすることができる。だが、ここは真冬と言ってもいいくらいだ。強風と雨が代わるがわる襲いかかり、女たちは歩道を転がっていく壊れた傘を追いかけ、渋滞した車列のそちこちでクラクションがやかましく鳴り、罵声が上がる。

故郷ははるかかなただ。物理的に遠いだけでなく、時の流れからも取り残されてしまった。もう戻ることはできないのかもしれない。どのみち、故郷では誰にも望まれていない。友人、親族、同僚、そのいずれとしても、いまの自分は歓迎されない。

ロヤコーノは、直属の上司ディ・ヴィンチェンツォ警視との会話を振り返った。もともと折り合いが悪かったところへもってきて、彼との関係は『クロコダイル事件』でますます悪化した。

四人の若者を殺害した〝クロコダイル〟は、絶望のどん底に落とされた平凡な人物だった。ロヤコーノは事件の担当ではなかったが、独自に捜査をして〝クロコダイル〟の正体と動機を突き止めた。いっぽう固定観念にとらわれた市警は総力を挙げてカモッラ（イタリア四大犯罪組織のひとつ）や前科者、薬物取引などの線をやみくもに追うばかりで成果を上げることができなかった。

この一件でロヤコーノはいくらか元気を取り戻したが、同僚からはこれまでにも増して敬遠されるようになった。土地勘も情報源もないハンデを持ちながら、論理を頼りに複雑怪奇な連続殺人事件の真相を解明し、報道と一般市民の厳しい批判に追い詰められていた市警を救った警官が煙たいのだろう。

この時点で上層部は彼の処遇を考え直す必要に迫られた。これまでのように犯罪多発地域を管轄する分署で、各種届け出の受理係をさせて飼い殺しにしておくわけにはいかない。体裁のいい仕事を与えないと、一面記事のネタに困った記者が、『クロコダイル事件』で活躍した警官の近況はいかに、と興味を起こしたときに立つ瀬がなくなる。

ディ・ヴィンチェンツォは上層部の意向にしばらく抵抗したがしまいに折れ、長年まったく進展のない迷宮入り事件をいくつか、不承不承ロヤコーノに割り当てた。上司がどのような仕事を部下に与えようが、よそから文句をつけられる筋合いはない、というわけだ。

その上司に呼びつけられて、ピッツォファルコーネ署への異動を打診されたのは、ほんの数日前のことだった。

焼けたフライパンから炎のなかに飛び込めと言われたに等しい提案だったが、最良の解決策かもしれないといまは思えてきた。

運転席の若い巡査は二度ばかり警部に話しかけたものの、まるきり反応がないのであきらめ、ちらちらと助手席を盗み見ながら、ここ数分は無言でハンドルを握っている。

シチリア人警部の横顔を見ていると、巡査は落ち着かない気分になった。警部にまつわる噂は彼の耳にも届いている。警察側に寝返ったマフィアの一員が、警部が犯罪組織に情報を流していると証言したために、アグリジェントの機動捜査隊から追い出されたという。確証は得られなかったと聞いているが、こうしたケースでは疑わしき者をなるたけ遠方に転任させるのが常套《じょうとう》手段だ。

　分署の警備当番の際に幾度かロヤコーノを見かけたし、『クロコダイル事件』についてはむろん承知している。当時はその話題で持ち切りだった。事件が終息したのちも、新しいセンセーショナルな事件が起こるまでは、新聞やテレビを連日にぎわせていた。一介の巡査には詳しい真相はわからないが、寡黙な警部が隣にいると緊張した。

　巡査は口を開いた。

「サイレンを鳴らしましょうか、警部。ぴくりとも動きませんよ。この街の連中は、雨がパラリと落ちたとたん、こぞって車に飛び乗るんです」

　ロヤコーノは、前方の車列に目を据えて答えた。

「いや、かまわない。急ぎの用ではないんだ」

　車列はわずかに前進したが、数キロ先の信号が赤に変わったのだろう、すぐに止まった。

　海面を渡ってきた疾風が、塩分を含んだ水滴をフロントガラスに叩きつける。シロッコ（北アフリカから南欧に吹く熱風）だ。

　あの日、ディ・ヴィンチェンツォはデスクから顔も上げずに、椅子を指した。

「やあ、ご苦労。座りたまえ」

ディ・ヴィンチェンツォは書類を重ね、眼鏡をはずして椅子の背に体重を預けた。

「さて、ロヤコーノ警部、事件記録に目を通したかね？　きみの勘があれば、いくばくか進展が期待できそうだ。大昔に起きた事件であることは認める。だが、ずば抜けて優秀な警官には、ほかの人間が見落としたものが見えるんじゃないか」

警部は表情を変えることなく、沈黙を守った。

ディ・ヴィンチェンツォはデスクの上でコツコツと指を弾ませて、言葉を継いだ。

「いやいや、そんなに甘いものではない。門外漢はわれわれの仕事をアメリカのテレビドラマと混同している。疾走するオートバイに橋の上から飛び乗り、人混みで悪党どもと銃撃戦を交える、とか。ところがどっこい、書類の山に埋もれているのが現状だ。思いもよらない幸運に恵まれない限りはな。何事も運次第さ」

無能な輩《やから》は──ロヤコーノは内心で思った──他人が成功すると、運がよかったからだと過小評価する。こうした場面に出くわすたびに一セントもらっていたら、いまごろは大金持ちになっている。

「警視、用件をお願いします。何なりと伺いますよ」

ディ・ヴィンチェンツォはじろりと睨んでうなずいた。

「率直に言うとだな、ロヤコーノ、『クロコダイル事件』ではずいぶん派手に引っかきまわしてくれたが、あれはきみの大向こうを狙った行動に運が味方したにすぎない。ピラース検事補にうまく取り入ったのも功を奏した。きみと彼女の関係については触れないでおくがね」

『クロコダイル事件』の捜査を託してくれたピラース検事補についての思わせぶりな言及には、ロヤコーノを傷つけようという意図が明確に窺えたが、ロヤコーノは聞き流した。ラウラ・ピラースは名だたる美人で、あまり他人と関わりを持とうとしないが、ロヤコーノには好意を抱き、それを隠さなかった。その彼女との関係がどんなふうに噂されているかは、想像がつく。

「警視、互いにいやな野郎だと思っているのは、どっちも承知じゃありませんか。必要不可欠な話題に絞りましょう。さっさと用件をお願いします」

ディ・ヴィンチェンツォは奥歯を嚙みしめ、憤怒の表情を浮かべたが、どうにかこうにか自制した。

「ああ、わたしはきみが腹に据えかねている。だから、この話をするのがじつにうれしい。捜査畑の人員をひとり、ほかの分署にまわして欲しいという要請が来た。任期はいまのところ未定。部下のなかでよそに出せるのは、現在捜査を担当していないきみひとりだ」

ロヤコーノは肩をすくめた。あっさり承諾するのは業腹だ。

「でも、人事異動は任意ですよね。おれの同意が必要になる。書面による同意が。要するに、おれが納得しなければ追い出すことはできない。違いますか?」

ディ・ヴィンチェンツォは椅子を蹴って立ちかけたが、座り直して唇をきつく結んだ。

「やはり、手続きを熟知しているな。怠け者で用心深い組合員の典型だ。たしかに、そのとおり。しかし、承諾しなければ、ほかの勤務にまわす。わたしにはそれができるし、『クロコダイル事件』の恩恵がいつまでも続くと思うな」

ロヤコーノは少し間をおいて、答えた。

「では、新しい任務とやらについて説明してもらいましょうか。承諾しないとも限りませんよ」

これでこの謎めいたシチリア人警部から解放されるかもしれない。そう考えると、警視の心は軽くなった。そもそも、ピラース検事補の怒りが恐ろしくて、徹底的に冷や飯を食わせることはできないし、彼が首を縦に振らなければ、それでなくても乏しい人員のなかから信頼する部下をひとり手放さなくてはならない。必ず説得しようと心を決めて、口調をやわらげた。

「よろしい。これは、困難な任務と言えよう。ピッツォファルコーネ署について聞いたことはあるかね」

ロヤコーノが無言で見つめているので、警視は話を続けた。

「スペイン地区の一部から海岸通りまでを管轄していて、あまり広くないが人口は多く、四つの階層に分けられる。ひとつはかつてルンペンプロレタリアートと呼ばれていた連中、それからホワイトカラーの中産階級に、実業家などのアッパーミドル、それに貴族。製造業以外のこの四つの階層が三キロ四方足らずの管轄区にひしめいている。市内でもっとも古い分署のひとつであり、小規模ではあるが戦略的な立地だ」不愉快なことを思い出したのか、顔をしかめて口調をあらためた。「一年ほど前、管区に到着したばかりだった混ぜものなしのコカインが大量に押収された。めったに見ない量だった。しかし、帳簿に記載されたのはその半分にも満たなかった」

ロヤコーノは低い声で訊いた。

「何者の仕業です？」

「発覚したのは、かなりあとだった。捜査班には四人の刑事がいた。売り手と買い手双方の情報をチェックして監視を行い、荷が届いたのを確認すると、ギャングに反撃態勢を整える間を与えずに急襲するという、見事な作戦を遂行した。死傷者もなく、鮮やかな手際だった。その後彼らは、押収量を実際よりはるかに少なく申告して、関係者全員の利益を図った。ギャング側は取引量が少ないほど刑が軽くなる。そして、自分たちも利益を得た。浮いたぶんを売りさばいて、私腹を肥やしたのだ」

　ロヤコーノは初めて警視に共感し、黙りこくった。なんと見下げ果てたやつらだろう。誠実な警官なら、誰しもそう思う。

　ディ・ヴィンチェンツォは続けた。

「四人のうち、ひとりには重い病気を患っている息子がいた。がんだった。ひとりは離婚して、女房に財産をそっくり取り上げられて放り出された。三人目は事件の少し前に父親の店が倒産している。あとひとりはカード賭博にはまっていた。四人は以心伝心、その場で即決した。うちふたりは、わたしも面識がある。できるものなら手を差し伸べてやりたかったが……それはともかくとして、大量のブツを闇市場に出すとなると、地元の密売人を束ねている人物に筋を通さなきゃならないし、やがては情報が漏れる。しまいに公安総情報局《Digos》が察知した。数ヶ月にわたって盗聴や写真及びビデオ撮影を行い、ついに四人全員を逮捕した」

疾風がふいに窓をカタカタと鳴らした。

ロヤコーノは言った。

「なるほど。胸糞が悪くなるな」

ディ・ヴィンチェンツォがため息をつく。

「退職を間近に控えた署長のルッポーロ警視も、詰め腹を切らされた。りっぱな人物で、親しくしていたのだが……真っ正直な警官だったが、監督不行届を責められてね。年金受給を前倒しして辞職した。その後二ヶ月ほど、県警本部長はピッツォファルコーネ署を閉鎖し、管区を分割して周囲の隣接区に組み入れる案に傾いていたが、ここに来て新たな決断を下した」

「そこにわれわれが関係してくる」

「そうだ。分署は捜査畑の人員を四人必要とし、上層部は市内にある規模の大きな四つの分署に要請を出した。新署長はヴォメロ署にいたパルマ警視だ。キャリアでまだ若い。『クロコダイル事件』の捜査会議で顔を合わせたのを、きみは覚えているんじゃないか？　わたしだったら、こんな損な役まわりはごめんこうむるが」

ロヤコーノはため息をついた。

「で、おれを差し出したというわけですか」

ディ・ヴィンチェンツォは片方の眉を吊り上げた。

「もちろん、そうするつもりだった。腐ったリンゴを捨てる機会を逃す手はない。しかし、その前にパルマが個人的にきみを要望してきた。捜査会議でのきみが印象的だったらしい。愚かな男だ。まあ、それはあの会議のときにすぐわかったが。とにかく、即座に了承したのだが、どうだね」

　ロヤコーノ警部はしばらく間を置いて、おもむろに尋ねた。

「承諾した場合のリスクを教えていただきたい。どんな難題が待ち受けているんですか」

　ディ・ヴィンチェンツォは堪忍袋の緒を切らし、鼻を鳴らしてデスクをひっぱたいた。書類にペン、鉛筆、眼鏡が散乱した。

「分署を存続する企てが失敗するかもしれないだろ！　そうしたら、最悪の場合は全員が任務を解かれてもとの署に戻される。あるいは、各分署がすでに代わりの人員を手配していたら、どこかよそに転任だ。ぜひ、そうなってもらいたいよ。言うまでもないが、今度の同僚は、どの分署でも追い出したがっていた鼻つまみ者ばかりだ。変人奇人、ろくでなしに能無し。きみはそういう連中の仲間入りをするのさ！」

　ロヤコーノは平然と答えた。

「ここを出るためなら、パタゴニアにだって行きますよ。警視をやきもきさせるのも、悪くないかと思って。で、そこへはいつ顔を出せばいいんですか？」

女は部屋に入ると力任せにドアを閉めた。

閉まっていくドアの隙間から、あっけに取られている従業員の男女が男の目に入った。超現実主義の絵画よろしく、どちらも驚愕と困惑、それに戦慄の入り混じった表情を浮かべている。男性従業員は闖入者《ちんにゅうしゃ》を引き戻すつもりか、中腰だ。彼女に敵《かな》うはずもないのに。

ドアがバタンと脇柱に衝突する音に男は首をすくめ、深いため息をついた。

「どうするつもりなのよ？　決めたの？　教えてよ！」

女は歯ぎしりをして両手を腰に当て、長い足を踏ん張って仁王立ちになった。燃えるような赤毛、怒りをたぎらせた目。きれいだ、と男は感嘆する。激怒していても、美しい。

最近はいつもこうだ。

「声を小さくしなさい。正気を失ったのか？　世間に恥をさらすつもりかね」

女は申し訳程度に声を潜める。

「あなたがどうするつもりか、知りたいのよ。中年の金持ちオヤジに弄《もてあそ》ばれる惨めな女でいたくない。わたしを甘く見ないで。あなたを破滅させることだって、できるのよ。信じられない。こんなに長く待たされるなんて、信じられない」

ここで泣き言を並べようものなら、女の怒りに油を注ぐことは目に見えている。男は必死に知恵を絞った。

「弄ぶ、とはとんだ言いがかりだ。込み入った事情があるんだよ。ひとつの人生が……共有財産のほとんどが、税金対策で彼女の名義になっている。道義的な問題もあるし……彼女みたいな女《ひと》を、はい、さようならって、尻をひと蹴りして放り出すわけにいかないじゃないか。それに友人や仕事の関係者、政治家だとか……簡単じゃないんだよ」

「友人？　仕事の関係者？　政治家なんて、クソ食らえだわ。なにもかもばらして、恥をかかせてやる！　あなたの財産は全部、あのお上品な女にもらったんじゃないの。そのくらい、とっくにわかっていたわよ。あのお上品な女はわたしのことや、わたしのいまの状況を知ったら、どうするかしら。きっとあなたを地獄に落とすわ、間違いなく！」

男は椅子に深々と座って、手で顔を覆った。冷静さを失ってはならない。

「お見事。そうやって、なにもかも投げ捨てようってわけだ。それでいいのかい？　ほんとうにいいのか、われわれ……みんなにとって。タイミングを見計らうべきだとは思わないか？　第三者に解決してもらう手もあるんだよ。彼女に話すって、約束しただろ。必ず話す。話さないわけにいかないのだから。彼女は道理がわかる。頭の空っぽな女じゃない」

女は瞬《また》きひとつしないで、緑色の瞳で男を観察した。いまだに荒い息につれてふくよかな胸が上下する。男はつい、うっとり見とれた。

「じゃあ、必ず実行して。さもないと、押しかけていって、直接ぶちまけるわよ。女どうしのほうが遠まわしに言う必要がないから、かえってうまくいくかもしれない。プレゼントでも持っていって、わたしみたいな女に譲歩しないと損するわよって言おうかな」

彼女ならやりかねない。正面切って状況の打開を試みるのが、得意な女だ。

「声を低くしないと、直接行く必要などなくなるよ。ここにスパイがどれほどいると思う。どのみち、きみが話したところで無駄だよ。絶対に承諾しないさ。わたしが直接話さなければ、自分と別れる勇気がないから直接話さないのだと誤解する。やり直せる余地があると信じて、断固として抵抗するだろう。冗談じゃない。終わりのない法廷闘争に発展するぞ。それに、彼女の父親は引退したとはいえ、いまだに影響力がある元判事だ。彼女にはわたしが話す」

女は獲物に飛びかかろうとする虎のように男に近づき、真紅のマニキュアを施した両手をデスクについた。

そして、怒気のこもったかすれ声をほとばしらせた。

「だったら、さっさとやって。さもないと、ほんとうに押しかけていって決着をつけるからね。どんな形にしろ」

第四章

ピッツォファルコーネ署の入口は、漆喰の剝がれた壁を何度も修繕した跡のある、古色蒼然たる建物の中庭に設けられていた。旧市街の建物のほとんどと同じく、荒廃して捨て置かれた感がある。

ロヤコーノが軽くうなずいて降りるなり、パトカーはサイレンを鳴らし、タイヤをきしませて走り去った。ロヤコーノは石段を上って、狭いホールに入った。昼日中《ひるひなか》なのに日光はまったく射し込まず、蛍光灯が灯っていた。

受付カウンターのうしろで、警備の制服巡査が回転椅子からずり落ちそうになってスポーツ紙を読みふけっている。コーヒーの香りが漂ってくるほうに目をやると、自動販売機の前で警官ふたりが油を売っていた。警備の巡査は顔を上げもしない。ロヤコーノは無言で近づき、巡査に視線を据えた。

しばらくしてようやくスポーツ紙から目を離した巡査が、怪訝《けげん》な面持ちで問いかけた。

「なにか？」

「ロヤコーノ警部だ。署長と約束がある」

巡査はスポーツ紙を持ったまま、姿勢を変えずに言った。

「二階の突き当たり」

ロヤコーノはその場を動かなかった。

「立て」低い声で命じる。

「は？」

「立て、と言ったんだ、たわけ。姓、名、階級を言え。さっさとしないとカウンターを飛び越えて、ケツを蹴飛ばすぞ。わかったか」

表情や声音はごくふつうだが、怒鳴ったのと同じ効果を発揮した。コーヒーを飲んでいた警官ふたりは、ちらりと顔を見合わせてこそこそと退散した。

巡査はもぞもぞ立ち上がった。せり出した腹の上で上着がはだけてベルトがだらりと垂れ、襟ボタンをはずした喉元にネクタイがゆるく巻きついている。巡査はまっすぐ前を見て、気をつけの姿勢を取った。

「グイーダ、ジョバンニ。ピッツォファルコーネ署の巡査であります」

ロヤコーノは厳しい視線を巡査から動かさなかった。

「よく聞け、ピッツォファルコーネ署のジョバンニ・グイーダ巡査。署を訪れた市民が最初に目にするのは、おまえだ。そして、この署の連中はみんなこんなふうに薄汚い怠け者なんだなと思う。おれはそんなふうに思われるのはごめんだ」

巡査は正面を見据えて、沈黙を守った。コーヒーを飲んでいた警官のひとりがそっと顔を突き出して様子を窺うと、慌てて顔を引っ込めた。

「今度こんな有様を見つけたら、中庭で一時間ケツを蹴飛ばす。わかったか。そのあと、おれのことを報告するがいい」

グイーダ巡査は口ごもりながら答えた。

「申し訳ありません、警部。以後、気をつけます。最近はめったに人が来ないので、つい。みんな、ここではなく……治安警察隊《カラビニエリ》に届けを出すようになってしまって。例の……その、しばらく前から」

ロヤコーノは応じた。

「そんなことは関係ない。たとえ、ここが俗人出入り禁止の修道院になったとしても、警官にふさわしい恰好をしていたまえ」

顔を真っ赤にして、小声でつぶやきながらシャツをズボンにたくし込むグイーダ巡査を尻目に、ロヤコーノは内部に通じる戸口をくぐった。

短い廊下が階段へと続いている。周囲は乱雑で薄汚れ、無気力で投げやりな空気が漂っていた。かつて抱いていたこの職業への情熱を取り戻すことができるだろうかと、ロヤコーノは不安になった。

署長室は階段を上ってすぐのところだった。パルマ署長はデスクについて、書類整理に励んでいた。四十そこそこで、外見には無関心と見え、ワイシャツの袖をまくりあげ、無精ひげをうっすら生やしているが、だらしがないというよりは仕事熱心という印象を与える。ロヤコーノは即座に彼を思い出した。

パルマはロヤコーノに気づいて、にっこりした。

「やあ、ロヤコーノ。ようやく来たか！　きょうは来るだろうと思って、待ち構えていた。きみに直接頼むこともできたが、儀礼上、先にディ・ヴィンチェンツォに話を通さないわけにいかなくて。ああいう旧式な人だからね。さあ、入ってくれ」

警部は室内に歩み入った。雨に濡れた窓ガラスの向こうでは、海に突き出した卵城《カステル・デローヴォ》とその凝灰岩の城壁を打ち崩そうとする荒波が、幾千年にも及ぶ戦いを繰り広げていた。この街は思いがけないときに、幻想的な美しい光景をプレゼントしてくれる。

「素晴らしいだろう？　見事な景色だが、鑑賞している暇はない。さあ、座った、座った。コーヒーは？」

「いいえ、けっこうです、署長。調子はいかがですか」

パルマは両手を大きく広げた。

「おいおい、他人行儀な口をきかないでくれ、ロヤコーノ。ここは力を合わせて同じゴールを目指さなくちゃいけない、小さな所帯なんだ。半分以上が新任者だ。わたしは先週の月曜、あとの連中はここ三日ほどのあいだに赴任し、きみが最後だ。ようやく全員がそろったから、顔合わせをしよう。それとも、少し落ち着いてからにするか？」

ロヤコーノは署長の熱意に圧倒された。

「い、いや、かまいませんよ、署長がお望み……やりたいなら、すぐにでも……」

「よしきた、すぐに始めよう。きみの到着を待っていた。オッタヴィア、オッタヴィア！」

横のドアが開いて、スーツを着た女性が顔を覗かせた。

「ご用でしょうか、署長」

「ほら、ほら、堅苦しいのはなし。さあ、こっちへ。着任したばかりのジュゼッペ・ロヤコーノ警部だ。彼女はオッタヴィア・カラブレーゼ副巡査部長で……ここに慣れるためには彼女の助けは欠かせない」

ロヤコーノは立ち上がって、カラブレーゼと握手を交わした。控えめな物腰で年は四十を少し出たくらい。髪をうしろでひとつに束ね、顔立ちは整っているが疲れているように見えた。

「ようこそ、警部。どんなことでも申しつけてください」

温かみのある低い声は落ち着きがあって耳に心地よかった。ロヤコーノは、知り合ううちに修正を加えはするが、だいたい第一印象で人を判断する。そして、カラブレーゼ副巡査部長には好感を持った。

パルマが笑う。

「くだけた言葉遣いが苦手とみえるね、オッタヴィア。ロヤコーノ、彼女はコンピューターの天才だ。インターネットの情報が欲しいときは、彼女に頼むといい。オッタヴィア、みんなに小会議室に集まるように伝えてくれ。コーヒーとミネラルウォーターを注文して、新たな門出を祝おうじゃないか。ロヤコーノ、あっちでみんなを待とう」

第五章

壁。この部屋の壁。

長さは六歩半、いや違う、八歩と四分の三だ。もういっぽうの壁は八歩。長方形の面積は長辺かける短辺、と学校で習った。学校は好きだった。でも、中学三年で辞めてしまった。短辺にあたる壁には洋服ダンスが置いてあるから、避けて歩いたぶんの四分の一歩を引かなければいけない。長辺は、三歩目に足を下ろすところのレンガが少し欠けている。

ここにいると、たくさんのことがわかる。たとえば、バルコニーの窓から、向かいの建物のアパートメントが五戸見える。外に出ることができれば、ほかのアパートメントも見ることができるけれど、出ないほうがよさそうだ。彼はこのあいだ、前に来たときに窓に挟んでいった小さな紙切れがまだあるかどうか、たしかめていたもの。あるに決まっているじゃない。寝室の窓を開けるなんて、考えもしなかった。でも、紙切れがなかったら、なんて言われただろう？　開けなくてよかった。

　ここに来て、十五日経つ。彼はきのう来た。今度はいつだか、見当もつかない。すぐに来ると言っていたけれど、怪しいものだ。

　八歩と四分の三は、あたしの歩幅だと七メートルくらい。広い部屋だ。そこに、あたしひとりで住んでいる。ほかに寝室と台所、浴室もある。実家のバッソ（建物の一階もしくは半地下に設けられた、出入口が直接道路に面している、ひと部屋かふた部屋のみの住居。〝貧民の家〟）ではこの半分くらいの部屋に五人で暮らし、恵まれているほうだと思っていたのに。あたしは、なんてラッキーなんだろう。

　ブラインドは少しなら上げてもいいことになっている。カーテンを閉じていても全部上げてはいけないが、少しならいいと言われた。外にいる人を眺めるのは、おもしろい。向かいの建物の五階にいる老婆も、やはり外を眺めるのが好きらしい。一度なんか、あたしに気がついたみたいだった。

　長辺が七メートル、短辺が六メートル。この部屋だけで四十平方メートル以上ある。すごい、超ラッキーだ。

　必要なものは全部そろっているし、冷蔵庫はあふれそうだ。これほどたくさんの食べ物を見たことのある人など、いるかしら。あり得ない量だ。

正直なところ、外の空気がなつかしくなることもある。エアコンを取り付けてリモコンを渡してくれたけれど、あたしがうまく使えないのでふたりで大笑いした。洗濯機もある。これには洗濯物を乾かす便利な機能までついていて、びっくりした。いま持っているわずかな衣類はお風呂場に干せば乾かせると断ったけれど、彼はどうしてもと言い張った。便利なものは全部用意して、女王のようにしていなさい。女王のように、だって。あたしが女王になる——そんなふうに言ってくれる人がどこにいただろう。

部屋は汚れていなくても、必ず掃除をすることにしている。彼が来たときに、だらしのない女だと思われたくない。掃除が終わると、すぐにテレビの前に座る。もうリモコンには慣れた。でも、音量はごく小さく絞っている。あたしの声はもちろんのこと、テレビの音もよその人に聞かれてはいけないと、きつく言われた。

あたしはいつも彼を待っている。ずっと待っている。彼はときどき電話をしてくる。ここの番号は彼しか知らない。このあいだ来たときは、ママに電話をかけさせてくれた。ママの声を聞いてすごくうれしかった。ママもとても喜んでいた。たくさん買い物をしたし、パパと兄さんたちは仕事を世話してもらって元気に働いているそうだ。そして、ママは言った——ありがとう、かわいい娘。〝ありがとう〟だって。すごく誇らしくなった。

さて、食事の時間だ。みっともなくなってはいけない、と言われている。せっかくきれいなのだからいつもきれいでいなさい、ブスになったら追い出すよ。彼は笑いながらそう話したけれど、あたしは怖くなった。きみはいま十八歳だ、この年頃は食べる量が多すぎたり、少なすぎたりすると、とたんに醜くなる。そう言って、あたしが食べなくてはいけないものを大量に持ってきて、毎日なにを料理して何時に食べるかを書いていった。

その紙をテントウムシ形の磁石で冷蔵庫に留めて少しずつ読んで料理をし、決まった時間に食事をしている。

ちょっと前に窓の外を覗いたら、あの老婆がこっちを見ていた。

あの老婆が怖い。

あたしになんの用があるのだろう。

第六章

「さて」パルマが言った。「始めようか。ロヤコーノ警部がついに着任し、これで全員がそろった。まずは自己紹介といこう」

ロヤコーノは、パルマの温和で熱意あふれる態度が出席者の士気を鼓舞するためであって、根拠もないのに先行きを楽観しているのではないことを願った。ディ・ヴィンチェンツォの意地の悪い指摘は必ずしも間違ってはおらず、全国民の前で警察の顔に泥を塗った不誠実な共謀者四人の穴埋めはみな、前任署での持て余し者なのだ。

自分もこの持て余し者グループの一員になった、とロヤコーノは湿っぽい気分になった。それに、不誠実な共謀者かもしれない、とも噂されている。

パルマが続ける。

「簡単な任務ではないことを隠すつもりはない。わたしも、こんな責務を引き受けるなと、周囲からさんざん忠告された。県警本部長もつい最近まで、本分署を存続するか、閉鎖するか、迷っておられたくらいだ。だが、困難であればあるほど、やる気が出る性分なので、引き受けた次第だ。分署の存続に成功すれば全員にとって万々歳、そうでない場合はじつに残念だ。理由はどうあれ、前の職場に舞い戻りたい者は、皆無だろうからね」

パルマが息を継ぐあいだに、ロヤコーノはタバコの焼け焦げだらけの楕円形の木製テーブルを囲む面々に、視線を走らせた。出席者は彼を入れて七名。性別、年齢、体格、表情がそれぞれ異なる各人は、どんな事情を抱えているのだろう。この署になにをもたらすのだろう。

彼の心を読んだかのように、署長が言う。

「互いになにも知らないという前提で、自己紹介をしてもらいたい。まず、わたしから。わたしはルイージ・パルマ。ピッツォファルコーネ署の署長を務める。あらゆる面で諸君の力になりたい。署長室のドアは常に開けておく。むろん、話をしに来た者がそう望まない場合は別だ。仕事に対する意欲と誠実な態度が必ずよい結果を生み、ひいては満足感を与えると信じている。先入観は持ちたくない。きみたちについて報告書に書かれていることは、忘れるつもりだ。幸運を祈る。さて、以前から勤務している人から始めてもらおうか。なにか話したいことがあれば……」

先ほどロヤコーノに紹介した女性を指した。彼女はうなずいて、低くリズミカルな声で話し始めた。

「オッタヴィア・カラブレーゼ、副巡査部長です。情報収集と事務を主に担当していますが、広報にも携わっていてこのあいだの体験は最悪でした……あのごたごたは……あの不祥事については県警本部長のスポークスマンが大部分を担当したとはいえ、気の休まる暇がなくて。ご承知でしょうが、監察による精査は無事に終わりました。ここは閉鎖されるものと覚悟していたので、こうしてチャンスを与えられたのが意外で、とてもうれしく思っています。どうか、うまくいきますように」

彼女の願いに、遠慮がちな笑い声が上がった。

禿頭の年長者がしわがれた声であとを受けた。

「副署長のジョルジョ・ピザネッリだ。訊かれる前に言っておく。まだ、ほんの六十一歳だ」

再び起きた笑いをさりげなく聞き流して、彼は続けた。

「この分署に来て十五年になる。昇進を追い求めることもできなくはなかったが、家内が……家庭の事情があったために、昇進ではなく別のことを優先した。界隈の生き字引と思ってくれ。自宅は管区内にあって、ほとんどの住民と顔見知りだ。内部監察の連中は、わたしが扱った書類を全部ふるいにかけ、きみたちの前任者との連帯責任はまったくないと太鼓判を押した。つまり、わたしは清廉潔白であり、それはきみたちにも追々わかるはずだ」

パルマを含めた大半が笑いを漏らしたのを確認すると、ピザネッリは満足げに口をつぐんだ。

雰囲気を明るくした彼の機智に、ロヤコーノは感心した。

　パルマが次に指したのは、地味な服を着た細身の若い女性だった。

「ディ・ナルドです。アレッサンドラ・ディ・ナルド巡査長補。デクマノ・マッジョーレ署から来ました」

　彼女は誰とも目を合わせずに、前方に視線を据えて抑揚のない口調で言った。

　パルマはロヤコーノに合図をした。

「サン・ガエターノ署から来た、ジュゼッペ・ロヤコーノ警部だ」

　次は、警部の近くに座っている若造だった。

　若造はリモコンで操作されたかのように、勢いよく立ち上がった。背が低く、もみあげを長く伸ばしたエルヴィス・プレスリー風の奇妙な髪形で薄くなった頭頂部を隠し、シャツの前を大きく開けて無駄毛を剃った胸を覗かせている。日焼けサロンに通い詰めたのだろう、日焼けした肌が不自然な赤味を帯びていた。これだけでも噴飯ものだが、本人にその自覚はなく、青色のティアドロップ・サングラスを気取った手つきではずして言った。

「おれはマルコ。マルコ・アラゴーナ一等巡査。県警本部から来たんだ」

　ロヤコーノは前途を思いやって憂鬱になった。パルマがため息をつき、分署の再建を危ぶむ様子を初めて見せる。

「ま、よかろう。最後は、そっちの端にいるきみだ」

　署長とテーブルを挟んで向かい合っているたくましい男は、終始むっつりして笑いの輪に加わることがなかった。左手の指でテーブルをせわしなく打ち鳴らし、右手はテーブルの下に隠している。極端な短髪と太い首、角ばった顎が、険しいまなざしをいっそう強調していた。

男は不承不承、口を開いた。

「フランチェスコ・ロマーノ。巡査長。以前はポジリッポ署です」

パルマはうなずいた。

「よし、自己紹介はこのくらいでいいだろう。ここにいるわれわれのほとんどが、新任者だ。中核になる部署というものは、一般的に全員の気心が知れていて連帯感があるが、あいにくわれわれにはそうした利点がない」

人工日焼けの若造がせせら笑った。

「連帯感がありすぎたから、例の四人は共謀してヤクを懐に入れたんじゃないですか」

パルマは若造を睨みつけた。ロヤコーノは署長の柔和な表情に隠された厳しい一面を、垣間見た気がした。

「アラゴーナ巡査、もう一度そのような発言をしたら、尻に蹴りを入れてもとの職場に送り返す。わたしの蹴りはきついぞ。よく覚えておけ」

アラゴーナは穴があったら入りたいとばかりに、椅子の上で小さくなった。

パルマが続ける。

「というわけで、なるべく早く互いを理解できるよう努力しようではないか。捜査を行う際は、各事件をふたり一組で担当してもらう。管区の事情に詳しいピザネッリとカラブレーゼは、こここにとどまって後方支援と情報収集を頼む。ほかの者はふたりの協力を仰ぎながら、足を使って調べる。いいね？」

全員の同意を得たことを確認して、パルマは満足げにうなずいた。

「よし。六人ぶんのデスクを入れた刑事部屋を用意してある。同じ部屋にいれば互いの気心を知る助けになると思ってね。頑張ってくれ」

そう締めくくって席を立った。

数分後、署長室でひとりきりになったルイージ・パルマは、擦り切れるほど読んだ、県警本部人事課が極秘に送付してきた報告書を再読していた。ピザネッリとカラブレーゼについては、知るべきことは残っていないと言えよう。副署長が語ったとおり、ふたりの公的な経歴はふるいにかけられた結果、なにも出てこなかったのだから、なにもないのだろう。もっとも、ふたりともデスクワークが主であって、現場にはめったに出ない。

二十八歳になったばかりのディ・ナルドは銃器を好み、射撃試験で最高点を叩き出したが、この情熱の対象こそが、放逐される原因を作った。詳しい事情は不明だが、前任の分署内で自分の銃を発砲したのだ。

ロマーノはかっとなると自制心を失う。容疑者の首を絞めるのを、同僚が目に青アザを作りながら止めたからよかったものの、あわや大事になるところだった。

パルマは長々と息を吐き、頭を掻いた。傍若無人な若造アラゴーナは、バジリカータ州のある市の市長を務める伯父の口利きで入庁した。彼の運転は危険きわまりなく、司法官二名が送迎を拒否したほどだ。アラゴーナから解放された県警本部は、さぞかしほっとしたことだろう。

さて、ロヤコーノは？　警察側に寝返ったシチリアマフィアの一員が、彼を情報提供者として名指ししたという真偽不明の汚点を背負っているが、『クロコダイル事件』での活躍を目の当たりにして、パルマは好感を持った。有能な刑事だと直感し、放逐を望むディ・ヴィンチェンツォを上回る熱意を持って、個人的にロヤコーノの赴任を要請したのだ。

ルイージ・パルマ署長は自分の直感が間違っていないことを願った。

心の底から願った。

第七章

老女アマーリアはいつもの椅子にふんぞり返って、向かいの建物の五階の窓に目を凝らしていた。正確に言えば、バルコニーの窓である。アマーリアは細部にこだわる性質《たち》だった。それもじつに細かく。

なにかがおかしい、と気づいたのは十七日前だ。向かいのアパートメントで改装工事が行われている最中、毎日飽かずに眺めていた。短期間だったが、見た限りでは金に糸目をつけない贅沢な改装をしたようだ。アマーリアはそのことをお手伝いのイリーナに話した。あばずれイリーナはいつものように「はい、はい」と返事をしたが、実際はまったく別のことを考えていた。あとで買い物のついでにそこらの小金を持ったじいさんにフェラチオをしてやって、やり繰りの足しにしよう。スズメの涙ほどの給料は、故郷に仕送りをしたあとはほとんど手元に残らない。故郷は貧困のどん底であえいでいる。アマーリアが写真を見ただけでのけぞったくらいだ。

アマーリアは体が不自由で、立ち上がることができない。重度の関節炎を患っているのよ、と悲劇の主人公を気取って誇らしげに告げるのが常だ。激痛のためトイレに行くのもままならないが、あばずれイリーナに尿瓶を持ってきてもらうのは、プライドが許さない。這ってでも自分で行く。かいつまんで言えば、朝起きるとイリーナに着替えをさせてもらい、歩行器を使っていつもの椅子まで歩き、あとはテレビをつけっぱなしにして、窓の外を眺めている毎日だった。

ミラノに住んでいるひとり息子は、最近は次から次に言い訳を繰り出して、祭日でも会いにこない。きっと、女ができたのだ。その女もきっとあばずれだ。そのあばずれが横やりを入れて、これまでさんざん苦労してきた母親と会わせまいとしているのだろう。出来損ないの息子は、金さえ送れば良心に恥じるところはないと信じている。金でなんでも解決できると思っているのだ。

脚が不自由であっても、アマーリアの頭は健康そのものだ。五月のバラに負けず劣らず若々しく、そして華麗に機能する。怠《おこた》りなく世相を追い、変化を敏感に感じ取る。変化は世界の向から先を告げているんだよ、といくらあばずれイリーナに話しても、「はい、はい」と生返事をするばかりで、まるきり理解していない。変化というものは大小にかかわらず、ひとつの構図のなかで意味を持っている。

チャンネル5の男みたいな声の女の番組に、老人たちが出演した？　それは変化が起きるサインだ。新ローマ法王はアルゼンチン出身だって？　これも、サイン。兵士が同僚の女兵士と浮気をしたあげく、妻を殺した？　これもサイン。親愛なるウクライナ人のあばずれよ、こうしたサインをひとつにまとめるのが難しいのさ。そして、どう解釈するかが鍵になる。サインの意味が理解できれば、どんな変化が起きたのかもわかるというものなのだよ。

たとえば、向かいのアパートメントはとてつもなく重要なサインを発している。

以前住んでいたのは、理想的とはとても言えないが、ごくふつうの家族だった。父親は家にいたためしがない。母親は肥満体の下卑た女で、朝から晩まで電話をしていた。受話器を頭と肩で挟み、身振り手振りをしながら話す姿が窓から窓へと移動していくところを、日に幾度見たことか。あんなふうに受話器を挟んでいたら、背骨が曲がってしまいそうだ。十代の子どもがふたりいて、女の子のほうはボーイフレンドをとっかえひっかえ連れてきて自分の部屋に閉じこもり、男の子のほうは勉強するふりをしてギターを弾き、バルコニーでこっそりタバコを吸っていた。

一家は、ある日ふいに出ていった。引っ越しの前に掲示される〝家財搬出のお知らせ〟を見た覚えがないから、きっと好条件の買い取りを申し込まれて、さっさと引き渡したのだろう。

トラックが突然やってきて、二日ほどで一切合切を積み込み、どこかへ越してしまった。あの一家はもう見飽きていたから、アマーリアは名残惜しくもなんともない。

その後、大勢の職人が突貫工事に取りかかった。作業中は窓もバルコニーのガラス戸も開け放たれていたから、ほとんど全部の部屋を見ることができた。どの部屋にもエアコンをつけていた。なんて、贅沢なんだろう。こっちは何ヶ月も前から同じことを頼んでいるのに、ケチな息子は関節によくないと言って居間にしかつけてくれなかった。関節はこれ以上悪くなりようがないのに。

新しい住人はひとりでやってきた。まだ若い娘だ。

毎日、明け方から日暮れまで外を見ているのに、ちっとも気づかなかった。きっと、夜遅くに来たのだろう。その数日前には、新品の家具が運び込まれ、中心街にある有名なリネン店の箱が二箱届けられていた。そして、突然明かりが灯り、テレビの青白い光が漏れてくるようになったのだ。

一度、寝室らしい部屋の窓が開いて、浅黒い肌の男が掛け金をいじっているのが見えた。だが、そのあとはカーテンが閉じたままで、一度も開いたことがない。それを言うなら、どの窓のカーテンも開いたことがない。どう考えても、ふつうではない。

窓のところにいた男は、その後見ていない。娘の動く姿がカーテンに映るだけだ。シルエットを見れば、すぐに彼女だとわかる。このあいだ、バルコニーのガラス戸に顔を寄せているのが見えたときは、その美貌に思わず息を呑んだ。誰に対しても必ず欠点を見つけ出すアマーリアだが、あの娘は完璧だと認めざるを得なかった。だが、娘はすぐに顔を引っ込めてしまった。

イリーナに言いつけて界隈の商人を聞きまわらせたが、誰も新たな住人について知らなかった。商品の補充や食料品の配達をした者はなく、美貌の若い顧客を新規に獲得した店もない。情報は皆無だった。

いったい、どういうことなのか。アマーリアはまったく理解できなかった。サインが一般的な構図に当てはまらないのは、なにかが欠けているからだ。

アマーリアは待った。ひたすら、待った。だが平々凡々たる周囲の日常をよそに、向かいのアパートメントはどんな構図にも当てはまらないままでいる。息子が週に一度電話をしてくる際に相談したが、息子はイリーナと同じく「はい、はい」と生返事をして、さっさと電話を切ってしまった。

どうしても納得のいかないアマーリアは、ついにイリーナに命じた。知り合いを訪ねてきたふりをして、インターフォンを鳴らしてごらん。そして、誰かが出たら部屋番号を間違えたとお言い。あとで、どんな声だったか教えるんだよ。イリーナは、インターフォンを二度押したが、返事はなかった。だが、アマーリアはカーテン越しに動く人影をたしかに見た。なぜ、インターフォンに出なかったのだろう。故障していたのだろうか。よくあることだ。近代技術なんて、ろくに役に立たない。昔は管理人に訊けばすんだのに、人件費が高騰した今日日《きょうび》は雇うところは少なく、向かいも例外ではなかった。

風雨が勢いを増して通行人が慌てて近くの玄関口に避難を始めたころ、アマーリアは居間の窓辺で眉根を寄せて考え込んでいた。サインを解釈できないのは、それが正常ではないからだ。誰かに知らせなくては。

アマーリアは、あばずれイリーナを呼んで言いつけた。電話を持っておいで。

第八章

ロヤコーノがなじみの店に夕飯を食べにいこうとしていると、娘のマリネッラから電話がかかってきた。

まったく接触のなかったつらい数ヶ月を経て、いまは毎日のように連絡を取り合っている。初めのうちは話しかけても黙りこくっていたが、時間をかけて根気よく接しているうちに次第にぽつぽつと答えるようになり、いまでは現状への不満を訴えるようになった。顔を合わせるには至っていないが、以前に比べれば格段の進歩だ。

ロヤコーノは、娘がかわいくてたまらない。だから、離れて暮らすのは耐えがたい苦痛だ。だが、裁判が終わって遠方への転任が決まった翌日、妻は躊躇《ちゅうちょ》なく夫を捨てた。讒言《ざんげん》を真に受けて夫が罪を犯したと信じたわけではなく、自分が社会的に貶《おとし》められたことが原因だった。門前払いをされ、友人に敬遠されと、疫病神扱いを受けて傷ついたプライドは、どんな判決が出ようと癒されなかった。

なお悪いことに、家族への報復を憂慮した当局が予防措置を取り、ソニアとマリネッラをパレルモに移した。そもそも濡れ衣なのだから、報復もなにもあったものではないとロヤコーノは思ったが、判事の決定には従わざるを得なかった。

十五歳のマリネッラは、思春期の難しい年頃であることに加えて引っ込み思案なため、新しいことに挑戦したり、新たな友人を作ったりするのが苦手だ。何世代も前のことまで互いに知り尽くしていると言っても過言ではない小さな都市アグリジェントを離れて環境が激変したことは、彼女にとって大きなショックだった。母親が、どんな些細な困難も父親のせいにして悪口を垂れ流し続けたことがとどめを刺し、娘は父親との接触を拒絶した。

しかし、〝クロコダイル〟の犠牲になった罪のない若者たちを前にして、ロヤコーノはいても立ってもいられなくなり、別居に際して交わした取り決めも自身の良識も無視して、まったく期待をしないで娘に電話をかけたのだった。

すると、マリネッラは予想に反して電話に出たばかりか、その後頻繁に連絡をしてくるようになった。そして、徐々にではあるが、新しい生活になじめない苦労や、転校先での同級生や教師との軋轢《あつれき》をロヤコーノに打ち明けた。やがてそんな娘も近所に住む同級生と学校に行くようになったのをきっかけに友人が増えていき、いまではグループで映画を見にいったり、ピッツァを食べにいったりしている。

母親は、娘が無断でロヤコーノと接触することを厳しく禁じているので、トラブルを避けるためになるべくこちらからは電話をしないで、かかってくるのを待つことにしている。口下手なことは自覚しているので、ようやくつながった細い糸が切れはしまいかと不安でしかたがない。だが、なにも話していなくても、受話器の向こうに愛してやまない娘がいるだけで幸せだった。

きょうの娘の声は弾んでいた。

「チャオ、パパ！　元気？　もうご飯はすんだ？」

「やあ、まだだ。仕事で遅くなって……つまり……職場の異動があったものだから」

「ほんとに？　へええ！　よかったじゃない！　ときどき変わったほうがいいよね。前のところは、好きじゃなかったんでしょ。声でわかった」

声でわかった、ときた。女は思春期にしてすでにアンテナを備えているらしい。恐れ入ったものだ。

「そっちはどうしている？　ラテン語の宿題はちゃんとできたか？」

「うん、たぶん。デボラと答え合わせをしたら、同じ訳だった。あの子はすごくできるのよ。それより、すごいニュースがあるの。今夜、クラスの女の子の誕生パーティーに行くの。パレルモの郊外の店でやるんだって！」

パーティー。パレルモの郊外。

「そうか。どうやってそこまで行くんだ？　誰と一緒だ？」

「やだあ、パパ。心配しているの？　バカ騒ぎをしようってわけじゃないんだから、なにも起こるわけがないでしょ。ただの誕生パーティー。その子は留年したから、十八歳になるの。ちょっと前まではあたしがいることも知らなかったのに、招待してくれたのよ。うれしくって。男の子たちも来るんだって！　ダンスもするの」

慎重に、とロヤコーノは自戒した。せっかく喜んでいるところに水を差したら、二度と口をきいてもらえない。

「ママは知っているのか？」

「まさか。話したら、つべこべ言われるに決まってる。ううん、ママは知らない。エンツァの家に泊まりにいくって話したら、ご機嫌だったわよ。クソババアには自分だけのお楽しみがあるから」

「マリネッラ、そんな口をきくもんじゃない。おまえの口から、そんな言葉は聞きたくない。それに、母親に嘘をつくのもよくないぞ。おまえに助けが必要になっても、パパは遠くにいて……」

不機嫌な声が返ってきた。

「ふうん、パパにもなにも話せないってことね。そうでしょ？」

「そんな意味で言ったんじゃない。おまえはもうりっぱなおとなだし、賢い。信用していると も。だが、世間にはいろいろな人がいる……パパが朝から晩までどんなことを目にしているか知ったら……まあ、とにかくパーティーに行っておいで。だけど、携帯電話を必ず持っていきなさい。充電を忘れないようにな。なにかあったら、どんなことでもかまわない、すぐに電話をくれ。いいね？」

娘の声は陽気さを取り戻したものの、警戒するような響きがあった。

「わかったわ、パパ、約束する。心配しないで。あした、なにがあったか全部教えてあげる。ね？」

「そうか。待っているよ。それから必ず……」

「携帯を充電して持っていくこと。大丈夫。じゃあね、パパ。またあした」

ぷっつりと電話が切れて、ロヤコーノはまたひとりになった。今夜は心配で眠れそうもない。

クソババアには自分だけのお楽しみがある——娘のその言葉を聞いても、ロヤコーノはなにも感じなかった。なぜだろう、と訝《いぶか》りながら細い坂道を上ってレティツィアのトラットリアへ向かった。

数ヶ月前だったら、腹に一撃を食らったように感じて、その後何時間も悶々としたことだろう。だが、いまはなんの感情も湧かない。ソニアがもう赤の他人になったからだ。生活をともにし、将来について語り合い、計画を立てた日々が嘘のようだ。赤の他人だ。いっそ誰かと深い仲になって、夫に対する怒りを忘れてくれれと、ロヤコーノは願った。そうすれば、こそこそしないで堂々と娘に連絡を取ることができる。

レティツィアはロヤコーノが現れるのを待ちわびていたので、彼が店のドアを開けたとたんに目の隅でその姿をとらえた。ロヤコーノの気分を推し量るには、そのひと目で十分だ。男の気持ちに疎《うと》いのになぜわかるのだろうと、彼女は自問した。おそらく彼のアーモンド形の目が感情を表わしていなくても、唇の角度や歩き方、手の動きがそれを代弁しているからだ。要するに、それだけ注意を払って見ているということだ。ロヤコーノはレティツィアをよき友として扱っているが、彼女のほうは絶対に自認しないものの、それ以上の感情を抱くようになっていた。

ロヤコーノは隅のテーブル席に腰を下ろした。テーブル待ちのリストが一メートルに及ぶことも珍しくないが、そこは彼のためにいつも空けてある。レティツィアのトラットリアは店主の美貌と気立てのよさも手伝って、人気の的だ。豊かな胸と美しい微笑は、誰もが絶賛する郷土料理の最高の付け合わせだった。

いっぽう女性客のほうも、店主がプロに徹して誰に対しても同じように愛想がいいので脅威を感じず、彼女がときたま披露する歌声を期待して詰めかける。おまけに最近は、レティツィアの恋心にひとりだけ気づいていない当の本人、東洋的な風貌の朴念仁《ぼくねんじん》を眺める楽しみも加わった。テレビでメロドラマを見ながら、おいしい料理に舌鼓を打つようなものだ。これ以上の娯楽はない。

「どうかしたの？　心配事？　マリネッラね」レティツィアはエプロンで手を拭きながら、ロヤコーノの前に座った。

ロヤコーノは、瞬《また》く間に減っていくラグー・リガトーニの皿から顔を上げた。

「このラグーになにが入っているのか、今度教えてもらいたいな。腹が空いていなくても、いくらでも入る。ところで、どうやっておれの心を読むんだ？　友だちの誕生パーティーに行くんだとさ。今夜」

「だから？　そのどこがいけないの？　誕生パーティーでしょ、心配するようなことはなにもないわ」

「そうは言うけど」ロヤコーノはラグーを頰張って言った。「若いきれいな娘には、危険がいっぱいなんだ。薬物に手を染めるきっかけの大半が、まさにこうしたパーティーだって知っているかい」

レティツィアは笑った。

「薬物だなんて、バカバカしい。ようやく友だちができたんだから、喜んであげなさいよ！　たかが誕生パーティーでしょうが……あなたもパーティーに行ったら？　愚痴ばかりこぼす年寄りみたいじゃないの、ペプッチョ」

シチリアでの少年時代に仲間内で使われていた〝ペプッチョ〟という愛称で彼を呼ぶのは、いまやレティツィアしかいない。

「愚痴ばかりこぼす年寄りじゃなければ、ここに食事に来ないさ」

どうやり返したものかとレティツィアが思案していると、ロヤコーノの携帯電話が鳴った。携帯電話のディスプレイに〝ラウラ〟の文字が光っている。ロヤコーノが「失礼」と言って席を立ち、携帯電話を持ってドアへ向かう。店主は悄然として、客は好奇心をむき出しにして、そのうしろ姿を見送った。

「チャオ！　転校生の初日は無事に終わった？」

レティツィアの前でラウラと話すのはなんとなくうしろめたく、激しい風雨にさらされて電話を耳に当てていたが、サルデーニャ訛《なま》りのある歯切れのいい声を聞いて、ロヤコーノの気持ちは晴れ晴れした。

「チャオ！　なんでもお見通しだな。なんで知っているんだ？」

ラウラの笑い声が電話から流れてくる。ロヤコーノは彼女のえくぼが実際に見えるような気がした。

「忘れたの？　わたしは検事補なのよ。どんなことでも、隠そうとしたって無駄。とくに、興味のあることは必ず探り出すわ。それで、どうだったの？」

「そうだなあ、どう言えばいいのか……署長のパルマは感じがいいし、頭が切れると思う。あとの連中はまだ遠慮があるみたいだ。もっとも、例外がひとりいた。こいつがじつに生意気な青二才でね」

ピラース検事補が答える。

「ああ、それはきっとアラゴーナね。テレビドラマの刑事みたいな恰好をした、人工日焼けの男でしょう？」

ロヤコーノは笑いながら訊いた。

「おやおや、あそこには監視カメラがついているとみえる。そう、そいつ。彼を知っているのか？」

「以前は県警本部にいたのよ。ババ抜きみたいに、みんなが彼を誰かに押しつけようとしていた。わたしの護衛にという話まで出たくらい。やっぱり、ピッツォファルコーネ署に厄介払いしたのね。どこかの市長の甥なので、誰も手が出せないのよ。絶対に彼の運転する車に乗らないで。めちゃくちゃな運転をするから。一度なんか、絞め殺してやろうかと思ったくらい。で、ほかの人たちは？　女性はいるの？」

ほら来た、とロヤコーノは身構えた。彼女がほんとうに訊きたかったのは、これだ。

「ふたりいる。前からいる既婚者と、新任のちょっと変わっていて、誰とも目を合わせようとしない若い女。どうして？」

短い沈黙が落ち、ロヤコーノは何事か思いにふけっている彼女の姿を想像した。最近は会っていないが、電話では折に触れて話している。ふたりのあいだには、口には出さないものの、好意を抱き合っていることを意識した、バイオリンの絃《げん》のように張り詰めた奇妙な親近感が芽生え始めていた。

「ただの好奇心よ。ガールフレンドが見つかりそうかな、と思って」

さりげなく言ったが、口調とは裏腹な意図を感じさせた。

「まあ、無理だろう。少なくともあそこでは。どこかよそで見つけるよ」

ロヤコーノはラウラの笑い声を聞いて、ブラウスに隠された彼女の胸をふと思った。

「そのうち誰かが誘惑してくれるかもしれないわよ。ではまた、ロヤコーノ警部。今度、学校の様子を聞かせてちょうだい」

ずぶ濡れになったロヤコーノが芯まで冷えきって店内に戻ると、レティツィアはほかの客のテーブルで、彼に背を向けて談笑していた。

第九章

マヤは玄関のドアを開けようとして、いつものように鍵がかかっていないことに気づいた。公証人をしているご主人が夜遅くに帰宅して、鍵をかけ忘れたのだろう。めったにないが、ないことではない。あたりを濡らさないように気をつけて、玄関ホールに買い物袋を置いた。すさまじい強風にあおられた海水で道路は水浸しだし、雨が降っているのかと思うほど、空気は湿ってずっしり重たい。

海から遠く離れたブルガリアの故郷では、雨なら雨、晴れなら晴れ、とはっきりしている。こうしたごた混ぜの天気は、なんと形容するのだろう。

コートを脱いで、ホールのクローゼットにしまった。家のなかはしんと静まり返り、コーヒーのにおいもしない。奥さまはまだ起きていないらしい。もう八時なのに、妙だ。具合が悪いのだろうか、夜更かしされたのだろうか。

マヤはここ数日の奥さまの様子が心配だった。これまでの雇い主たちとはまったく違う、一度も声を荒らげたことのないおだやかでやさしい奥さまが、マヤは大好きだった。毎週木曜日に駅前の広場で会っておしゃべりをする友人たちの話を聞くにつけ、自分はほんとうに幸せだと、つくづく思う。

でも、奥さまは幸せではない。なにかを思い悩んでおられるのは、間違いない。それも、ものすごく。慎み深いかただから、軽々しく悩みを打ち明けたりなさらないし、こちらも出すぎた真似はしたくない。でも、故郷には『沈黙は嘘をつかない』という言い回しがある。人は口から出まかせを言うが、沈黙は嘘をつかない。ぼんやりと空《くう》を見て沈黙している奥さまに、心おだやかな風情はない。もっと別の思いを抱えている。なにかを恐れているような気がした。

ゆっくり眠るのはいいことだ。そうすれば心が安らぎ、物事をよいほうに考えることができる。

マヤは暗がりをキッチンへ向かった。まだ誰も起きていないとみえ、よろい戸が全部閉まっている。ビスコッティと、ミルクをたっぷり入れたコーヒーの朝食を用意して差し上げよう。ご主人はいらっしゃるのだろうか。そう言えば、玄関ホールのクローゼットに男物のコートがかかっていなかった。もう出勤したのか、昨夜帰宅しなかったのか。

ご主人を見かけることは、ふだんはほとんどない。マヤの仕事は午後のうち、ご主人の帰宅するずっと前に終わる。出勤していくご主人と玄関先で入れ違いになったときや、祝祭日前に出勤を遅らせて家でゆっくりなさっているときに顔を合わせたことがある程度だ。ご主人は長身でスタイルがよく、洗練されているが、好きにはなれない。会うといつも、競売にかけられた牛を値踏みするような冷たい目で、こちらを見る。この手の男はいやになるほど知っている。奥さまにはふさわしくない。

ビスコッティを盆に載せ、コーヒーができるのを待つあいだ、マヤは思いにふけった。これほど共通点のないふたりが、なぜ長年連れ添うことができるのだろう、子どももいないのに。子どもがいれば夫婦の会話も弾むし、絆《きずな》が固くなる。たとえすべてを失っても、子どもがいる。でも、奥さまとご主人のあいだには、それもない。

そこで、心や肉体の感じている虚しさを、ほかのもので埋めようとする。ご主人は仕事だ、カードゲームだ、となんだかんだと理由をつけてほとんど家に寄りつかず、奥さまは奥さまで慈善活動や友人とのお茶、社交クラブで心の隙間を埋めている。スノードームのコレクションも、そのひとつだ。

マヤはコーヒーを注ぎながら、小首を傾げた。蓼《たで》食う虫も好き好きとはよく言ったもので、奥さまはスノードームに熱中している。ガラス球のなかに人形やパノラマを仕込んでまがい物の雪を舞わせる、趣味の悪い置物だ。それをとても大切にしていて、他人には絶対にさわらせず、週に一度はラテックスの手袋をつけて午前中いっぱいかけて拭く。百個はありそうなキラキラ光るガラス球を前にしているときだけは、奥さまは幸せそうな顔をしている。

コレクションのことは広く知れ渡っていて、友人がたは旅行に行くと必ずひとつはお土産に買ってくる。ついには新聞記者が聞きつけて、奥さまをコレクションの前に立たせて写真を撮っていった。奥さまは、その写真の載った新聞を誇らしげに見せてくれた。近いうちにどこかで展示会を開いて、利益を慈善活動に使いたいともおっしゃっていた。お金を払ってこんなものを見たい人がいるのだろうか。でも、蓼食う虫も好き好きだ。

薄暗がりのなかでつまずいてなにかを壊さないよう、マヤは盆を掲げてそろそろと進み、奥さまの寝室を覗いた。よろい戸の隙間から射し込む光が、眠った跡のないベッドを照らしている。室内は無人だった。

妙だ。絶対に、おかしい。

不意の外出だったとしても、連絡がなかったのが腑に落ちない。急ぎの用があるときは、いつも「邪魔をしたかしら？」と気にしながら、携帯電話にかけてくる。今朝はどうして忘れなさったのか。

スノードームを陳列してある客間に向かった。お気に入りの肘掛椅子で本を読むうちに寝入ってしまわれたのかもしれない。建物の正面から吹きつける風が進路を阻まれて怒号を上げ、巻き上げられた海水が固く閉じた窓から室内に侵入しようと試みる。

肘掛椅子は空だった。雲が切れて太陽が顔を出し、暗がりに一条の光が射して床を照らした。

肘掛椅子の下で、ガラスがきらりと光った。

スノードームだ。どうして床に転がっているのだろう。

そのとき、頭から血を流し、息絶えて倒れている奥さまが目に入った。

盆が手から滑り落ち、カップの破片やビスコッティ、コーヒーが飛び散った。

マヤは顔を覆って、悲鳴を上げた。

第十章

オッタヴィア・カラブレーゼ副巡査部長は、うわの空で警備の巡査に会釈をして分署を出たあとで、それがグイーダ巡査だったことに気づいた。以前は酔っ払いを模した土人形に制服を着せ、スポーツ新聞を持たせて置いてあるのと大差なかったが、いまや髪をきちんと梳《と》かしてネクタイを固く結び、上着のボタンを喉元まで全部嵌めて背筋を伸ばし、前方を直視して椅子にかけている姿は、警官の鑑《かがみ》と形容したくなるほどだ。

分署に変化が起き始めている。きっと、新しい署長の影響だ。型破りな人だ、とオッタヴィアは署長が着任した日のことを思い返した。オフィスの戸口から覗き込み、「入っていいかな」と、おずおず微笑んだその顔は、登校初日の転校生さながらだった。

オッタヴィアは即座に、署長に好意を持った。髪も服もくしゃくしゃで、いつもシャツの袖をまくり上げている若い署長は、分署のよどんだ空気に新鮮な風を吹き込んだ。おまけに、結婚指輪をしていない。理由はなんだろう？　独身、離婚者、それとも寡夫か。もっとも、たいていの寡夫は結婚指輪をしたままでいる。

オッタヴィアも結婚指輪を嵌めている。そして、寡婦ではない。

ケーブルカーに乗る前に、総菜店に寄った。料理をする気になれないし、帰宅も遅れている。

署を出るのは、いつも遅い。嫌々ではなく、進んでそうしている。仕事をしているときが一日のなかでもっとも充実している時間になってから、ずいぶん経つ。女の仕事というものはいくらやってもきりがないとよく言われるが、女の警官ともなるとその傾向がいっそう増す。

片手にハンドバッグ、もう片方に総菜店の包みを持って乗り込んだ車両は満員で、空席はなかった。両足を投げ出して座っている少年が挑戦的な目つきで見上げると、イヤフォンの音量を上げてガムをくちゃくちゃ噛みながら、そっぽを向いた。

背後に何者かがぴたりとつき、下腹部を押しつけてくる。まったく、もう。夜はいつもこうだ。缶詰のイワシよろしくぎゅう詰めになっているのをいいことに、不埒《ふらち》な真似をする輩《やから》があとを絶たない。野暮ったい地味な服で豊満な体を隠していても、いつも目をつけられてしまう。

向き直ったら、相手の思うつぼだ。うつむいて足元を観察し、黒のモカシンを痴漢の靴と見定めると、親指が砕けろとばかりに踵で思い切り踏んづけた。背後で呻き声と低い罵声が上がる。顔だけ振り向けて、男を睨みつけた。「あら、失礼。バランスが取れるように、もう片方も踏んでおく?」男はオッタヴィアを横目でちらちら見ながら乗客を掻き分けて、もっと御しやすい獲物を探して離れていった。

ケーブルカーの駅から自宅まで一キロほどある。どの店も閉まっているが、必要以上に時間をかけて歩いた。でも、ついに着いてしまった。潜水しているときのようなスローモーションで動作をひとつひとつ確認してバッグを探り、鍵を出す。大きく息を吐いて、ドアを開けた。

「お帰り。きみかい?」

同じように一日忙しく働いたあとでも、夫がこうもやさしく陽気でいられるのが不思議でならない。いつもいまいましくなる。

「そうよ、わたし。誰ならよかったの？」

夫のガエターノがキッチンから顔を出す。

「やあ、すごい風だね。パラボラアンテナが旗みたいにあおられて、地上波しか入らない。食前酒《アペリティーヴォ》は？」

ネックレスとイヤリングをはずしながら、オッタヴィアは疲れた声で答えた。

「ううん、いらない。くたくたなの。料理をする気になれなかったから、総菜を買ってきたわ」

「料理をする？　なにを言っているんだ。準備は万端。うまいぞ。キノコのクリームソース・フェットチーネと仔牛のソテー・レモンソースがけ。赤ワインも買ってある。きみの好きなアリアニコだ。あと五分でできる。ゆっくりしておいで」

オッタヴィアは洗面所で化粧を落とし、鏡の前で自問した。スーパーマンを夫に持つことに、いつまで耐えられるだろうか。専門知識の豊富なエンジニアとして評判の高い夫は、十五人の部下を抱え、莫大な収入を得ている。そのうえに凝った料理を作り、妻の好きなワインを買ってくる時間と心の余裕を持っている。どこかよその国なら、広場で公開処刑されるかもしれない。

オッタヴィアはダイニングルームに入って、ソファに目をやった。いつものように、リッカルドが座っている。いつものように、ペンを手にして。いつものように、グラフ用紙の上でペンを動かして。いつものように、ひとりの世界にこもって。

ガエターノが、湯気の立つボウルを両手で抱えて入ってきた。頬にソースがついている。

「できたぞ！　さあ、食べよう。リッカルド、ほら、ご覧。マンマが帰ったよ！」

リッカルドはのろのろとスケッチブックから顔を上げた。焦点の定まらない視線が室内を巡って、オッタヴィアに止まる。太い調子はずれな声で言った。

「マンマ、マンマ、マンマ、マママママママ……」

口の隅からよだれが伝い落ちる。片手はグラフ用紙の碁盤目を一ミリもはみ出すことなく規則正しく、何度も何度もなぞっている。マンマ——十三年のあいだに発した、唯一の理解できる言葉。あとはテレビ番組が流れる横で、もぞもぞと意味不明な言葉をつぶやくばかり。そのひと言のほかには、なにもない。まったくの、ゼロ。彼の閉じこもっている世界を覗くことのできる窓は、ひとつもない。

オッタヴィアは息子の前に行って、自分とそっくりの顔をそっと撫でて立たせ、テーブルへ連れていった。ガエターノは、控えも含めたサッカーチーム全員にいきわたるくらいに大量のフェットチーネの皿を前に、きょう一日の出来事を嬉々としてしゃべっている。パルマ署長の夕食はなんだろう、とオッタヴィアは考えた。

マンマ、マンマ、とリッカルド。その息子を愛しげに見つめるガエターノ。

もう、いやっ。オッタヴィアはフェットチーネを頬張った。

第十一章

パルマ署長は、分署の旧カフェテリアを暗くわびしいふた部屋に分けていたベニヤ仕切りを撤去させ、明るく居心地のいい刑事部屋を用意しておいた。

六人ぶんのデスクは、低い声なら他人に聞かれず、なおかつ容易に全員に呼びかけることのできる間隔で配置されている。性格も背景も大いに異なる人々にいくらかなりとも連帯感を持たせるには、なるたけ長時間一緒にしておくのが最良の方法だ。海に突き出した古城を望む窓辺でデスクを整理しながら、ロヤコーノは署長の人員管理の手腕に舌を巻いた。

一番早く出勤したのは、ベテランのピザネッリ副署長だった。デスクのうしろの壁に大きなコルクボードを掛け、何枚もの写真と新聞記事の切り抜きを画鋲《がびょう》でていねいに留めている。ロヤコーノが訝《いぶか》しげに眺めていると、それに気づいたカラブレーゼ副巡査部長がデスクの上のコンピューター二台を接続するコードと格闘しながら、目配せをして小声で説明した。

「副署長はあれが頭から離れないの。どれもこの十年のあいだに管内で起きた自殺案件よ。副署長は、実際は全部が他殺だったと確信していて、それを証明する証拠を集めているの」

ピザネッリが顔を振り向けた。

「聞こえたぞ、オッタヴィア。わたしが妄想に取りつかれた老いぼれだって、言ったな」

怒っているというよりは、むしろ悲しげに聞こえた。カラブレーゼが言い返す。

「そんなこと言ってないわよ、ジョルジョ。切り抜きや写真の説明をしただけ。ロヤコーノ警部が国際的陰謀事件だと誤解しないようにね」

ピザネッリはおだやかに、ロヤコーノに話しかけた。

「いいかい、ロヤコーノ警部、われわれはともすれば目先のことにとらわれる。その結果、自分に都合のいい方法を選んでしまう。たとえば、遺書があったら自殺に決まっていると思い込む。孤独だったから、気持ちがふさいでいたからといって、人を使い古しの雑巾みたいに投げ捨ててしまうのは間違っている。捜査をしてもらう権利、調べてもらう権利は、誰にでもある。そういうことだ」

人工日焼けの若造アラゴーナは、大統領官邸《クイリナーレ》ならともかく、ここでは場違いにしか見えない銀製のペーパーウェイトをデスクに置いて、苦々しげに吐き捨てた。

「どのみち、まともな仕事なんかないんだ。自殺を他殺だと妄想して捜査をするくらいなら、トレセッテ（カードゲームの一種）をしたほうがましだ」

ピザネッリは顔をしかめた。

「そうか、ではきみが長生きするように祈っていよう。この写真の人たちのように、年老いてひとりぼっちになるがいい。そして何者かに〝自殺〟させられて、さっさと資料が葬り去られて誰にも思い出してもらえないって目に遭うんだな」

オッタヴィアは口を挟もうとしたが、考え直して絡まった電気コードを解きほぐす作業に戻った。

無口な若い巡査長補――ディ・ナルドという名をロヤコーノは思い出した――が小さな声でピザネッリに質問した。

「自殺した人たちに共通点は？　なにか見つかりましたか」

実際に興味を持っているような口ぶりだ。ピザネッリは彼女をしげしげと見て、からかわれていないことを確認してから返答した。

「いや、直接の共通点はない。だから勤務時間外に調べていて、資料の大部分は家に置いてある。でも、些細だが気になる点がいくつかある。たとえば遺書だ。同じ言葉が使われているのが何通かあるし、大半がコンピューターまたは活字体で書かれている。これから死のうってときに、そんなことをするかね。行動が矛盾している件……つまり、その、当人の性格とか心理と矛盾している件もあった。一連の事例が……」

口を挟んだのは、たくましいロマーノだ。彼はそれまで窓の外をぼんやり眺めて、物思いにふけっていた。

「自殺するときは、するもんだよ。生きていく勇気がない腰抜けなのさ。クソみたいな人生だとしても、立ち向かわなくちゃいけないのに」

その声には遠雷を思わせる響きがあった。アラゴーナが鼻で嗤《わら》う。

「じゃあ、高さ三十メートルの橋から飛び降りるやつは、腰抜けってことか？　銃を口に突っ込んで引き金を引くやつも、酸をひと瓶飲み干すやつも？　生きていくよりも死ぬほうが、ずっと勇気がいると思うけどな」

ロマーノが言い返そうとした矢先、パルマがメモ用紙を手にしてあたふたと入ってきた。

「さあ、いよいよだ。重大事件が発生した。海岸沿いの地区で、公証人の妻が殺された。ロヤコーノとアラゴーナが行ってくれ」

第十二章

さてと……何時だろう。

もう誰かが、あなたを見つけたことだろう。

たぶん、見つけたのはブルガリア人のお手伝いだろう。キッチンから寝室へと、捜しまわったに違いない。トイレのドアを開けたりもしたのだろうが、なかには誰もいず、しんと真っ暗なだけだ。

戸外で吹き荒れる風をよそに、物音ひとつせずに静まり返ったアパートメントは、まるで廃墟のように感じられることだろう。

お手伝いは、奥さまは外出したのかしら、と首をひねりながら廊下を進む。

感情が残り香になるとしたら、どんなにおいがするのか。あなたが最後に浮かべた微笑は、どんな残り香を漂わせるのか。

ブルガリア人のお手伝いは、あなたを捜し続ける。暗がりで家具を避け、カーペットを足で探って慎重に動きまわる。でも、明かりはつけない。どこかで寝入ってしまったあなたを、起こさないように。

そんな気遣いは不要だ。あなたは二度と目を覚まさない。

夜に備えてよろい戸を閉めた部屋で、闇のなかに横たわるあなたを――あなたの遺体を見つけたら、お手伝いはどうするだろう。

戸外に目を向けよう。風はまだ強く、切れ切れの黒雲が空を走っていく。雨は上がった。雨に代わって塩辛い水滴が風に舞い、あなたの遺体から数メートル隔たった建物の外壁やバルコニーを激しく叩いているに違いない。だが、あなたの周囲ではなにも動かない。

たとえば、スノードームも。あなたの定めた奇妙な法則に従って棚にぎっしり並べられた、百個もあろうかというそれは、どれもまがい物の雪を底にひっそり積もらせて、吹雪を起こしてもらうのを待っている。あの大量のスノードームをどうするか、誰かが考えてやらなくてはならない。

もっとも、一個は例外だ。これには研究所や裁判所を巡り、そのあとは棚の上の箱のなかで忘れ去られ、何年も経ってから捨てられる運命が待っている。ウクレレを抱えた踊り子人形が内部に仕込まれたこのスノードームは、あなたの血がついた特別な一個だ。

あなたが最後に浮かべた一抹の悲しさもない微笑をこれが消し、それから命もかき消した。頭から血を流して倒れているあなたを見つけたら、お手伝いはどんな反応を示すだろう。おそらく、悲鳴を上げる。いや、ブルガリア人はタフだから、そうとは限らないか。この先、わたしを始め、あとに残された者たちには面倒なことが待っている。

だが、あなたは違う。

あなたにとって、すべては終わった。

気の毒に。もっと分別を持つべきだった。

わたしに背を向けるべきではなかった。

第十三章

パルマの指示を聞くや否や、アラゴーナはバネ仕掛けの人形のように立ち上がった。いっぽうロヤコーノは、勘弁してくれよ、と目で訴えたが、署長はあらぬ方向を見て気づかないふりをした。

「道をよく知っているから、おれが運転します」そう言って、アラゴーナは住所の書かれたメモを握りしめた。

パルマは肩をすくめた。

「それは、ふたりで決めてくれ。急ぐ必要はない。現場にはパトカーが二台到着しているし、検死官と科学捜査班も向かっている。この時間は渋滞の真っ最中だよ」

ロヤコーノはコートを着ながら、皮肉を言った。

「ふうん。じゃあ、渋滞していないときをリストにしてもらおう。聖母被昇天の祝日《フェッラゴスト》（八月十五日）とか？」

アラゴーナは中庭に駐車してある小型の覆面パトカーを選んで即座にエンジンをかけ、ロヤコーノの片足がまだ外に出ているうちに急発進させた。

「気はたしかか、アラゴーナ？　誰かを轢き殺したいのか？　管区の住民を血祭りに上げてわれわれのデビューを飾りたいとでも？　さぞかし愛される分署になるだろうよ」

若造は慌てて飛びのく歩行者を歯牙《しが》にもかけず、無人の街路を走るかのように車を驀進《ばくしん》させた。老女がバレリーナ顔負けの優雅な身のこなしで飛びのき、アラゴーナに向かって方言で悪態をつく。意味は理解できないながらも、ロヤコーノは老女に深い共感を覚えた。

「大丈夫ですよ、警部。心配無用。なんてったって、運転の上級コースを取りましたからね。なにもかもわかったうえで、やってるんで」

「どこで取った。刑務所か？　急ぐ必要はない、と署長が言っただろう。スピードを落とせ」

アラゴーナは、ロヤコーノの苦言などどこ吹く風だ。

「光栄だな、警部と一緒に仕事ができるとは。いやあ、感激だ。なんてったって、〝クロコダイル〟を見つけた人だ。みんな何週間も警部のことばかり噂してましたよ。捜査を指揮した偉いさんたちに、どれだけ赤っ恥をかかせたかとか。すごいなあ。まさにヒーローだ」

ロヤコーノはドアの把手にしがみつき、歯を食いしばって言った。

「結局、たいした評価はされなかったのさ。故郷に帰してくれないんだから」

「だって、そっちはまったく別の問題でしょ。証拠がなくても警部と例の連中とのつながりを疑っている人たちが、故郷にいるそうじゃないですか。でも、落ち込むことはありませんよ。しっかり仕事をすれば、帰してくれますって」

ロヤコーノはあっけに取られて、進路を阻む者を誰彼かまわずに轢き殺そうとしているアラゴーナの横顔を見つめた。

「おれのなにを知っている、アラゴーナ」

「そりゃもう、一から十まで。だって、前は県警本部でしたからね。あらゆる書類があそこに集まってくる。だから、然《しか》るべきお友だちをあちこちに作っておけば、知りたい情報は全部手に入るって寸法。たとえば、このピッツォファルコーネ署の存続が決まった際には、各分署が送ってきた、放逐したい人物についての報告書を全部読んだ。問題児ばかりだったな」

「ではなぜ、おまえはおとなしくここに赴任してきた。もっとましなポストを選ぶこともできたはずだ。そうだろう？」

「それがね、おれにとっちゃ、このポストは理想的なんです。つまり、この分署は重大な不祥事を起こして市警全体の顔に泥を塗ったわけですよね。そこで閉鎖したい。実際、どこの分署も、役立たずを送り込んできた。ここまで、わかります？」

アラゴーナは、しゃべっている最中はわずかながらスピードを落とす。そこで、罪もない歩行者を救うために、ロヤコーノはわけのわからない話に我慢して付き合うことにした。

「ああ。続けてくれ」

「ほかの分署の連中が、おれたちのことをなんて呼んでるか知ってます？〝ピッツォファルコーネ署のろくでなし刑事〟。最高じゃないですか。そう思うでしょ」

ロヤコーノは肩をすくめた。

「別になんとも思わない。なぜ、最高だ」

アラゴーナが警部をまじまじと見た拍子にハンドルがぶれ、車にかすめられた自転車が横滑りして歩道に乗り上げた。

「だって、手柄を立てたらヒーローになれるし、なにもできなかったとしても、これより下には落ちようがない」

「任務をりっぱに遂行しようという気はないのか、アラゴーナ。それに、この職業にあこがれて警官になった者はどうなる」

アラゴーナは傷ついたような表情をこしらえた。

「もちろん、やる気はありますよ。だけど、キャリアってものも考えなくちゃ。おれたち四人みたいに、ゴミと一緒くたにして捨てられちゃったら、能力があることを証明するのは難しいですけどね。でも、だからこそやる気が出る」

「捨てられた？　それは言いすぎだろう」

アラゴーナは真顔になった。

「いいですか、おれは報告書を読んだんですよ。だから、断言できる。おれたちはみんな、欠陥品なんだ。たとえば、無口でおとなしいディ・ナルドは銃器が大好きだ。弾が装填してある銃を、安全装置をかけないで署内に持ち込むのは、当然禁止されている。それを破ったばかりか、発砲した。もう少しで、警官がひとりお陀仏になるところだったんですよ。ぶったまげでしょ」

ロヤコーノは座席の上で激しく揺られてドアに体をぶつけながら、渋々認めた。

「彼女が銃をぶっぱなすなんて、外見からはとても想像できないな。あと、なんて名前だっけ……ええと……」

「ロマーノですか。フランチェスコ・ロマーノ。あいつは〝ハルク〟って呼ばれている。それを知ったらブチ切れるから、もちろん陰でですけどね。あいつはいったん切れると、抑えが利かなくなる。容疑者の首根っこを絞め上げたのが三度に及んだもんで、停職処分を食らっちゃって。停職が明けると同時に、ここに送られてきた」

ロヤコーノがうなずく。

「うん。実際、苛々している感じだったな。おれのことは、話す必要はないだろう。おまえはどうだ、アラゴーナ。もっと教えてもらうことがありそうだ」

アラゴーナは言い訳がましく言った。

「ええとですね。ロヤコーノ警部、おれの場合は……なんというか、ちょっとした良家の出といういことで、過剰な期待をかけられちゃって。みんなにいつも注目されていると、かえってバカな真似をしちゃうというか、やらされてしまう。ま、気にしてませんけどね。そのうち、みんなが間違ってたって、証明してやりますよ。警部の力を貸してもらおうかな。あ、ここだ。あっという間だったでしょ」

ロヤコーノは車外に飛び出した。

「まだ生きているのが、つくづくありがたいよ。こういうときは、どんな感謝の祈りを捧げるんだっけ。そのうち、思い出しておこう。次回は、絶対におれが運転する。さあ、行くぞ」

ふたりは風に頬を打たれ、道路にあふれた海水に靴を濡らして事件現場に向かった。

第十四章

建物の正面玄関付近には、悪天候にもかかわらず小さな人だかりができていた。玄関は海に臨む建物の正面ではなく側面に設けられ、海岸通りと広大なヴィッラ・コムナーレ庭園に挟まれた広場を通って入るようになっている。

ロヤコーノは吹きすさぶ強風に負けまいと、声を張り上げた。

「ここは高級住宅街なんだろう?」

アラゴーナ一等巡査は、レインコートの襟をしっかり合わせてうなずいた。

「もちろん! 超がつく高級住宅街です。なにせ、海岸沿いでしょ。ここらへんのは、家というより記念建造物みたいなもんだから、値段のつけようがない」

パトカー二台と救急車が回転灯を光らせて、玄関前に止まっていた。ロヤコーノは制服警官のひとりをつかまえて身分証を見せ、彼らの到着時刻を確認した。

「われわれが到着したのは、二十分ほど前です、警部。検死官はおよそ十分前に到着しました。現場は五階です」

アラゴーナが注釈を入れた。

「つまり、すぐに連絡しないで、少々考えてからおれたちに知らせたってわけか。まだおれたちを信用してないってことですよ」

ロヤコーノは正面玄関を入ると立ち止まって、ドアを観察した。不法侵入した形跡はない。それから、大理石の大階段を目指した。

エレベーターへ向かっていたアラゴーナが、方向転換してついてくる。

「えーっ！　現場は五階ですよ。なんでまた、階段で？」

ロヤコーノは大理石のつややかな階段を一段ずつ確認しながら、慎重に上った。

「人を殺して逃げようっていうときに、エレベーターを使うやつはいない。少なくとも、一般的ではないだろう？　それに、逃走するときになにか落としているかもしれない。犯人自身が転がり落ちた可能性もある。よく聞け、アラゴーナ。いまは捜査の最中だ。おまえの先生役をしている暇はない。なにをしているのかをよく観察して、それをやっている理由を自分で考えろ。うるさく質問するな。いくら考えてもわからない、見当もつかないというときは、質問すれば答えてやる。いいな？」

アラゴーナは頬をふくらませた。

「おれだって刑事です。勉強したから、知識もある。実際にどうやるのかを、見てみたいだけですよ。これまで実地経験がなかったもんで」

「そうか。それはともかく、階段にはなにも落ちていなかった。犯人が慎重だったのか、おまえが正しくてエレベーターを使ったのか。もしくは、風に乗って飛び去ったのか」

五階の踊り場には、名前の記されていない黒っぽい木製のドアのついた戸口がひとつあるきりだった。ブロンズの小さなライオンの頭部が脇柱についていて、その口に赤い呼び鈴が埋め込まれていた。アラゴーナは侵入した形跡がないかと、これ見よがしにドアの周辺を調べている。ロヤコーノは思わずにやりとした。玄関を入り、モノグラム入りの曇りガラスを中央に嵌め込んだ二番目のドアを抜けると、ホールに出た。その先の戸口から陽光と激しく言い争う声が漏れてくる。ロヤコーノとアラゴーナは、声を追って奥へ進んだ。

「いったい、何度同じことを言わせる気だ。なにもさわるなと、百回も千回も言ってるだろうが！　わからないのか？　わたしや科学捜査班が来るまで、なにもさわるなと。それが捜査の基本じゃないか！　警察学校でなにも教えてもらわなかったのか？」

文句を言っているのは四十歳くらいでセーターにジーンズという服装の、短髪でたくましい男だった。

制服警官がおずおずと反論する。

「なにがいけないんです、先生《ドットーレ》？　においがこもっていたし、暗がりでなにか壊したらいけないと思って、窓をちょっと開けて外の空気を入れただけじゃありませんか。すぐに閉めて……」

男は聞く耳を持たなかった。

「死んで間もない遺体が、におうわけがない。どれほど風が強いか、わからないのか？　それに、ここが五階だということを忘れたのかね。書類や紙の類が、吹き散らかされたかもしれないじゃないか」

ロヤコーノは口を挟んだ。

「先生のおっしゃるとおりだ。われわれの到着が遅れたために現場保存ができなくて、申し訳ない」手袋をした男の前に行った。「おはようございます、先生。ピッツォファルコーネ署のジュゼッペ・ロヤコーノ警部です。こちらはアラゴーナ一等巡査」

男は仏頂面で、ふたりをしげしげと見た。

「ピッツォファルコーネ署？　ふうん。新しい捜査班か。健闘を祈る。どのみち、前任者に輪をかけたろくでなしには、なりたくてもなれやしない。検死官のルーチョ・マルキテッリだ。この管区で起きた事件をたいてい担当する果報者さ」

ロヤコーノは室内を眺めた。だだっ広い部屋で、バルコニーが二つあり、そのひとつはよろい戸が開いていた。部屋の出入口は二ヶ所にある。家具はテーブルに椅子が四脚、オリーブグリーンの革張りの肘掛椅子。たっぷり長さのある壁際には暗色の木製キャビネットが置かれているきりで、奥行きのある五段の陳列棚それぞれに、スノードームが隙間なく並んでいた。

検死官と言い争っていた制服警官が近づいてきて、軍隊式の敬礼をした。

「ジェッナーロ・クオーモ巡査であります、警部。県警本部のわれわれが、一番に到着しました。なんなりとご命令を！」

ロヤコーノ警部は床を眺めていた。うつ伏せになった遺体はピンクのナイトガウンを着た中年の女性で、ガウンの裾が少しずり上がっていた。タイツを履き、片方のスリッパが脱げて数センチ離れたところに転がっている。土気色の頬を床につけ、わずかに口を開いて、半開きの虚ろな目を人生のラストシーンに据えていた。平凡な顔立ちだ。肥満気味、ずんぐりした足首、太い脚。

あまり離れていないところに盆がひっくり返り、カフェラテが飛び散って、ビスコッティと割れた皿が落ちていた。

ロヤコーノは遺体に目を戻した。後頭部に黒ずんだ血がこびりつき、カーペットにも同色の染みがある。

「遺体の第一発見者は？」

クオーモが即座に答えた。

「ブルガリア人のお手伝いです。名前は……」メモを見て、一音節ずつ発音する。「ニコラエバ・イヴァノーヴァ・マヤ。マヤが洗礼名です。ほんの娘っこでして、見たくないと言ってあっちで泣いています。被害者は、チェチーリア・デ・サンティス、既婚。夫はアルトゥーロ・フェスタ、職業は公証人《ノタイオ》、お手伝いの話では、夫は外出中で居場所はわからないとのことです」

ロヤコーノはアラゴーナに話しかけた。

「お手伝いに話を聞いてくれ。夫の事務所の電話番号でも携帯電話の番号でも、なんでもいい。とにかく連絡をつける手段を聞き出してもらいたい。夫の居場所を知る必要がある」

明確な指示を与えられたアラゴーナ一等巡査は、張り切って奥の部屋へ向かった。ロヤコーノは検死官に注意を向けた。これから遺体をくまなく調べ、先ほど到着した助手に口述筆記をさせるところだ。「そうそう、マッテオ、まず市の死体保管所の職員に、しばらく待つように伝えてくれ。搬送中に汚染される前に、いまここで着衣やその他の物品を証拠品として記録しておく必要があるからね。さて、いいかな？　記録を頼む」床に置いた革カバンから器具を取り出して、口述を開始した。ガウンの裾を上げて体温計を差し込み、四肢をわずかに動かすと、遺体は人形のようにおとなしく検死官の手の動きに従った。ロヤコーノは彼の言葉に耳を澄まし、できる限りの情報を頭に入れようと努めた。最初の考察は、非常に大きな意味を持つ。

「遺体付近の室温、摂氏二〇度。ラジエーターのスイッチは入っているが、低い温度に設定されている。遺体はうつ伏せの状態で左を向き、顔の右半分が床に接している。右腕を曲げ、左腕を脇腹に沿って伸ばしている。下肢はまっすぐで平行。両足は内側に回転……うーん、『弓なり緊張』でいいや、マッテオ。それで十分わかる。ナイトガウンを着用、サテン、紫がかったバラ色、ベルトつき。薄いピンクのネグリジェ、レースの縁飾り、肌色のタイツ、同色のパンティ、これにもレースの縁飾り。首に白い紐。遺体の頭部を持ち上げたところ、白い紐は眼鏡紐と判明。眼鏡は読書用、フレームは赤紫色、右レンズの鼻当て付近にひび。今後の生物学的検証が捜査に欠かせないと判断し、証拠物件として使用する目的で、被害者の着衣の状態に変更を加えたことをここに明記する。被害者の身長、一六九センチメートル。女性特有の脂肪細胞蓄積」

検死官はひと息ついて、遺体の顔の近くにしゃがんだ。

「両眼瞼《がんけん》は開いた状態。角膜に軽度の混濁、一部に硬化が見受けられる。口腔から薄赤色の液体が流出。左耳から血液成分が流出し、一部は床、一部は耳朶《じだ》と片頰に凝固。身体外部から行った予備検査において、後頭部左に帽状腱膜集合体と推測される粘着性組織が認められた。毛量が多いものの、後頭部の皮膚が紫に変色していると推察される。さらに検査を行い、先述の変色部分のほぼ中央に長さおよそ一・五センチの傷を発見。細心の注意を払って傷口内部を検査したところ、打撲による裂傷の場合に見られる結合性組織片が認められた。中程度の失血を伴っている、表皮のほかの部分に損傷はない」

遺体を仰向けにしてガウンの前をそっと開き、ネグリジェをまくり上げた。

「所見。臍の近くに古い傷痕。直径約一センチ。そのほかに、腸骨上方の腹側にそれぞれ直径〇・五センチ強の傷痕が正中線を挟んで左右五センチの位置にある。これらの傷は開腹手術による可能性が非常に高い。爪の下に他者由来の残存物なし。爪に欠損等は見られない。白色のマニキュアを日常的に塗っていた模様。死後硬直が各部位で進行中。うつ伏せであったために、体前部に鬱血《うっけつ》あり。ただし、指で押してもすでに反応を示さなくなった臥《が》位域を除く。遺体の直腸温度、摂氏二六・五度。検死終了時刻、午前九時。マッテオ、あともうひとつ。警察到着時、窓は完全に閉めきった状態と付記してくれ」

ロヤコーノは、うつむいているクオーモ巡査から、窓に視線を移した。湾に長く突き出した半島を背景に、風、海、空が渾然一体となったこの世のものとは思えない壮観が、窓の向こうに広がっている。こんなところに住む幸運に恵まれたら、一日じゅう窓の外を眺めて過ごすだろう。頭に一撃食らって、ガウン姿で死ぬのはごめんだが。

「先生、事件発生時刻の見当はつきますか」

検死官はよっこらしょと立ち上がり、ラテックスの手袋を脱いだ。

「いま言えるのは、被害者が死亡したのは、九時間から十一時間前ということだけだね。後頭部のうなじに近い部分に激しい打撲を受けて、頭蓋骨が損傷している。あとはまだ正確にはわからない。防御創はない。さてと、遺体を保管所に搬送して解剖に取りかかるとしよう」

会釈をしてそそくさと出ていく検死官と入れ違いに、白のつなぎを着た科学捜査班が到着した。間もなく、これまでとは異なる活動が始まる。犯人の痕跡や指紋を探し求めて、科学捜査班がフラッシュを光らせ、ありとあらゆるところに検出用の粉をふりかける。それにしても、肝心なものがまだ見つかっていない。ロヤコーノは、犯人がそれを持ち去っていないことを願った。これの早期発見が犯人割り出しの鍵を握る。

突然、ロヤコーノは膝をついた。

革張りの肘掛椅子の下で、ハワイかどこかの踊り子の人形がスノードームのなかから彼に微笑んでいた。

そのガラスの表面は、血で汚れていた。

第十五章

フランチェスコ・ロマーノ巡査長は前夜の、とくに帰宅直後の出来事が頭から離れなかった。新しい同僚がみな、デスクの整理にいそしむのをよそに、彼は窓の外に目をやり、風に乗って走る雲を見つめて思いにふけっていた。栄転したわけでもあるまいし、なにを張り切っているんだ、バカバカしい。新しいデスクなど、クソ食らえだ。おれは事務員ではないし、会計士でも簿記係でもない。刑事だ。刑事であるためには、それにふさわしい仕事が必要だ。

ロマーノは左手の指でデスクをせわしなく叩き、右手をポケットに入れていた。いつもこうして、しまっておく。おとなしくさせておきたいから。なにも見せたくないから。こいつは飼い慣らされていない猛犬と同じだ。頑丈な口輪を嵌め、引き綱を短く持っていない限り、どこにも連れていけない。困ったことに、ロマーノはしょっちゅう口輪を嵌め損なう。きのうもそうだった。

きのう、彼はとりわけ機嫌が悪かった。新しい部署での初顔合わせが、鬱々たる気分にとどめを刺す恰好になった。おれは、無能な前任者たちの背信行為で全国に悪名を馳せたピッツォファルコーネ署にたむろする、負け犬の群れに送り込まれてしまった。ピッツォファルコーネ署のろくでなしどもと一緒くたにされた。これまで、いくつもの事件を解決してきたのに。誰にも負けないほど正直で真面目なのに。

新しい同僚どもを見てみるがいい。古道具屋の引く荷車の中身も顔負けだ。ここは警察専用ゴミ捨て場だ。

マフィアの内通者の疑いがかかっている警部。警官ごっこをしている、コネで入った無能な若造。銃に執着する、頭のネジのゆるんだ女。子持ちのおとなしい主婦。自殺を他殺と妄想し、想像上の殺人犯を追う老いぼれ。それに、署長ときたら、まるでうわべだけ熱心な電気掃除機のセールスマンだ。

こんなところを人が見たら、どう思うだろう。なんで、おれがゴミと一緒にされなければならない。

右手のせいだ。ポケットに閉じ込めてある、呪われた右手のせいだ。出たらまた悪さをしようと、待ち構えている。

ロマーノは、右手が原因で停職になったときのことを思い返した。カモッラの下っ端構成員の生意気な顔が瞼《まぶた》の裏に浮かぶ。おまえたちになにができるってんだ、とそいつは面と向かって嘲笑した。なにもできやしない、なんにも。おれがヤクを持っていたことも、あのクソ野郎を撃ったことも、おまえたちは知っている。だけど、ピストルはきれいに拭いて下水に捨てちまったから、おまえたちは手を出せない。それに、おれには一流の敏腕弁護士がついている。

巡査長さんよ、請け合ってやる。今夜、おれはあんたより先にここを出ていく。男の言うとおりになることを、ロマーノは承知していた。いつの間にか、右手で男の喉首を絞め上げていた。

十日間の停職処分が下された。無能な署長は唇をゆがめて、苦々しげに吐き捨てた。ロマーノ、もうおまえに用はない。ここに戻ることは二度とないから、私物をまとめろ。こんな具合だった。

十日のあいだ、家にこもっていた。なにもすることがなかった。もともと読書はしないし、音楽も聞かない、テレビも見ない。テレビには、いまや同僚となった人工日焼けのアラゴーナよりも、もっと嘘っぽい刑事が出てくるので、とても見る気がしない。人間は理性を失うこともある。ふだんはしないことを、するときもある。

ジョルジャ――妻だけが寄り添ってくれていた。だが、心配そうにちらちらと様子を窺う視線が、苛立ちをいっそう募らせた。結婚して何年だろう？　八年だ。子どもはいない。授からなかった。誰のせいでもない。検査、気分転換の旅行、排卵日の計算。ジョルジャが枕に顔を埋めて泣く声を、寝たふりをして聞いた夜。そして、沈黙が訪れた。延々と続く沈黙だ。ずっしりと重く、耐えがたい臭気を放って宙に浮いている沈黙だ。

こうしたとき、人は仕事を心のよりどころにする。その仕事に秀でていれば、そしてその仕事に子どものころからあこがれ、情熱を持っていればなおさらだ。ロマーノはそれを突然、失った。同時に、心のよりどころも。

きのうの夜、ロマーノが帰宅するとジョルジャは外出していた。散歩だろうか。娘に甘い父親のところだろうか。彼女はしょっちゅう、父親に愚痴をこぼしている。

誰もいない家のなかは、真っ暗で冷えきっていた。きょう、おれはゴミみたいな連中と初顔合わせをした。きょう、おれはピッツォファルコーネ署のろくでなし刑事になった。

三十分ほどしてジョルジャが戻ったとき、ロマーノは真っ暗ななかでむっつりして座っていた。ジョルジャは夫の傍らへ行って、もぞもぞと言い訳をした。先の見えない苦しい状況に置かれたいま、ロマーノは彼女がそばにいてくれるだけでよかった。彼女があんな目で見なければ、あんな声で話しかけてこなければ、なにも起きなかった。それなのに、憐れみのこもった涙声で話しかけてきた。残念だわ、気の毒に。気の毒に。

ジョルジャは憐れんでいるのか？　惨めな男だと思って同情しているのか？

右手がロマーノの気持ちを代弁した。考える間も、返事を組み立てる間もなく、獰猛《どうもう》な右手が飛び出した。憐れみを浮かべた唇を、手の甲が直撃した。一日経ったいま、不要な新しいデスクに座ったフランチェスコ・ロマーノ巡査長——以前の職場では陰で〝ハルク〟と呼ばれていた——は、右手の甲にできた小さな傷の痛みをポケットのなかで味わっていた。ジョルジャの左の犬歯に当たってできた傷だ。歯が折れなかったのが、不幸中の幸いだった。

ロマーノはひと晩じゅうソファから動かずに、寝室から漏れてくるジョルジャのすすり泣きを聞いていた。身勝手にも、彼女が許してくれることを期待していた。いいのよ、なんともないわ。さあ、寝ましょう。もう忘れて。だが、現実はそう甘くはなかった。

風が吹き荒れる空に一筋の光が射すと、ロマーノはすぐに起き上がって寝室へ行った。ジョルジャはハンカチを握りしめて眉間に皺を寄せ、殴られた上唇を腫らして眠っていた。

どれほど彼女を愛していることか。

どれほど彼女を憎んでいることか。

うっとうしい熱意を振りまく電気掃除機のセールスマン、すなわち署長が刑事部屋の戸口に顔を覗かせた。

「ロマーノとディ・ナルド、ちょっとこっちへ。通報があったので、調べてきてもらいたい」

第十六章

ロヤコーノ警部は、凶器のスノードームが肘掛椅子の下に落ちていることを科学捜査班に告げたあと、キッチンでアラゴーナに合流した。

メモ帳を持って立っているアラゴーナの前に、金髪のきれいな娘がハンカチを口に当て、しょんぼり座って涙ぐんでいた。アラゴーナは、彼女がブルガリア人のお手伝い、イヴァノーヴァ・ニコラエバ・マヤであり、動転していると報告した。

警部も聴取に加わって、マヤが亡くなったチェチーリア・デ・サンティスを非常に慕っていたことを知った。奥さまはおだやかでやさしく、親切で云々……非の打ち所がなく、互いに尊重して云々……あたしの仕事に満足してくださって云々……。いいえ、あたしのほかに使用人はいません。奥さまと、いまはお留守ですが、公証人をなさっているご主人とのふたり暮らしでしたから。ご主人は、重要なお仕事をなさっていて、出張されることがまれではなく、最近はとくに夜にお戻りにならないことが多かったようです云々……。奥さまは反対に、たいてい家にいらっしゃいました。スノードームのコレクションをとても大切にしていらして……あれに気づかれましたか？　必ずご自分で埃をはらって、きちんと並べていらしたんですよ。きょうも、こちらに着くといつもと同じように奥さまに朝食を用意しました。それから……

「いけない！　客間でお盆を落としたんです。掃除をしなくちゃ。そこらじゅう、汚してしまって」

マヤが立ち上がりかけたが、ロヤコーノはそっと肩に手を置いて止めた。

「心配する必要はないよ。いま、警察があの部屋を調べている最中だ。教えてもらいたいことがある。奥さまは最近、誰かに脅されたりしなかった？　奥さまに腹を立てた人はいたかな」

お手伝いは目を丸くした。

「とんでもない。奥さまは誰にでもやさしくなさっていたから、みんなに慕われていました。奥さまを悪く思う人なんて、ひとりもいません」

だがいたのだ、とロヤコーノは思った。

「ご主人の電話番号は？　早く教えてあげないとね」

マヤは首を横に振った。

「あたしにはわかりません。お話ししたこともなくて。ご主人には奥さまが話します。でも、事務所の番号はそこの小さな黒板に書いてあります」

そう言って、キッチンの壁にかかっている黒板に目をやった。〝アルトゥーロの事務所〟ときれいな字で書かれた横に数字が並んでいる。ロヤコーノは、できれば夫に直接知らせたかった。事務所の従業員から事件を伝え聞いて心の準備をされては困る。こうした事件では、まず配偶者を疑わざるを得ないのだ。

思案しているところへ、アラゴーナがふいに言った。

「被害者の携帯電話を探したら？　亭主の番号が登録してあるんじゃないかな」

ロヤコーノはうなずいた。

「そうか。客間にはなかったから、寝室だろう。それと、もうひとつ。お手伝いさんに案内してもらって、家のなかをくまなく調べてくれ。なにかなくなっているかもしれない。とくに貴重品の類だ」

アラゴーナの言葉に誘われたように、ロヤコーノは携帯電話を出して分署にかけた。呼び出し音が一回鳴っただけで、警備のグイーダ巡査が応答した。ロヤコーノが名乗ると、巡査の口調がとたんに変わった。背筋をピンと伸ばしたところが、目に見えるようだ。オッタヴィア・カラブレーゼにつないでもらう。

「チャオ、ロヤコーノ警部。なにか？」

「コンピューターはつながった？」

「ええ、もう使えるわ。そっちはどんな具合？　手伝えることはあるかしら」

「一応、順調に進んでいる。遺体は保管所に搬送されて、いまは科捜班が捜索している。インターネットで、おおまかな調査をしてもらいたいんだ」

「いいわよ。なにを調べたいの？」

「被害者の夫は公証人なんだが、かなりの大物らしく、千夜一夜物語に出てくるような豪邸に住んでいる。被害者はチェチーリア・デ・サンティス。夫はフェスタ、アルトゥーロ・フェスタだ」

「とくに調べたい点は？」

「いまのところ、ない。ネット上の夫妻に関する情報を拾ってくれればいい。だいたいの状況がわかったら、携帯に連絡を頼む」

オッタヴィアはただちに調べだす傍ら、話し続けた。

「いま、検索して……ああ、あった。公証人の事務所は……ミレ通り三二番地。そこからあまり遠くないわ。歩いて五分よ。ほかのことは、またあとで。署長に伝言は？」

ロヤコーノは一瞬迷った。

「これから移動するので、判事に警告するよう伝えてもらおうかな」

「アラゴーナが一緒なのね？」

オッタヴィアが皮肉交じりに言った。

「残念ながら。もっとも、今度は歩きだけどね。忠告しておく。決して、いいかい、決してあいつの運転する車に乗ってはいけない。わかったかい」

オッタヴィアは吹き出した。

「とっくに本部の人たちから聞いてるわ。じゃあ、また」

アラゴーナがハンカチにくるんだ携帯電話を持って、お手伝いとともにキッチンに戻ってきた。

「まったくもう、聞こえましたよ！　ここで電話してるより、おれが時速二百キロでぶっ飛ばす車に乗ってるほうが、頭を割られる心配がないのに。ほら、これ。被害者の携帯電話です。ナイトテーブルの上で、電源を切って充電中だった。全然、さわってませんからね。たいしたもんでしょ？」

警部はため息をついた。

「テレビの見すぎだ、アラゴーナ。ああ、たいしたもんだ。どんな場合でも、用心するに越したことはない。今度は、紛失しているものがないか、調べてきてくれ」

ロヤコーノは携帯電話の電源を入れて、電波が入るのを待ち、死後十一時間以内という検死官の推定を念頭に置いて、前夜の通話履歴を調べた。〝発信元不明〟一件、〝アデーレ〟一件、〝モニカ〟一件、そして〝アルトゥーロ〟が一件。これは午後十時十分に通話している。

この電話で夫に連絡を取ることもできるが、メモリーに変更を加えないほうがよかろうと、考え直した。履歴をメモし、電話の指紋採取とデータ解析のために科捜班へ引き渡した。

そろそろ、オッタヴィアに住所を教えてもらった、夫の事務所に向かう潮時だ。従業員がすでに出勤しているとありがたいのだが。事件を知ってどんな反応を示すか、見てみたかった。

人々の顔は、驚くほど多くを物語る。

　ドアへ向かった警部は、興奮したアラゴーナと鉢合わせしそうになった。

「警部！　図星でしたよ！　銀器が数点、紛失しています。死体のあった部屋のテーブルと廊下、それに玄関ホールに置いてあった品だそうです」

「紛失しているのは、それだけか？」

「被害者の寝室に置いてあったものは、全部無事です。整理ダンスに入れてある宝石箱の中身は全部そろっているし、昨夜着替えるときにはずした宝石は、ナイトテーブルに置いてあった。亭主の書斎には――こっちのドアは閉まってました――金のペーパーウェイトがあるんですが、あれはおれの住まいと家具をひっくるめたくらいの値打ちもんだな。あと、ガラスの陳列ケースに入ったコインのコレクション。こいつも見事なもんです。こういうのはどれも手つかずで、なくなっているのは銀器数点のみです。お手伝いの話では、飾り壺が二個、写真立て二つ、それに小像だそうで」

　ロヤコーノはクオーモ巡査を呼んで、てきぱきと指示を与えた。

「ニコラエバさんの調書を作ってもらいたい。それに、彼女が覚えている限りの紛失した品のリストも。詳細に頼むよ。彼女の現住所などの基本情報、身分証明書のコピー、必要なときに連絡が取れるように、携帯電話の番号も。ニコラエバさん、しばらく街を出ないでください。それと、いつでも連絡が取れるようにしておくこと。さあ、行こう、アラゴーナ。仕事が待っているぞ」

第十七章

アレッサンドラ・ディ・ナルドとフランチェスコ・ロマーノ両刑事は、ほとんど言葉を交わさずに、それぞれの思いにふけって歩いていた。そもそも共通の話題がないのだから、会話が成立する道理がない。

共通しているのは、同じ署に最近配属されたという、ただその一点だ。それも、市の警官全員に〝ろくでなし刑事〟と蔑《さげす》まれるピッツォファルコーネ署に。信頼し合う基盤は脆弱だし、友情を育《はぐく》むのに適した環境でもない。

そこで、こうして押し黙って向かい風を受け、通報の詳細調査に向かっている。通報電話を受けたのは、よその署では人でごった返しているが、ピッツォファルコーネ署ではゴビ砂漠並みにひっそりかんとしている受付カウンターでしゃっちょこばっている、ぼんくら巡査だ。

電話の主は女性で、この街では慣例になっている匿名ではなく、ガルダショーネ、アマーリアと姓、名の順で二度も繰り返したばかりか、住所と電話番号を嚙んで含めるように言い添えたそうだ。どうせ虚言癖のある頭のおかしな女だ。ロマーノはそう信じて疑わなかった。しかし、いかなる通報にも真摯《しんし》に対応するというのが、電気掃除機のセールスマン、すなわち署長の方針であるため、おそらくは頭のネジのゆるんだ女の、おそらくは妄想を調査するために出向くほかはなかった。それでもデスクに足を乗っけて雲を眺めながら、ジョルジャの腫れ上がった上唇を思い浮かべているよりも、ずっとましだった。

ディ・ナルドは、ゆったりしたパンツのポケットに収まっている改造ベレッタ九二ＳＢの重量がなによりも心強かった。特殊なサイトで購入して登録したこの銃は、一部に合成樹脂を使用しているため、金属製モデルよりも扱いやすい。銃を抜く時間が大幅に短縮されることは、射撃場で試射を重ねて確認した。正確性は金属製モデルより劣るが、アレックス——数少ない友人たちはこう呼ぶ——は的をはずすようなリスクは犯さない。

なぜなら、銃を撃っているときだけは、自分自身でいられるから。小銃、拳銃、軽機関銃など種類を問わず、まっすぐに伸ばした腕の先から小さな金属の弾が飛び出して、標的を貫き、人の形をしたシルエットをずたずたに引き裂く瞬間だけが、満ち足りて幸せだから。

アレックスは暇さえあれば、射撃練習をする。休暇を消化しなければならなくなると、両親が保有している人里離れた古い農家に行き、窓のうしろに身を潜めてわざわざ窮屈な姿勢を取り、庭の標的を撃つ。

射撃は、元陸軍士官でいまは年金生活を送っている父に教わった。大尉から大佐、そしてついにはディ・ナルド将軍となった彼は息子が欲しかったので、運命と妻が授けてくれた痩せっぽちの娘には、まったく関心を示さなかった。ところが、ある日射撃場に連れていったところ、娘は驚くべき才能を見せ、ふたりのあいだに共通の話題ができたのだった。

それ以降、アレックスは射撃に熱中した。どんなに忙しくても、時間を見つけて練習した。

盲目的にあがめている父との話題を保つために、撃った。撃っている限りは、父が微笑んでくれる。銃を撃つことは、彼女のほぼ唯一の楽しみだ。

ほぼ、ではあるが。

ふたりは、グイーダ巡査が聞き取った住所に到着した。もとは庶民的な住宅街だったが、十年ほど前に人気が出て不動産価格が上昇し、将来が期待された地区のひとつだ。しかし、発展途上で再開発は頓挫し、いまは高級品を扱うブティック、中産階級向け商店、安売り店が混在し、新築の高級マンションの隣に崩れ落ちそうなぼろアパートが建っていたりする。アマーリア・ガルダショーネの住む建物は、玄関ホールが清潔でエレベーターが故障していない、比較的上等な部類に属していた。

アパートメントのドアを開けたのは、お手伝いか介護者らしき、澄んだ小さな目のたくましい外国人の娘だった。炒めたニンニクがプンプンにおう。娘はふたりを居間に案内した。古びてはいるもののきれいに磨かれた家具が並び、刺繍《ししゆう》を施したドイリーやカバーがテーブル、ソファ、肘掛椅子の背もたれ、食器棚などありとあらゆるところを覆っている。炒めたニンニクのほかにアンモニア臭が鼻を衝き、失禁しがちな老人のいることが窺えた。事実、窓の近くに置かれた肘掛椅子に、気難しそうな老女が膝掛けをしてふんぞり返っていた。そこにも刺繍入りのドイリーを置いておきゃいいのに、とロマーノは思った。

「こんにちは、奥さん。ピッツォファルコーネ署のロマーノ巡査長とディ・ナルド巡査長補です。奥さんの名は、アマーリア・ガルダショーネですね」

老女は毛穴のひとつひとつから不信感を発散させて無言で見つめ返し、しばらくして低い声ではっきり答えた。

「ああ、そうだよ。身分証を見せておくれ。あんたは」――外国人の娘に向かって――「関係ないんだから、あっちへお行き」――身分証を受け取りながら、罵る――「ゴシップ好きのあばずれめ」

老眼鏡を鼻の頭に乗せて、身分証の一字一句を確認するとようやく気がすんだと見え、返して寄越した。

「制服はどうしたのさ。だいじに取っておこうってわけかい？　あたしは警官らしい警官が好きなのに。おまけに、ひとりは女じゃないか。ま、しょうがない」

ロマーノとディ・ナルドは、あきれて顔を見合わせた。ロマーノが訊く。

「犯罪が起きていると通報しましたよね、奥さん。どういうことだか、話してもらえませんか。そしたら、奥さんの時間を無駄にしないで、さっさと退散します。奥さんだって忙しいでしょ」

皮肉が通じなかったとみえ、アマーリアは満足げにうなずいた。

「まったくだ。時間を無駄にしちゃいけない。あのさ、あたしは一日のほとんどをこの窓のそばで過ごしていてね。でもって、ときどきは前の建物の窓に目がいく」

この老女の目の届く範囲には絶対に住みたくない、とアレックスは思った。

「あの窓が見えるだろ？　そこの五階の窓」

ロマーノは道を隔てた建物におざなりな視線を走らせた。こんな老女の相手は時間の無駄以外の何物でもない。

「あそこはさ、二十日くらい前に改修が終わったのよ。そして、誰かが引っ越してきた」

アマーリアが椅子をきしませて座り直す。

その後沈黙が続き、刑事たちの困惑は増すばかりだった。しまいにディ・ナルドが質問した。

「誰が越してきたんですか?」

アマーリアは出来のよい生徒をほめる校長みたいに、ご満悦でうなずいた。

「そこなのよ。誰が越してきたか?」

ロマーノの苛立ちが頂点に達した。

「奥さん、もう一回言わしてください。時間を無駄にするのは、やめましょうよ。なにか言いたいことがあるんなら、さっさと言ってください。ないんなら、帰ります。どうもお邪魔しました」

アマーリアはバカにしたようにロマーノを見た。

「そこが肝心……あんた、階級はなんだっけ? 巡査長? そこが肝心なのよ、巡査長さん。誰かが住んでいるのは間違いない。で、その誰かさんは、あそこに監禁されている」

「監禁? どういう意味です?」

アマーリアは両の掌を合わせて言った。

「ああ、イエスさま! 監禁っていったら、意味は決まっているのに。要するに、あそこの人はずっと部屋にいて、一度も外に出てこない。ひとりだか、ふたりだか、何人いるんだか知らないけど。窓から顔を出したこともないのよ。そもそも窓を開けたこともない。インターフォンを鳴らしても、返事がない。間違いなく、監禁されているのよ。これで、通報した理由がわかっただろ」

ロマーノはため息をついた。

「あのね、奥さん、外に出ないとか、窓から顔を出さないからって、監禁されていることにはなりませんよ。こういうことじゃないですか。奥さんの見ていないときに出入りした。ここからは見えない窓から、顔を出した」

アマーリアはきっぱり否定した。

「違うわよ。絶対に違う。あたしは歩けないのよ。なにもかも、ウクライナ人のあばずれ――あんたたちを出迎えた娘のことだよ――を頼りにしなくちゃならなくて、苦労しているんだ。だけど、頭はりっぱに働くし、昼間はずっとここにいる。あそこでなにか変なことが起きているのは、間違いない。すごく変なことがね。あたしがここに何年住んでいると思う？　この窓の外を見るほかに、気晴らしはないんだよ。あたしが変だと言ったら、変に決まっている。一度だけ、女がカーテンの隙間から顔を覗かせたことがあった。若い女だった。きれいだったねえ。マリアさまみたいだった。でも、目がおどおどしていた。いいかい、あのきれいな娘はあそこに監禁されているんだ。あの娘だけでなく、ほかにもいるのかもしれない。さあ、調べるなり署に帰るなり、好きにするんだね。あたしは、やるべきことをやったから、良心に恥じるところはない。あとはあんたたち次第さ」

長々と演説をぶったアマーリアは大きく息をつくと、近くのテーブルに置いてあった布を取り上げて、せっせと刺繡針を動かし始めた。ロマーノとディ・ナルドは大量のドイリーの出どころと、話の終わったことを知った。

ロマーノはディ・ナルドともう一度顔を見合わせ、老女に言った。

「奥さん、通報というのは重大な事案なんですよ。軽々しく通報するものじゃないし、受けたほうも軽々しい対応はできない。今後は、通報する前によく考えてください。いちいち調べなきゃならない、こっちの身にもなってくださいよ。じゃ、失礼」

アマーリアは刺繡に目を落としたまま、甲高い声を張り上げた。

「イリーーナーーー！　お客さんがお帰りだよ！　さっさとお見送りしな！」

第十八章

もうすぐ、彼らが来る。

そして、根掘り葉掘り訊く。

言葉尻をとらえ、顔色を盗み見て、憎しみの感情を探す。

おそらく、彼らは失敗する。愛を探そうとしないから。実際は、愛が命に終止符を打つことが多いのに。愛は川に似て、おだやかに海へと流れる途中でふと湾曲し、急に深くなって激しく逆巻くこともある。

愛があるから生きていくことができる。一日を、ひと月を、一年を、そして幾多の夜をまっとうする力になる。愛は幻にすぎないが、大切に育《はぐく》んで、すがって生きていくことができるくらいに大きくすることもできる。

彼らは書類を調べて金の動きを追い、怪しい点はないかと目を凝らすだろう。実際に怪しげな形跡を発見して、手がかりをつかんだと小躍りするかもしれない。

ほんとうは、書類などではなく、やさしい心遣いや吐息、顔色に注意を向けて手がかりを探すべきなのだ。ささやかな思い出やほんの少し長すぎた視線の交差。そこにすべての原因がある。こうした些細なきっかけで生まれた幻に想像を加えて、赤ん坊のように抱きしめて育てていくと、それはしまいに巨大になってすべてを覆い尽くす。

なにもかも愛のせいだ。愛の進路を阻むと痛い目に遭う。愛はとてつもなく強く、海を目指す川のごとくに障害物を粉々にして、押し流す。

愛の論理はどんな利益にも勝る。だから、金銭面に目を向けても意味がない。愛の進路を阻むのは愚かなことだと、彼女に理解させようと努めた。いま見える川の湾曲はこれまでと同じようだが、実際は底なしの深淵が待ち構えている。これまでのようにはいかない、今度こそ決心しなければいけない。そう懇々と説いたが、彼女は聞く耳を持たなかった。

愛の本質やその論理を理解しない彼らは、陳腐な論理に従って見当違いの捜査をするだろう。

正しい質問をしてきたら、あんな結果になった理由を教える。

あんなことをした理由を教える。

でも、彼らが正しい角度から見ない限り、なにも教えない。償いは、責めを負うべき者がすればいい。

償いは、愛がする。

第十九章

ロヤコーノたちはオッタヴィア・カラブレーゼの教えた住所に、実際に五分で到着した。瀟《しょう》洒《しゃ》な建物の入口の横に、《アルトゥーロ・フェスタ　公証人》と記した真鍮《しんちゅう》のプレートが掲げられていた。

十時前だ。まだ誰も出勤していないかもしれないな、とロヤコーノは思った。夫への連絡をこれ以上遅らせるわけにはいかない。携帯電話の番号がわかったから、連絡を取ろうと思えばできる。だが、夫の周囲にいる人々が事件を知ったときの反応を、まず観察したかった。

中年の小柄な管理人が、ダイレクトメールを仕分けして郵便受けに入れている。近づいていくと、彼は振り向きもしないで階段の上り口を顎で指して言った。

「中二階、A階段だよ」

どうやら出勤している者がいるらしい。

アラゴーナが事務所のインターフォンを押すと、ドアが内部から操作されて開いた。小さな待合室に入ったふたりのところへ、眼鏡をかけたずんぐりむっくりの若い女がやってきて、はきはきした口調で訊いた。

「おはようございます。ご用件は?」

ロヤコーノは挨拶を返した。

「おはよう。ピッツォファルコーネ署のロヤコーノ警部です。こちらはアラゴーナ一等巡査。公証人のフェスタ氏と話をしたい」

事務所に警官が来ることは珍しくないらしく、彼女は驚かなかった。

「申し訳ありませんが、まだお見えになっていません。用件をお話し願えますか。先生《ノタイオ》と直接約束をなさったのですか」

「いつなら話ができますか。フェスタ氏個人に関する用件なんですよ。それも緊急の。ええと、あなたは……」

「あら、うっかりしていてすみません。インマです。インマ・アラーチェ。わたしは手形を担当していて、この時刻に出勤しているのは手形の担当だけです。もう少ししたらほかの人たちも来ますが、いまはわたしと手形作成係のリーノしかいません。困ったわ。どうしたらいいのかしら」

「従業員はあと何人いるのですか。ほかの人たちは何時ごろに来ます?」

「あとふたりいて、十時半には来ますよ。時間をずらして勤務していて、わたしとリーノはひと足先に帰るんです。もう少しすれば……」掛け時計をちらっと見て――「あと三十分ほどで全員がそろいますけど」

ロヤコーノはアラゴーナと顔を見合わせた。

「じゃあ、ほかの人やフェスタ氏が来るのを待つあいだに、あなたたちに話を聞かせてもらおうか。まず、フェスタ氏のいどころを教えてもらいたい」

ロヤコーノは有無を言わせない口調で言った。口調の変化を感じ取ったアラーチェは、警官が通り一遍の形式的な訪問ではなく、もっと重大な用件で訪れたことを悟った。

「こちらへどうぞ」

そう言って、六人ぶんのデスクが並んだ羽目板張りの広い部屋に案内した。分厚いレンズの眼鏡をかけた肥満体の男がひとりで、手形の束をいくつかの山に分けて整理している。

三人に気づいて眉をひそめた男に、アラーチェが困り顔で話しかけた。

「リーノ、警察の人がわたしたちに話を聞きたいんですって。先生を捜しているの」

男は手形を置いてデスクをまわってくると、アラーチェの横に立った。ともに眼鏡をかけて肥満体であるばかりか、不安と驚愕の入り混じった表情も似通ったふたりは、まるで兄妹のように見えた。

「先生を捜している？　先生はいませんよ。出張中です。きみ、話さなかったのか？」

アラーチェは口をとがらせた。

「失礼ね。バカにしないで。もちろん、まだ出勤していないって、伝えたわ。それでも、話を聞きたいんですって」

「それでも話を聞きたい？　だけど、先生がいないんだから、どうしようもないじゃないか。出直してもらうほかないだろう」

アラーチェは、血の巡りの悪いリーノにしびれを切らした。

「だったら、あなたがそう言えばいいでしょう。わたしはちゃんと話したもの。だけど、この人たちは待つって言ったのよ」

「待つって言った？」

まるで道化芝居じゃないか、とアラゴーナは目を丸くしてロヤコーノを見た。アラーチェの言葉尻をいちいち繰り返すこいつときたら、コンメディア・デッラルテ（仮面を使用する即興演劇の一形態）の登場人物みたいだ。

ロヤコーノが滑稽なやり取りに割って入る。

「フェスタ氏のいどころを知っているね？　どうしても話をする必要がある。いますぐに」

男はわずかな髪がすだれ状に張りついている頭頂を、震える手で掻いた。

「いますぐに？　先生はカプリ島の会合に行ったんですよ。きのう帰ってくる予定だったけど、海が荒れてフェリーが欠航したので足止めを食っていて、いつ戻るのかわかりません。わたしたちで役に立つなら……」

男が言いよどんでアラーチェの顔を見ると、彼女は目を伏せた。なにかある、と察したロヤコーノははったりをかけた。

「そうか。じゃあ、カプリの警察に頼んで接触してもらおう。ホテルの名前と電話番号は当然知っているね。必ず連絡が取れるようにしてあるはずだ……それで、あなたの名前は……」

男は口をぱくぱくさせたが、声が出てこなかった。アラーチェが見かねて代弁する。

「デ・ルーチャ、サルバトーレ・デ・ルーチャです。さっき言いましたように、手形の作成係で……」

アラゴーナが片手を上げてさえぎった。

「説明はあとで聞く。いまはとにかく、フェスタ氏のいどころだ。さっさと教えろ」

一等巡査の高飛車な口調にデ・ルーチャは縮み上がり、しどろもどろになった。

「じつは……そのう……先生のいどころは……極秘になっていて」

彼は横目でアラーチェを窺った。

ロヤコーノは言った。

「そんなことを言っている場合じゃないんだ。さあ、早く」

デ・ルーチャはうつむいて小さな声で言った。

「ソレントにいます……休暇で。きょうの昼前に戻る予定です。あの、お願いです。このことはぜひ内密に。とくに家族には……」

哀れにも真っ赤になったデ・ルーチャを、アラーチェは冷ややかに睨んだ。フェスタの秘密を漏らしたからだろうか、それとも上司の不倫の隠蔽《いんぺい》にひと役買ったからだろうか。

アラゴーナが告げた。

「その心配はもうしなくていい。フェスタ氏の奥さんのチェチーリア・デ・サンティスは、今朝自宅で遺体となって発見された」

それはいきなり銃声が響いたかのような効果をもたらした。デ・ルーチャは、嘘だろと言わんばかりにアラゴーナを見つめた。かたや、仰天したアラーチェの目と口は最大限に開かれた。それから、体を震わせて泣き出した。デ・ルーチャが、ためらいがちにその肩を抱く。ロヤコーノは、ふたりが気の毒になった。

「こんなふうに伝えたくはなかったが、緊急事態だということを理解してもらいたくてね。さて、フェスタ氏への連絡方法を教えてもらおうか」

第二十章

結局、フェスタと連絡を取ることはできなかった。彼の携帯電話は電源が切られており、口の重いデ・ルーチャとアラーチェからフェスタが二日前の土曜の午前中に出発したことは聞き出したものの、宿泊したホテルはふたりとも知らなかった。

連れの人物についても心当たりがないと言う。だが、ロヤコーノは彼らがもっと知っているような気がしてならなかった。

フェスタを待つほかはなかった。やがて残りの職員も出勤し、ただちに事件を知らされた。

最初に来たのは五十を優に超えた、唇の薄い不愛想な女だった。もったいぶって、ラファエラ・レアと名乗り、証書草案の遵法性確認作業を担当していると告げた。フェスタ夫人が殺されたことを聞いたとたんに顔色を失い、くずおれるように椅子に腰を下ろした。フェスタのいどころにはまったく心当たりがないそうで、デ・ルーチャがボスの秘密を漏らしたことを知ると、すさまじい目つきで彼を睨んだ。

そのすぐあとに息を切らして到着した小柄な金髪美人はマリーナといい、最近はどこの公証人事務所でも主流になっている、インターネットによる申請と証書発行を担当していると、手際よく説明した。事件を聞いてあっけに取られ、悲しげに首を振って自席についた。そして、誰よりも早く我に返ると、部屋の隅に設けられた小さな湯沸かし場でコーヒーを淹《い》れて刑事たちに持ってきた。

ロヤコーノは、従業員がひそかにフェスタに連絡することを警戒して、全員に目を光らせた。その傍ら、報告を兼ねて分署に電話を入れ、オッタヴィアがインターネットで発見した情報を尋ねることにした。

電話を取ったのは、当のオッタヴィアだった。

「チャオ、ロヤコーノ警部、ちょうど連絡しようと思っていたところ。あなたたちがそこにいることをパルマ署長が伝えたので、検察官がそちらへ行くかもしれないわ。科捜班の捜索はあと少しで終わるそうよ。フェスタが出勤前に立ち寄るかもしれないから、現場にパトカーを一台残してある。フェスタが現れたらこちらに連絡が入るので、すぐに伝えるわ」

「インターネットの情報はどうだった?」

「まったく共通点のない夫婦だったみたい。被害者のほうは、いろいろな慈善団体のサイトに寄贈者や活動の後援者として名前が挙げられている。熱心な慈善家だったのね。非常に裕福な家の出身と書いているサイトもある。公証人の夫は社交的で、レセプションだのオープニング・パーティーだの、あちらこちらの招待客リストに載っているわ。おもしろいことに、一度も、ほんとうにただの一度もふたりそろって名前が載ったことがないの。夫があちらなら、妻はこちらへ行くって具合。いいえ、『行った』と言わないといけないわね。少なくともインターネットの情報では、別々の生活を送っていた。あともうひとつ。ゴシップサイトの最新版が、フェスタの『新たな火遊び』に触れている。『新たな』ということは、これが初めてではないと思っていいわね。女好きなんじゃないかしら。それも若い女が」

ロヤコーノはオッタヴィアの手際のよさに感心した。貴重な戦力だ。

「ありがとう、オッタヴィア。それを署長に伝えてくれないか。おれたちはここでフェスタを待つ」

「ええ、わかった。それから、ちょっと忠告。検察官が来ないと証拠品として封印できないけれど、誰にもフェスタのコンピューターをさわらせないで。重要な情報が入っているかもしれない」

「了解」

「それから、通報があったのでロマーノとディ・ナルドが調べにいったわ。うまくいくといいけど。あのふたりを組ませるのは、なんだか心配で。じゃあ、また」

ロヤコーノは、全員が目の届くところにいるという条件で、通常の業務を許可した。インマは手形や小切手の支払いに訪れた顧客の相手をし、デ・ルーチャはときどきぼんやり視線を遊ばせては、震える手で手形の仕分けを続けた。

あとふたりの従業員は仕事をするふりもしなかった。年配のレアは窓から中庭を見つめてフェスタの到着を待ち、マリーナは指を絡み合わせて膝に置き、うつむいてじっとしていた。

十一時近くになって、アルトゥーロ・フェスタが到着した。六十そこそこで長身、半白の髪、センスのよいスポーティーな服を着こなし、顔やシャツの襟元から覗く肌がうっすらと日焼けしている。肩にかけているショルダーバッグは、二、三日の旅行にちょうどいい大きさだ。連れはいない。

事務所に入るなり、異様な雰囲気を感じ取った様子だ。レアが歩み寄ろうとしたが、アラゴーナが素早く押しとどめた。

ロヤコーノは、彼の前に行って話しかけた。

「フェスタ公証人ですね。ピッツォファルコーネ署のロヤコーノ警部です。こちらはアラゴーナ一等巡査。話があります。あなたのオフィスに行きましょうか」

フェスタは眉をひそめて、従業員を順繰りに見ていった。インマがわっと泣き出す。

「かまいませんよ。こちらへどうぞ」

突き当たりのどっしりしたドアの先が、フェスタのプライベートオフィスだった。床から天井までの書架が、図書館のような温かく落ち着いた印象を与える。浮彫を施した天板にガラスカバーをかけた巨大なデスクは、見るからに高価な年代物だ。革張りの肘掛椅子二脚がデスクに向かい合う形で置かれ、部屋のもう半分には楕円形のテーブルと椅子が八脚。

ロヤコーノとアラゴーナが勧められた肘掛椅子を断ったので、フェスタも腰を下ろさなかった。

ロヤコーノはフェスタに告げた。

「お気の毒ですが、今朝、奥さんの遺体がご自宅で発見されました。第一発見者はお手伝いです。死因は暴力によるものと見受けられます」

その言葉は静寂に飲み込まれた。フェスタは青ざめてよろめき、デスクに手をついた。悪い冗談だよと言ってくれ、とばかりにふたりの警官をひたすら見つめる。それから震える手を喉に当て、声を絞り出した。

「嘘だ。なにかの間違いだ。そんなことが起きるわけがない。それは妻じゃありませんよ。きのう……きのうの夜話をしたんですよ。違う。なにかの間違いだ」

ロヤコーノはため息をついた。

「残念だが、事実です。奥さんは、昨夜遅くに亡くなりました」

フェスタは閉じたドアへ向かいかけた。激しく動転しているのか、希代の名優なのか。

「妻の……妻のところへ行かなくては。自分の目でたしかめたい。家に帰らなくては」

「いまから帰っても無駄ですよ。遺体はすでに搬送されました。のちほど安置所で身元確認をしていただきますが、お手伝いが奥さんに間違いないと言っています。お気の毒です」

フェスタはおぼつかない足取りでデスクをまわってきた。一気に年を取ったように見える。ぐったりと肘掛椅子に座り込み、両手に顔を埋めた。しばらくじっとしていたが、やがて手を下ろして苦悩に満ちた顔を上げた。

「誰が……誰がそんなことを？　暴力って……なにがあったんです？」

ロヤコーノは、この反応の根底にあるものを突き止めたかった。偽りの苦悩がもっとも真に迫って見えることは、長年の経験を通じて学んでいる。

「貴重品――銀器がいくつか紛失しているようです。建物の正面玄関、及びお宅の玄関のドアをこじ開けた形跡はなく、奥さんがドアを開けて犯人を入れたか、犯人が鍵を持っていたかのどちらかと考えられます。奥さんは……後頭部を殴られており、血のついた凶器らしき品が床に落ちていました。苦しまなかったと、われわれは考えています」

フェスタはうなずいた。下唇が震えている。こらえきれなくなった涙があふれ出て、頬を濡らした。

「貴重品と言ったね。つまり、強盗ですか？　チェチーリアは強盗に殺されたと？　どの部屋で？　凶器らしき品とは？」

フェスタが口を滑らせて、知っているはずのないことを話すかもしれない。そう考えたロヤコーノは、詳しい説明を避けた。

「奥さんは、スノードームを陳列してある部屋で倒れていました。凶器と思われる品については、科捜研の検査結果が出ないと確実なことは申し上げられない」

フェスタはもう一度うなずいて、静かに涙を流し続けた。

「できる限り、警察に協力しますよ。こんな……こんなひどいことをした犯人を見つけるためには、どんな手伝いができますか」

ロヤコーノはため息をついた。ここからが難しい。

「まず、昨晩は午後八時から十二時までどこにいたのか、教えていただきたい。それから、それを証明できる人も」

フェスタは、従業員たちが仕事をしている部屋に通じるドアを、ちらりと見た。カプリへの出張が作り話だったことが彼らの口からばれたかどうかと、思案しているのだろう。

「妻はわたしが会合に出るためにカプリに行き、海が荒れて戻れないと思っていた。でも、実際はソレントにいた」

アラゴーナが追及する。

「なんで嘘をついた」

フェスタはアラゴーナをじろっと睨んで、ロヤコーノに向かって答えた。

「ある……ある女性と一緒だったので、チェチーリアには隠しておきたかった」

ロヤコーノはポケットから手帳を出して、訊いた。

「宿泊したホテルは？　そこを常宿にしているんですか」

「いや、友人の別荘に泊まった。いまは使っていないので、鍵を貸してくれたんだ」

「同行した女性の氏名を教えてもらいましょうか。その人に話を聞いて、あなたの説明と一致するかどうか確認する必要がある」

フェスタははたと自分の立場を悟ったらしい。

「どうやら、弁護士が必要みたいだ。ええ、弁護士を呼びます。もう質問には答えませんよ、警部。申し訳ないが、ひとりにして欲しい」

ロヤコーノは、説得を試みた。

「捜査の方針を固めるために、こうして質問しているんですよ。事件に関わりがないのなら、別に心配しなくて……」

フェスタは低いながらもきっぱりした声で、ロヤコーノをさえぎった。

「それは承知しています。だが、わたしがやったのではないからこそ、慎重にことを運びたい。それに、関係のない人を巻き込みたくないしね」

「では、従業員への聴取とコンピューター関係の調査を許可してもらえますか」

フェスタは立ち上がった。いまだ心痛は去らないものの自分を取り戻しつつあった。

「とにかく弁護士と相談してみないことには。さて、自宅の様子を見てきます。かまいませんね、警部。では……」

フェスタが戸口を指し示すと同時にドアが押し開かれ、つかつかと入ってきたきれいな若い女性がサルデーニャ訛《なま》りで告げた。

「みなさん、おはよう。ラウラ・ピラース検事補です。今後は、わたしが捜査の指揮を執ります」

第二十一章

老女アマーリア宅をあとにしたロマーノとディ・ナルド両刑事は、どうしたものかと思案に暮れて横断歩道の前でたたずんだ。ふたりとも老女の虚言癖を疑ってはいるものの、巡査長の先ほどの指摘は正しく、通報は重大な事案だ。

長い沈黙の末に、ディ・ナルドがいつもの小さな声で提案した。

「アパートメントのインターフォンを鳴らしてみましょうよ。そうすれば、確認作業を行ったことになるもの。住人がなかに通してコーヒーを勧めてくれる確率は、九九・九九パーセント。そのあと、お婆さんのところへ戻って安心させ、電話をおもちゃにするなと釘を刺しましょう」

ロマーノはうなずいた。

「そうだな。どのみちここまで来たんだ。いかれた婆さんの妄想に付き合うのは、癪《しゃく》に障るけど」

ふたりはインターフォンの前に立った。アパートメントは各階に二戸ずつあって、名前が記されていないボタンは、五階にある一戸のみだった。ロマーノはそのボタンを押して少し待ち、再度試みたが返事はなかった。

決心をつけかねて、顔を見合わせた。と、ディ・ナルドがつと手を伸ばして、五階のもう一戸、〝カーサ・スプリント（有）〟と記されたボタンを押した。即座にカチリと音がして、玄関ドアが開いた。

五階でエレベーターを降りると、あたりはしんと静まり返っていた。二つある戸口のうち、ひとつはドアが閉まっていたが、もうひとつはドアが開け放たれ、カウンターについている若いブルネットの女性が見えた。物件広告が何枚も壁に掲示された、不動産代理店だった。ブルネットの女性が愛想よく挨拶する。

「いらっしゃいませ。どうぞお入りください。どんなアパートメントをお探しですか」

ロマーノが訪問の目的を説明した。

「いや、客ではないんですよ。ちょっと教えてもらいたいことがあって。この階のもうひとつのアパートメントには、誰か住んでいるんですか」

「あれは最近改修工事が終わったばかりで、もうふさがっています。あいにく弊社を通さない、個人間の契約でした」

「どんな人が住んでいるか、知っていますか。出入りするところを見たとか、あるいは……」

女性は考え込んだ。

「そうですねえ……そう言われてみると、誰にも会ったことがないし、人が出入りするところを見かけたこともありませんね。でも、わたしは午前中に二時間かそこらここにいるだけで、あとはお客さんを案内して物件を見にいってしまいますから、なんともお答えしようがありません。なぜ、そんなことを知りたいんですか。どちらさまですか」

ロマーノは身分証を見せた。

「通常の巡回調査ですよ。書類を調えるための」

お役所仕事の一環だとにおわせるとたいていの人は安心するが、この女性も例外ではなかった。ちょうどかかってきた電話に彼女が応対を始めたのをしおに、ふたりは会釈をして不動産代理店を出た。

もうひとつの戸口の前に行ってロマーノが呼び鈴を押すと、なかで鳴り響く音が聞こえたが、そのあとはしんと静まり返った。再び鳴らしたが、やはり同じだ。しょうがない、とロマーノが両腕を広げて踵《きびす》を返しかけたとき、か細い声がドア越しに呼びかけてきた。

「誰?」

空耳かと思うほどにかすかな、女の声だった。ロマーノはドアに耳を押しつけた。

「こんにちは。ドアを開けてもらえませんか。調査をしなくちゃならないんで」

沈黙が続いた。

「調査? なんの調査? 誰なの?」

女性の声のほうが安心するだろう、とディ・ナルドが交代した。

「警察です。心配ありませんよ。ドアを開けてください」

「警察？　どうして？　なにかあったの？」

ロマーノが答えた。

「いいえ。事件が起きたわけじゃありません。通常の巡回調査です。ドアを開けてもらえませんか」

しばし間が空いた。

「だめ。できないわ」

「できないとは？」

静寂。ドアの向こうにいる女は長い沈黙のあと、ようやく言った。

「いやなの。開けたくないの。知らない人には、開けたくないわ」

「さっき、できないと言ったね。どういう意味？」

「言い間違えただけ。開けたくないという意味よ。帰って。警察に用はないわ」

「誰と一緒に住んでいるんですか？　ほかにも誰かいるんですか？　どうなんです？」

再び沈黙したのち、女は答えた。

「いいえ。ほかには誰もいないわ。あたしひとりよ。もういいでしょ。失礼するわ」

足音がドアから遠ざかっていき、ラジオかテレビから流れる音楽が聞こえてきた。再びノックをすると、音楽が大きくなった。ロマーノとディ・ナルドはエレベーターへ向かった。

建物の外に出たところで、ディ・ナルドは訊いた。

「どうする？」

ロマーノは思案した。

「確認したことには、なるな。問題のアパートメントに行って、住人と言葉を交わした。そして、犯罪の被害者と目される当の住人が、『警察に用はない』と言う生の声を聞いた。つまり、これ以上調べる必要はない」

ディ・ナルドは納得しなかった。

「それはないんじゃない？　ガルダショーネの勘が当たっていて、あの女の人が監禁されているのだったら、脅されてあんな返事をしたのかもしれないのよ。あなたは、確認したと言うけれど、こんな程度で十分？」

「だったら、どうすればいい？　どこまで調べれば、気がすむんだ」

アレックスの心は決まっていた。

「あのアパートメントでなにが起きているのかを知りたい。なにも隠し事がなければ、真昼間に警察が来たらなかに通して、コーヒーの一杯もごちそうするのがふつうよ。そして愉快におしゃべりをしたあとお節介焼きを送り出し、夜にバーで話のタネにして盛り上がる」

ロマーノはささやかな抵抗を試みた。

「警察じゃないと思ったのかもしれないぞ。こんなご時世に、知らない人にドアを開けるのは物騒だからな。たとえ、相手が警察だと名乗ったとしても。それとも、不法移民だかなんだかで、厄介なことになるのを恐れているとか。もしくは間借りをしていて、他人を室内に入れる許可をもらっていない」

「だとしても、どれも調べる必要のある事案じゃないの。それに、彼女は最初に『できないわ』と言ったのを、『開けたくない』と言い直した。意味深な言い間違いではないかしら。なんだかにおわない、ロマーノ刑事？　あなたが正しくて問題などないのかもしれないけれど、万が一という場合もある。残念ながら、女性に対する暴力は珍しくないわ。令状をもらってなかに入りましょうよ。そうすればわたしの気もすむ。お願い」

眉間に皺を寄せ、唇を腫らして眠るジョルジャの顔が瞼《まぶた》の裏に浮かんで、ロマーノは奥歯を噛みしめた。

「よし、わかった。分署に戻って、パルマに話さなくちゃ。判事に令状を請求して、詳しく調べよう」

第二十二章

あの婆さんの仕業だ。あたしにはわかる。

意地の悪そうな目を見たとき、いやな予感がしたもの。

どうしよう。どうすればいいのだろう。困った……

さっきの人たちは、警察だと名乗った。実際はそうではなくて、なにかを売りにきたのかもしれない。あるいは強盗とか、最近よくあるインタビューだとか……でも、ほんとうに警察かも。きっと、そうだ。朝から晩までうちの窓を覗き見しているあの婆さんが、寄越したに決まっている。でも、どうして？　余計な世話を焼かないで、ほっといてくれればいいのに。

どうしよう、どうしよう……

彼は電話番号を教えてくれたけど、絶対にかけてきてはいけないと言った。だったら、なんで教えるの、とあたしは訊いた。ものすごく重大なこと、とてつもなく重大なことが起きたときのためだ、と彼は答えた。自分の電話の番号ではない、とも話していた。電話には別の人が出て、その人に名前を言えば彼に伝えてくれるそうだ。

これは重大なことなのだろうか……わからない。

全部を失うわけにはいかない。もしも彼が、あたしのことが面倒になったり、たいしてきれいじゃないと思ったりしたら、ほかの女に替えられてしまう。替えはいくらでもいる。そうしたら、肥溜めみたいな家に戻され、家族は楽な暮らしにさよならし、兄さんたちは失業する。少しの失敗も許されない。電話をしたら、彼はすぐにあたしを追い出してほかの女を住まわせるかもしれない。

でも、電話をしないでいるうちに、また警察が来たら？　テレビドラマみたいに、ドアを打ち破って入ってきたら、あたしがここに住んでいる理由をどう説明すればいいのだろう。

どうしよう、どうしよう……

警察がまた来てドアを打ち破り、あたしを逮捕するかもしれない。そうなったら、たとえ彼の名前を教えなかったとしても、最悪の事態になる。どのみちあたしが逮捕されたら、彼はきっと替わりを見つける。

やっぱり知らせよう。

番号を書いた紙はどこだっけ？　ああ、あった。かけていいのは、この番号だけ、と彼は言った。だから、ほかのどこにもかけてはいけない。この番号だけ。


だから、この番号にかける。大急ぎで。

意地悪ババアめ、地獄の火で焼かれてしまえ。

第二十三章

アラゴーナ一等巡査を従業員の監視役として残し、ロヤコーノはピラース検事補とともに風の吹き荒れる戸外に出た。ピラース検事補が鋭い洞察力で即座に状況を理解しなければ、やむなく捜査を中断せざるを得ないところだった。正式な手続きが完了するまでにはあと数時間かかり、フェスタはその間に弁護士と相談するだろうが、少なくともコンピューターは押収できるし、従業員の聴取もできる。

「なあ、ラウラ。従業員の目つきや表情からすると、みんなフェスタの私生活についてかなり知っていると思う。彼らだけにしておいたら、きっと口裏を合わせて、知らぬ存ぜぬで押し通していたよ。きみが来てくれてほんとうに助かった。ありがとう」

検事補はいたずらっぽい口調で言い返した。「あなたが来るのを待っていたら、お婆さんになってしまうもの。感謝するなら、署長にしなさい。どういう事態になるかを予想して、すぐに連絡をくれたのよ。それに、わたしが当番だったのも運がよかった。ほかの検察官なら、『ピッツォファルコーネ署』と聞いただけで、捜査権を治安警察隊《カラビニエリ》にまわしたわよ。パルマ署長はなかなかの人物ね。首を突っ込まないで、あなたに捜査を任せている。たいていの上司は、自分の功績にしようとして駆けつけてくるわよ」

たしかに彼女の言うとおりだ。

「うん、いい人だよ、パルマ署長は。阿呆なディ・ヴィンチェンツォとは大違いさ。ところで、ほんとうのことを教えてくれないか。ピッツォファルコーネ署への赴任は、島流しみたいな罰なのか？　ほかの刑事たちが赴任してきた理由をアラゴーナから聞いて、そんな印象を受けた」

ピラースは鼻に皺を寄せた。なんて魅力的なのだろう、とロヤコーノはひそかに感嘆した。

「アラゴーナって、どうしようもないわね。運転免許を取り上げたいわ。前に付き添いをさせたときは、あの運転で寿命の縮まる思いをしたし、あなたが彼の運転する車の助手席に座っていると考えるだけでぞっとする。ピッツォファルコーネ署は悪名が高いから、進んで赴任する人はいないわ。だから、各署の鼻つまみ者が送り込まれたのは、ごく自然な成り行きよ。でも、そんなことはどうでもいいんじゃない？　あなたがいつもどおりに仕事をしていれば、きっとなにもかもうまくいくわ」

　上着の襟を喉元できつく握りしめ、風に髪をかき乱されながら、ロヤコーノはしばし彼女を見つめた。恐れを知らず、自分を信じることができ、女性に興味を持たれることをごく自然に受け止められるような生き方をしているときに出会いたかった、としみじみ思った。

　いっぽうラウラ・ピラースは、ロヤコーノに惹かれる自分を意識していた。かけがえのない存在だったカルロが何年も前に他界して以来、男性に興味を持ったのは初めてだ。そして、最近は仕事だけではなんだか物足りなさを感じるようになった。ハイヒールを履いていても二十センチ近く上にある、ロヤコーノのアーモンド形の目や高い頬骨、艶のある黒髪をじっと見つめるうちにとんでもない妄想が湧き、ラウラは慌てて抑え込んだ。

　ラウラの表情に気づいて、ロヤコーノは怪訝《けげん》そうに訊いた。

「なにを考えているんだい？」

「あなたが立ち直ったな、と思っていたの。台無しになったキャリアを、取り戻せるかもしれないわね」

「キャリアなんか、どうでもいい。きみも知ってのとおり、いまも昔もそんなものには興味がない。この仕事が好きだし、これしかできないんだよ。そもそも、デスクワークには向いていないしね」

「ほんとうに興味がないの？　あなたは誰からも命令されずに動くのが好きだから、昇進したら好き勝手にできて、都合がいいでしょ。それに、胸を張って故郷に帰りたかったんじゃないの？　あれは根拠のない誹謗中傷だったと証明できたら、うれしいでしょう？」

彼女は職業上の関心から帰郷に言及したのだろうか。そうではないことを、ロヤコーノは願った。

「あそこは、故郷ではなくなってしまった。みんながどんな態度で接してきたかを思い出すと、いたたまれなくなる。いま気にかかっているのは、娘のことだけだ。ようやく、また話をしてくれるようになってね。そうそう、電話をかけなくちゃ。きのうパーティーに行くと言っていたから、心配で」

ラウラは笑い声を上げた。

「あらまあ、やさしいパパね。じゃあ、電話をすませたら、仕事に戻って従業員の聴取をしてちょうだい。わたしはオフィスに帰るわ。あとで話し合いましょう。聴取の際は、くれぐれも慎重にね。フェスタは従業員と気心が知れているから、なんらかの方法で口止めをするかもしれない。捜査を妨害されたら対抗策を講じるから、すぐに連絡して。じゃあね、警部」

検事補は歩み去っていった。いつものように薄化粧でかっちりした仕立てのスーツを着ているが、街じゅうの弁護士、警官、司法官の噂の的になっているボディラインを隠す役には立っていない。ロヤコーノはため息をついて、携帯電話を出した。

「もしもし、マリネッラ？　どうしている？」

「チャオ、パパ。いま起きたばかりで……」

「起きたばかり？　もう昼だぞ！　学校に行かなかったのか？」

「うん、パパ。ええと、その……エンツァの家にいるの。きのうの夜、遅くなって……」

「エンツァの家？　どのくらい遅くなったんだ？」

「もう、パパったら。パパまでうるさく言わないで。ガミガミババアが朝から百回も電話してきて……」

「いや、うるさく言うつもりはないんだが……だが遅くならないと約束したじゃないか。それに……」

「……だけど、遅くなっちゃったんだから、しょうがないでしょ。あたしを信用していないの？」

娘は不機嫌な声になった。眠気に代わって、怒りと落胆が入り混じっている。

「そうじゃない。もちろん、信用している。ただ、無事だと確認したくて。起こしてすまなかった」

「うん、わかった。無事よ。もうちょっと寝ていたかっただけ。ゆうべはすごく楽しくて、思ったより遅くなっちゃったの。別になにも起きなかったわよ。もういいでしょ？」

「ああ、いいとも。また寝なさい。あとで電話しようか」

「こっちからかけるわ。チャオ、パパ。心配しないで」

『心配しないで』か。公証人事務所へ戻りながら、ロヤコーノは内心でつぶやいた。

心配しないでいられるものか！

第二十四章

ジョルジョ・ピザネッリ副署長はいつものようにドアベルを鳴らしてから鍵を開けて、声をかけた。ただいま。

トイレに駆け込んで大急ぎでベルトをはずし、ジッパーを下げて、ほっと息をつく。だが、放尿はすぐに止んだ。膀胱がはち切れそうなほど溜まっている気がしたのに、実際に出たのはエスプレッソカップ一杯にも満たない量だった。

手を洗う。きょうは分署で、二十回はトイレに行った。誰か気づいたろうか。だが、みんな自分のことで精いっぱいのようだから、たぶん大丈夫だろう。

なあ、聞いてくれ、きょうは新任者が全員そろってね。なかなかいい連中だ。不祥事を起こした前任者の穴を埋めるのは、各分署が持て余しているろくでもない連中だろうと、覚悟をしていた。ところが、思ったほどでもなくてね。うん、予想がいいほうにはずれた。

ピザネッリは明かりをつけずに、隅から隅まで知り尽くした室内を移動した。

キッチンに入って、薄い紅茶を用意する。夕飯どきだが、空腹を感じなかった。寝室に向かって低い声で話し続けた。

ひとりは、なんとシチリアから来たんだよ。シラクーザにギリシャ悲劇を見にいったときのことを覚えているかい？　あれはアイスキュロスだったたな。きみはさんざんこき下ろしたが、俳優たちはけっこううまかったぞ。もっとも、その男がいたのはシラクーザではなくて、たしかアグリジェントだ。アーモンド形の目をしていて、表情をちっとも変えないので、東洋人みたいに見える。中国人の血が流れているんじゃないかな。優秀な刑事だよ。

ピザネッリは上着を脱いで、椅子の背にかけた。どうせあしたも着るのだから、クローゼットにしまうまでもない。ネクタイをゆるめた。

それから、同じような感じの男と女。ふたりともほとんどしゃべらないで、居心地悪そうにきょろきょろしていた。怯えているのかもしれない。自分自身にね。つまり、こういうことだ。一度失敗をすると、また失敗するんじゃないかってびくついてしまうのさ。そして、もう一回チャンスをもらっても、それをだいじにしない。もう一回チャンスがある、っていうのが肝心だ。わたしにも、あるといいのだが。

再び、激しい尿意をもよおした。さっきから五分も経っていない。いまいましい。声を大きくして、トイレから話しかける。

あとひとりは若造だ。人を食ったやつで、おまけに妙な服を着ているんだ。テレビドラマの警官になったつもりでいるらしい。でも、頭の回転は速い。ひょっとすると、敏腕刑事に大化けするかもしれない。

また手を洗う。小便をしては手洗いの繰り返し。これじゃあまるで、重度の潔癖症だ。キッチンに戻った。紅茶が飲みごろになっている。ミルクを加え、クッキーの袋を開ける。

おやおや、チョコレート味だ。まあ、いいか。人生、楽しまなくちゃ。

きょうはロレンツォが電話をしてきた。元気にやっているよ。でも、講義があると言って、すぐに電話を切ってしまった。いつだって、講義だ。大学の教授は他人の予定に合わせなくてはならず、修理工や専門職とは違って、父親と五分間話をする暇もないらしい。それに北部の大学はこっちほどのんびりしていなくて、きっちりしているそうだ。というわけで、話らしい話はしなかった。まあ、元気でなによりだ。例の彼女とはまだ続いているらしい。尋ねたわけじゃないがね。男どうしでは話しにくいことというものがある。あいつが話す気になるまで、放っておくよ。

紅茶とクッキーを載せた盆を書斎に持っていき、照明のスイッチを入れた。壁に貼られた新聞の切り抜きや写真、書棚にぎっしり詰まった名前入りの大小さまざまなファイルが、明かりに浮かび上がる。あーあ、ごちゃごちゃだ。整理しなくちゃいけないな。

寝室に行って、ワイシャツのボタンをはずす。

なあ、きみ、ちっとも眠くないんだ。もう少し仕事をしていてもいいかい？　そうか、いいのか。きみはいつもやさしくて、物分かりがいい。

ワイシャツを脱いでベッドの上に置き、部屋着にしている古いスウェットシャツを頭からかぶる。前日はデスクに突っ伏して眠ってしまったので、腰が痛い。腰をさすりながら、独り言を言った――トイレに行きたくなって目が覚めたから、まだよかった。

そして、ベッドに目をやった。誰もいないベッドに。ため息が出た。辛抱しておくれ、愛し《アモ》い妻。あいつを必ず捕まえる。時間の問題だ。

書斎に戻った。壁に貼られた何枚もの写真の一枚で、ひとりの女性がやさしく微笑んでいた。

チャオ、愛しい妻。

第二十五章

「……とにかく、弁護士の指示なんだ。会うのも、電話で話すのも厳禁だってさ。ほんのしばらくの辛抱だよ」

「あなた、頭がどうかしているわ。なんで、だめなのよ？　おかしいじゃない。この機会を利用してわたしと別れようとしているのね。いやよ、絶対に別れない。そんなことはさせないわ！」

「なにを言ってるんだ！　まったくの誤解だ。きみと一緒になりたいからこそ、こうして……」

「嘘ばっかり！　あの弁護士は低能よ。もしかして、弁護士を言い訳に利用しているんじゃないの？　前みたいに、わたしと別れようとしているんでしょう」

「なんで、わからないんだ？　なんで、理解しようとしない？　見てごらんよ、発信番号がいつもと違うだろう？　どういう状況だか、わからないのか？　なんで、質問に答えることを弁護士が禁じたと思う。証拠がないからだ。わたしたちには、証明する手段がまったくないんだよ。ホテルに泊まった記録がない。証人がいない。わたしたちを目撃した人はいない。あそこにいたという証拠が、いっさいない。問題の時間帯にはあそこにずっといたことを、証明できないんだ」

「当たり前でしょう。浮気旅行に行くときに証人を用意するわけがないじゃない。そこらにいる人を呼び集めて名前を書き留め、あとで探し出せるように税務番号も聞くバカがどこにいるの？　あなたが隠そうとするから、いけないのよ。必死になって隠すから、こんなことになったんじゃない！」

「とにかく、聞いてくれ。巻き込まれたくないのなら、接触してはいけない。弁護士の見解ははっきりしている」

「あなたの部下たちはどうするのよ。どうやって、わたしたちのことを口止めするの？　みんな、わたしを毛嫌いしているから、チャンスがあれば待ってましたとばかりに悪口を並べるわ」

「大丈夫だよ、落ち着きなさい。給料を払っているのは、わたしだ。だから、こっちに不利な証言はしないさ。駄々をこねないでいい子にしていてくれ。いいね」

「なによ、その子ども相手みたいな口のきき方は。このあいだとは、大違いじゃない。自分に都合のいいときは、子ども扱いしないわけね。その気になればいい子にしているのは簡単だけど、ものすごく悪い子になることもできるのよ。あなたが前に付き合っていた尻軽女たちと一緒にしないで。わたしはあなたよりも、根性があるのよ。それは、実際に示したでしょう」

「別れるなんて、ひと言も言ってないじゃないか。いまは危険だと言いたいんだよ。この電話も他人名義のSIMカードを使ってかけているくらいだ。むろん、カードはあとで破棄する。弁護士は……」

「弁護士の話はもうたくさん！　もう隠していられないって、弁護士に言いなさいよ！　全部明るみに出すべきだって。言わないのなら、なにをするかわからないわよ！」

「なにをする気だ？　脅し文句は聞き飽きた。そもそもきみは、なにが起きたのか理解しているのか？　なんとも思わないのか？　彼女は……ああ、口にするのも恐ろしいよ。きみには人間らしい心がないのか？」

「うるさいわね。人が死ぬのなんて、珍しくもなんともないわ。そもそも、あなただって『彼女がいなくなってしまえばいいのに』って言ったじゃない。忘れたの？　素っ裸のわたしを抱きしめて、言ったでしょ。何度も、何度も。だったら、いまは幸せなはずよ。自分の気持ちを見つめる勇気を持ったらどう？」

「彼女に……申し訳なくて。わたしも死にたいくらいだ。あんな……あんなことを考えたなんて……神さま……」

「泣いているの？　せいぜい、泣くがいいわ。あなたみたいな役立たずに、なんで関わってしまったのかしら。でも、いまさらあと戻りはできない。戻ることはできないのよ。そうでしょ？　とことん、手を尽くすしかないわ。あなたを刑務所に入れるわけにはいかない」

「現実味のある危険なんだよ。わかっているのか？　実際、投獄されるかもしれない。だからこそ、慎重にしなくてはいけない。わたしのためだけではなく、ふたりのため、それに……」

「……それに彼のためにも。ええ、彼のためにそうするわ。でも、急いで。早く始末をつけて。できる限り、早く。そうしないと、しゃべるわよ。長くは待たないわよ」

「最善を尽くす。約束する。だが、頼むから早まったことはしないでくれ。いいね」

「わかったわ。だから、最善を尽くして」

第二十六章

帰り支度をしたフェスタ公証人が、プライベートオフィスを出てきた。心痛と不安にさいなまれて疲労困憊《こんぱい》した様子は、すてきな週末を過ごして日焼けをし、上機嫌で帰ってきたほんの一時間前のそれとは、数百光年の隔たりがある。

ロヤコーノとアラゴーナはピラース検事補の忠告に従って、フェスタを用心深く見守った。だが案に相違して、フェスタは聴取を待つ職員の誰かに目配せすることもなく、悲哀をたたえた瞳を前方に据えていた。最年長のレアがそばへ行きかけたが、誰とも話したくなさそうな様子を見て取って立ち止まった。

事務所を出しなに、フェスタはぼそぼそと告げた。

「きょうはこれで事務所を閉める。予約のある顧客には、緊急の場合はダル・カント公証人に頼むように伝えなさい。追って連絡をするので、それまでは邪魔をしないでもらいたい」

フェスタの背後で、ドアが重々しい音とともに閉まった。ロヤコーノとアラゴーナは空いている部屋を借りて、従業員を個別に聴取することにした。非公式な聴取なので証拠としての価値はないが、早い段階で手がかりをつかんでおきたかった。

最初は、勤務歴がもっとも長いラファエラ・レアだ。

「この事務所ができてからずっと、三十年以上もここで働いているわ。当時は先生もわたしも若くて、希望に燃えていたし、いまと違ってどの文書にも独自の物語があったのよ。いまはろくでもないコンピューターなんてものが幅を利かせちゃって、どれも代わり映えしなくてね。え、先生《ノタイオ》について？　りっぱな人よ。理知的で仕事熱心、皮肉屋だけど親切だわね。どんなことにも真面目に取り組む、努力家よ。奥さんは、最近はめったに見なかったわね。昔は毎日、事務所に来ていたけど、段々先生とは別の人生を送るようになったのよ。で、先生のほうは……ああいう人は放っておいてはいけないのよ。ひとりにしておいては、だめなの。いえ、いえ、そんなつもりで言ったんじゃないわ。浮気をしていたかどうかなんて、知らないわ。どのみち、わたしがとやかく言うことではないでしょう。だけど、先生が奥さんにひどいことをすると思う人なんて、いませんよ。真っ正直な、いい人ですもの」

レアの薄い唇や厚いレンズの奥の小さな目、口元の深い皺を観察していたロヤコーノは、彼女の言葉の端々にフェスタへの盲目的な献身を感じ取った。これでは、フェスタが不利になるようなことは口が裂けても言わないだろう。

　嫉妬心をあおってみることにした。

「伴侶が同じ道を歩んでくれないと、精力的で健康な男なら寂しくなって……いわゆる『お相手』を求めたりするものだが」

　レアは、ふふんと鼻を鳴らした。

「そんなのは、どうせその場限りの『お相手』よ。大切なのは、なにも代償を求めずにいつもそばにいてくれる人よ、警部さん」

「つまり、亡くなった奥さんのような?」

「ええ、奥さんのような人。お気の毒に」

「きのうの深夜、フェスタ氏がどこにいたか、知っていますか。ちなみに、あなたはどこにいた?」

　眼鏡の奥で、レアの目が光った。

「先生と一緒でなかったことは、たしかよ。自宅で、母や妹とテレビを見ていたわ。いつでも、家族に訊いてくださってけっこうよ。先生がどこにいたかは……本人に訊いて」

「当て推量でけっこうですから」

「精力的、と自分で言ったじゃないの、警部さん。でも、他人に害を及ぼすような人じゃない。とりわけ、奥さんに対しては。それは断言できるわ」

次の職員を呼び入れる前に、アラゴーナはサングラスをもったいぶってはずしてまたかけ、感想を語った。アメリカのテレビドラマの警官を真似て鏡の前で何時間も練習したその仕草は、ますます頻度を増していた。

「あのオールドミスはひとり寝のわびしい寝室で、フェスタを思って身もだえしてるんですよ、きっと。フェスタがきのうどこで誰といたのか、絶対に白状しませんよ」

「ああ、手ごわそうだな。とにかく、あとでアリバイを確認できるように、全部書き留めておいてくれ。よし、次だ」


ロヤコーノたちが到着したときに応対をしたインマ・アラーチェは、いまだ涙が止まらずに、目を赤く腫らし、びっしょり濡れたハンカチを握りしめていた。絶え間なく鼻をすすって、ときどき大きな音を立てて鼻をかんだ。

アラゴーナは嫌悪感を露わにしてインマを眺めた。

「あのさ、もう泣き止んだら？　そんなに奥さんのことが好きだったのか？」

「わたしが？　なんで？　二年前、先生の誕生日のサプライズ・パーティーで、一度会ったきりだもの。ろくに知りもしないわ」

一等巡査は怪訝《けげん》そうに尋ねた。

「だったら、なんでそんなに泣く」

「こういうことを聞くと、泣かずにはいられないの。それに、先生が気の毒で。たとえ……」

ロヤコーノは身を乗り出した。

「たとえ?」

インマは眉をひそめた。

「つまり、先生は男だってこと。でもって、男というものは、さっさと慰めを手に入れるのよね」

アラゴーナはことさら恰好をつけてサングラスをはずして、インマに視線を据えた。目の周囲が日焼けしていないため、逆パンダといった態《てい》だが、インマは大いに感銘を受けたようだった。

「その慰めは女から得ているということ?」

インマは、目をぱちくりさせた。

「えっ? じゃあ、男なの? 先生にそっちの趣味はないと思うけど」

「どうしてわかる」

「そりゃあ……見ればわかるわ。つまり、ゲイってなんとなくわかるじゃない。歩き方だとか、しゃべり方……」

ロヤコーノはこのオペレッタまがいの掛け合いに終止符を打つことにした。

「フェスタ氏が女性と関係を持っていることを、実際に知っているんですか」

沈黙が返ってきた。長いあいだためらったのちに、インマは言った。

「いいえ。ほんとうに知っているわけじゃないわ。ただ、女好きであることはたしかね。間違いないわ」

　それ以上付け加えようとしなかった。彼女が出ていったあと、アラゴーナはささやいた。

「彼女もなにか知っていますよね、警部。だけど、口を割りそうもないや」

「たしかに。この聴取で成果が上がる見込みは、なさそうだ。それでも、やらないわけにはいかない。フェスタが気を取り直して指図をするようになったら、全員が口を閉ざすのは確実だからな」

　アラゴーナは、デ・ルーチャを呼び入れた。

　手形作成を担当している彼は、フェスタを除けば事務所でただひとりの男性だが、男性とは言ってもフェスタとは大違いだった。てらてらと光る頭頂部に残るすだれ状の髪をひっきりなしに撫でつけていて、牛乳瓶の底並みに厚いレンズの眼鏡をかけているせいで目が異常に大きく見えた。

「気の毒な奥さんのことを考えるだけでもつらいんですよ、警部さん。先生は胸が張り裂けるような思いだろうな。長年、連れ添っていたんだから……」

　ロヤコーノは力なくうなずいた。

「奥さんのことはよく知っていたんですか」

「奥さんのことをよく知っていたか？　そりゃ、そうですよ。ここに二十年以上勤めているし、先生に頼まれて運転手役も兼ねていますしね。手形の作成が担当なもんで、午後はあまり仕事がないんです。奥さんは運転なさらないので……なさらなかったので、わたしが先生の車で買い物だとか慈善活動の集まりだとかにお連れすることが、何度かありました。素晴らしいかたでしたよ、警部さん。どんな人にも親切で、聖女みたいでした！」

アラゴーナは例によっておもむろにサングラスをはずし、質問した。

「それでさ、彼女、なにか話さなかった？　理由はともかく、誰かを怒らせたとか、悩みがあるとか。あるいは、最近心配事があるとか」

「最近心配事がある？　いや、とくには。そんなに話をしたわけじゃありませんからね。玄関前で待っていると奥さんが降りてきて、こんにちはとかこんばんはと挨拶をして行き先を告げ、わたしがそこへお連れする。それだけです」

この男と親しく言葉を交わしたい人はまずいないだろう、とロヤコーノは思った。言葉尻をいちいちおうむ返しにされては、うっとうしくてたまったものではない。

アラゴーナは質問を続けた。

「さっきおれたちが到着したとき、フェスタ氏が奥さんに告げたカプリではなく、ソレントに滞在していることをあんたは知っていたよね。なんで、知っていた？」

「なんで、知っていた？　先生のいどころを常に把握しておく必要があるからですよ。拒絶証書はどんな場合でも公証人が署名して、決められた期限までに提出することになっている。わたしが提出責任者なので、先生と必ず連絡が取れるようにしておくんです」

「じゃあ、当然知っているよな。フェスタ氏が誰と一緒だったかも」

デ・ルーチャの広い額に玉の汗が浮かぶ。

「誰と一緒だったかも？　いや、まったく知りませんよ、刑事さん。わたしは、連絡が取れるようにしておくと言っただけで、そこへ行ったと言った覚えはない。行く必要がなかったんだ」

「おい、デ・ルーチャ、情報を隠すとためにならないぞ。フェスタがなんらかの罪を犯し、あんたがかばっていたと、近いうちに判明するかもしれない。そうしたら、あんたも罪に問われることになる」

「わたしも罪に問われることになる？　だいじな情報を知っていたら、黙っているわけないじゃないですか。あんないいかただったのに。もう、ほんとに……口にするのもつらいくらいで……先生が留守だったから、あんな暴風のなかでよろい戸を全部閉めて、ひとりでこもっていたなんて気の毒で……わたしはなにも知りません。ほんとうに」

アラゴーナはうんざりしてロヤコーノと顔を見合わせ、サングラスをかけた。


残るは、いかにも有能そうなコンピューター担当のブロンド娘、マリーナ・ランツァだ。フェスタが遅ればせながら、古参のレアにコンピューターを扱う能力がまったくないことに気づいたためについ最近採用された、と自ら説明した。

「コンピューターを使うのに特別な技術はいらないんですけどね。ほんの少しの理論と広い心があれば十分。それがあのすてきなオバさまには、欠けている」

ロヤコーノは、事務所の人間関係に生じた亀裂を感じ取った。ようやく光が見えてきた。

「フェスタ氏が昨夜、誰とどこにいたのか、見当がつきますか」

マリーナは鼻で嗤《わら》った。

「ソレントだか、どこだかでしょ。自宅にいなかったことは、たしかね」

ロヤコーノはうなずいた。

「うん、それは聞いている。じつは、あなたがどう思っているかに興味があるんですよ」

「どう思っているか？　そうねえ、先生は人生を楽しみたいタイプじゃないかしら。だけど、わたしはここで働いているのだし、クビになりたくないの。割りのいい職場なんですもの。人間関係が良好とは言えないけど、みんなコンピューターに詳しくないから、自分の仕事に専念していれば、口出しされずにすむし」

アラゴーナはサングラスをはずしてぶらぶら振りながら、口を挟んだ。

「ここで聞いたことは、口外しないと約束する。だから、怖がらずに話してくれないかな。ところで、きみってまだ独身？」

ロヤコーノは、彼の締まりのない顔を見てピンときた。こいつ、口説くつもりだな、逃げられてしまうじゃないか。しかし、意外にも彼女はうれしそうに頬を染めた。

「ええ、そうよ。それに、誰のことも怖くないわ。口うるさいレア婆さんだって、平気。あとのふたりは勘定にも入らない。ただの能無しだもの。でも、先生について話した内容は、絶対に秘密にすると約束してくれないと……」

アラゴーナはサングラスの蔓をくわえて大げさに首を傾げ、どうしますか、と目顔でロヤコーノに伺いを立てた。ロヤコーノは吹き出しそうになったが、どうにかこらえてうなずいた。

「大丈夫だよ、続けてくれ」上司の許可を得たアラゴーナは、請け合った。「絶対に口外しない」

マリーナは言った。

「先週、女の人が来たのよ。若くて、超美人。カンカンに怒っていて、誰にも挨拶をしないで先生のプライベートオフィスに駆け込むと、ドアを叩きつけて閉めたわ。大声が聞こえたけど、言葉は聞き取れなかった。ほかの人たちは彼女が誰だか知っているみたいで、顔を見合わせていたけれど、わたしはここで働くようになってから初めて見たわ。しばらくしてオフィスから出てくると、やはり挨拶をしないで帰っていったの」

しばし待ったが、それ以上付け加えることはないようだったので、ロヤコーノは質問した。

「で、誰も感想を言わなかったのかな？　誰かが、なにか言ったでしょう」

マリーナは発言の許可を求めるかのように、アラゴーナに視線を向けた。アラゴーナがうなずくと、閉じたドアをちらりと見て、声を潜めて言った。

「オールドミスのレアがね、『性悪女』って、独り言みたいにぼそっと言ったのよ。そうしたら、アラーチェがくすくす笑った。デ・ルーチャはいつもみたいに手形に没頭していて、ひと言もしゃべらなかった」

ロヤコーノは質問を重ねた。「その女の人の名前はわからないんだろうね」

「あら、知っているわよ。ルッソ、イオランダ・ルッソ。その日のうちにアラーチェが教えてくれたの。職業は会計士で、先生と共通の顧客に依頼されて証書を作成する際に、顔を合わせたのがきっかけですって。関係は一年くらい続いていて、最初のうちはしょっちゅう事務所に来ていたけど、ここしばらくはそうでもなかったみたい」

「フェスタ氏は、昨夜はこのイオランダ・ルッソと一緒だったのかな」

マリーナはきっぱりとうなずいた。

「ええ。彼女が帰ったあと、先生が青い顔をしてオフィスから出てきて、週末は街を留守にする、カプリの会合に行くとみんなに伝えてくれ、と言ったもの」

アラゴーナとロヤコーノはこの情報をじっくり吟味した。警部が訊いた。

「事務所のコンピューターネットワークは、どんなふうに機能しているんだろう。各人がデスクトップコンピューターやメールアドレスを持って……」

「事務所のコンピューターはネットに接続していて、事務所専用のアドレスがあるし、先生は個人のアカウントを持っているわ。レアとデ・ルーチャは、先生の不在中にどうしても必要になったときには、先生のコンピューターを使っていいことになっている。でも、私的なメールアカウントへのアクセスはできないはずよ」

「すると、フェスタ氏が私的な通信をするとしたら、ここの自分のコンピューターしか使わないかな」

「ええ。ほかのものはまず使わないわね。コンピューターにあまり強くないのよ。以前、自宅にコンピューターはないし、ましてやノートパソコンなんか持っていないと話していたくらい」

ロヤコーノは、県警本部の技官にフェスタのコンピューターを持っていかせることにした。どんな情報が出てくるか、興味深い。金髪娘に礼を言って、聴取を終えた。

アラゴーナはサングラスをかけて、マリーナに言った。

「電話番号を教えてもらえるかな。また訊きたいことが出てきたときのために、一応……」

第二十七章

アレックス――アレッサンドラ・ディ・ナルドは、夕食のあいだはテレビを消してもらいたかった。

食卓を囲んで会話を楽しみたいのではない。言葉を聞き取れるほど大きくもなく、かといって無視できるほど小さくもない中途半端な音量が、なんとも神経に障るのだ。もっとも、これが〈将軍〉のお望みとあっては我慢するほかない。

〈将軍〉すなわちアレックスの父は年金生活に入ると、すでに家族の中央に占めていた権威の座を顕著に拡大して、絶対君主となった。父親の要望や意向は以前も重んじられていたが、退職して家庭で長時間過ごすようになったいま、どんなことに関しても父親の判断を仰がなくてはならない。そして、いつも父親の意見が通るのだった。

アレックスは黙って食事をしながら、母親を盗み見た。几帳面で寡黙な母は、一分に一度は父に目をやって、足りないものはないか、なにか欲しいものはないかと気を配っている。この男に尽くすことに生涯を捧げているのだ。なんと哀れなことだろう。

父はと言えば、料理を味わいもせずに機械的に口に放り込んでいる。これを皿が空になるまで続けるのが、習慣だ。耳にタコができそうなお説教も習慣のひとつで、演習や秘密任務の際に赴いた遠国で何日も食べるものがなくて苦労した、だから食卓に温かい料理が並んでいることに感謝しなければいけない云々と、とめどなく続く。うんざりだ。

かといって、それをはっきり言動に表わしたことはない。父がしゃべっているあいだ、時計は止まり、万物が固唾を飲んで神託を待ち受ける。アレックスはふいに息苦しくなった。

「食事のあとで外出するわ、ママ。新しい職場の同僚と集まることになっているの」

「あら、もうみんなと友だちになったのね。幸先のいいスタートじゃありませんか、ねえ?」

後半の質問は、テレビに釘づけになっている将軍に向けられたものだった。アレックスが答える。

「そうじゃないの。署長がみんなに連帯感を持たせたくて、職場の外で会おうって提案したってだけのこと。少人数だから、簡単なのよ」

「独身の男はいるのか?」

身もふたもない質問が即座に飛んできた。〈将軍〉は単刀直入を旨としている。

「さあ、わからないわ」

二十八歳にして、ボーイフレンドなし。これは、銃と射撃練習場のほかに、アレックスと父親との会話に上る唯一の話題だ。

母親は話題を変えようと試みた。

「前の署よりも、雰囲気がいいんじゃない？　きっと、もう同じ……問題は起きないわよ」

問題――起きたというよりも、起こしたのだ。「ごちそうさま。支度をしてくる」

アレックスはときどき、家で夜を過ごすのがいたたまれなくなる。体のなかでなにかが叫び声を上げ始め、出かけずにはいられなくなるのだ。いつもこうなる――郊外に向けて車を走らせながら、思った。ふたりのアレックスがいる。ひとりは母のように、寡黙でおとなしい。もうひとりは心の奥に押し込めてあるが、ときにこうして激しく泣きわめき、言うことを聞いてやるまで静まらない。

ふたり――二つの人格、ふたりの自分。光と影。ほかの人もみな、そうなのかもしれない。わたしと母、わたしと将軍に差異はないのだろう。誰もが、光と影の二面性を持っている。

では、ロマーノは？　きょうの午前中、老女の妄想らしき訴えをともに調査した同僚は？　彼もわたしと同じで口数が少ないけれど、別の一面を持っていて、家庭では良き父なのかもしれない。友人とビールを飲むときは、苦虫を嚙み潰したような表情を、きれいさっぱり捨て去っているのだろうか。

街の灯をあとにして郊外の薄暗い道を進みながら、自分が特別変わっているわけではないと、アレックスは思った。沈黙と閉ざされたドア。ふたりの自分が一致していたのは、たぶん寄宿舎に入っていた十二年前が最後だろう。素晴らしかった十六歳の夏。遠い夏。あまりにも遠い夏。

アレックスは、ほとんど人気《ひとけ》のない道に小型車をゆっくり走らせた。平日の夜、おまけに不況のご時世だ。外出する人は少ない。妄想気味の老女によれば、ドアを隔てて応対した今朝の女性も外出しない。

あの声にはためらいがあった。鍵のかかったドアの向こうに、恐怖が潜んでいた。彼女はなにを恐れているのだろう。なにかを失うことか。誰かの怒りか。恐怖は暴力によって生まれる。暴力にはさまざまなタイプがある。だから、恐怖にもさまざまな形がある。

がら空きのバスを追い越しながら、〈将軍〉のことを考えた。わたしは父を恐れている。でも、父もわたしを恐れているのかもしれない。父はいまや年老いて、人生からこれ以上得るものはなくなった。そして、この年になっても夫や子どもを求めないわたしを心配して、しょっちゅう様子を窺っている。わたしはそれに気づいていても、〈将軍〉が自分のことをなにも教えてくれなかったのだから、なにも教えない。いまさら知ろうとしても、手遅れだ。

なぜか、パルマ署長のことが頭に浮かんだ。陽気で人当たりのいい、異色の上司だ。編成されたばかりの捜査陣の士気を高めようとしてのことかもしれない。〈将軍〉ではなく、彼が父だったらどうだろう？　いまと同じ結果になったのか、それとも……考えてもしかたがない。

それはともかく、デクマノ・マッジョーレ署の腑抜け署長、リゴーニとは大違いだ。あの老いぼれた臆病者は自分の影にも怯えていた。銃声を聞いて署長室から飛び出してきた彼の顔には、すさまじい恐怖と不安、そしてわたしに対する憤怒がありありと浮かんでいた。

アレックスは方向指示器を点滅させて、なんの変哲もない中庭に車を乗り入れた。わたしはあの件でなにも失わなかった。なにひとつ。どこの署でも同じだ。自分のすべき仕事ができれば、それでいい。

人目に立つ恐れのない屋内駐車場に車を入れて、降りる。この店はこうした配慮が行き届いているので、客筋がいい。

駐車場から直接クロークに通じるエレベーターに乗り、バッグからバンダナを出してショートカットの髪をたくし込み、黒の仮面をつけて顔の上半分を隠すと、レインコートにジャケット、バッグを預けた。黒のトップスと細身のパンツは、ふたりの自分の中間に位置する完璧な服装に思えた。

ホットなジャズの音色に包まれて、色付きライトがぼんやり照らす暗い店内に目が慣れるのを待ち、バーへ行って注文する。最初は気後れしたが、いまは喉を焼くアルコールが心地よく、店の雰囲気にもなじんだ。

白髪交じりの男が近寄ってきた。仮面はつけておらず、自信たっぷりに作り笑いを浮かべている。飲み物を勧めてきたが、アレックスは断った。男は見る間に白けた顔をして、ひと言も発せずに薄暗がりに消えていった。こんな男が欲しくて来たのではない。

グラスを片手に、アレックスは店の奥に進んだ。行き先は決まっているが、偶然を装って時間をかけていくのが好きだ。自ら進んで来たのではない、たまたま通りかかっただけだ、抗いがたい強い欲求に駆られたためではないと自分に信じ込ませたかった。

いくつか通り過ぎた部屋はどれも薄闇に沈み、会話はできるが他者には漏れ聞こえない程度のボリュームで音楽が流れていた。ほとんどがアレックスと同じく仮面をつけているが、わずかに例外もいた。自分自身をさらけ出すことに喜びを感じているのだ。わたしにはできない、とアレックスは思った。

知人に出くわしたら、と何度か空想したことがある。その場面を考えると、おかしくてたまらない。誰も、わたしだとは気づかないだろう。相手に正体を悟られないで、他人の本性を知るのはさぞかしおもしろいに違いない。たとえば、〈将軍〉。でも、望み薄だ。〈将軍〉の人生最大の罪といったら、学生時代にトイレでこっそりタバコを吸ったことなのだから。

仮面をつけた男ふたりが、手に手を取って傍らを過ぎていく。少し先では、男に紹介された女どうしが唇を合わせている。

アレックスは暑くなって、飲み物をひと口飲んだ。

これまでよりも広い部屋に入り、ゆったりしたリズムの音楽に合わせてけだるげに踊る客に視線を走らせる。部屋の隅にぽつんと立っている長身の女がちらりと見えた。髪は赤く長く、光沢のある仮面で鼻と目を隠している。肩を大胆に露出した黒のミニドレスから、豊かな胸がこぼれそうだ。すらりとした素足にスパンコールのついた派手な靴。初めて来た客に特有の、挑発的な服装とぎこちない物腰。

アレックスがさりげなく近寄って耳元でささやくと、女はこわばった笑みを浮かべた。少ししてアレックスは手を差し出して、音楽に合わせて体を動かした。互いに触れ合うことなく仮面越しに視線を絡ませ、サキソフォンの音色とうっすらと立ち上る体臭に包まれて踊るうちに、なにも目に入らなくなった。この世に存在するのは、細身のパンツと黒のトップスを着た痩せた自分と、豊かな胸と長い脚を持つ赤毛の女。次第に距離が縮まって乳首が触れ合ったとたんに、ふたりの体に電流が走った。

アレックスは女と唇を合わせて酒のにおいと口紅と神秘を味わった。赤毛の女の緑色の瞳から恥じらいと緊張が消えていく。

舌を絡め合い、欲望が形を成してあらゆる障壁を突き崩し、思考を征服するに任せた。切れ目なく流れる歌に合わせて、体を揺らす。赤毛の女のうなじに手を当てると、彼女は腰に手をまわしてきた。唇を離し、見つめ合う。目で語り合うまでもなく、互いの気持ちはすでに肉体を通じて伝わっていた。

アレックスは女の手を取って、自分自身になることが許される個室へ向かった。

影の自分にようやく光が当たる。

第二十八章

　前日の午後遅く、ロヤコーノはフェスタ公証人の事務所での聴取が終わったあとに、分署に電話を入れて一部始終を伝えておいた。

　オッタヴィアはメモを取って言った。「イオランダ・ルッソ、会計士、ね。了解。調べておくわ。明朝ここで捜査会議があることを伝えるよう、署長に頼まれたわ。ピザネッリは被害者について聞き込み中で、科捜研からは最初の報告がそろそろ入る予定。マスコミが事件を嗅ぎつけて、フェスタの自宅に押しかけているわ」

　捜査会議などというものは時間の無駄だとロヤコーノは思っているし、そもそも単独で行動するのが好きだった。アラゴーナにくっついていられると、うっとうしくてたまらない。もっとも、女心をくすぐってアラーチェから見事に情報を聞き出したのだから、一等巡査にも使い道がないわけではない。

　ロヤコーノは朝早くに出勤したが、オッタヴィアとピザネッリがすでにデスクについて仕事をしていたのでびっくりした。

「おやおや、ふたりとも帰宅拒否症とか？」

　オッタヴィアはくすくす笑った。

「まさか。もちろん帰宅するわ。でも、警官の性《さが》というか、仕事のことがいつも頭の片隅に引っかかっていて、気になってしかたないの。情報がいくつか見つかったけど、あとで会議のときに話すわね」

新聞を読んでいたピザネッリが口を挟む。

「わたしも同様だ。ところで、われわれがまた新聞の第一面に載って、全市民の注目を浴びているぞ。代わり映えしないこった」

ほどなくして、明らかに寝不足の顔をしたロマーノが到着した。昨夜は殴ったことを許してもらいたくて長時間妻と話し合ったが、妻は泣くばかりだった。そこで彼女を落ち着かせるために、またもや居間のソファで寝たのだった。

「早起きぞろいってわけか。ま、かえって好都合だ。ボスは？　アパートメントに入る許可をもらいたいんだ」

オッタヴィアが応じる。

「もうじき来るはずよ。きのう、電話で通報してきた件ね？」

アレックス・ディ・ナルドがサングラスをかけて、出勤してきた。

「ええ、そうよ。おはよう、みんな。あそこでは、なにか変なことが起きている気がしてならないの」

ピザネッリはアレックスをしげしげと見た。

「よく眠れなかったみたいだな。きみの年頃なら……そうそう、古い書類を調べてみたが、アマーリア・ガルダショーネが過去に通報した記録はない。話し相手欲しさに警察に電話をして、口から出まかせの苦情を申し立てるタイプではないな」

ロマーノがうなずく。

「ああ、最初はだぼらだと思った。だけど、実際にアパートメントに行ったら、そこの女がどうしてもドアを開けてくれなくて」

アレックスが続けて言う。

「それだけじゃないわ。彼女は妙にためらっていた。おまけに、アパートメントに出入りする人を誰も見たことがないのよ」

パルマ署長が刑事部屋に入ってきて、にっこりした。

「みんな、早いな。やる気満々じゃないか。つまり、ディ・ナルドとロマーノはガルダショーネの件を続けて調べたいんだな」

ふたりが答える前に、アラゴーナが口笛を吹きながら入ってきた。全員がそろっているのに気づいてはたと口笛を止め、掛け時計と腕時計とを見比べて怪訝《けげん》そうに訊いた。

「えーっ、まだ八時じゃないか……おれが呼び出しに気がつかなかったとか？」

パルマが笑う。

「心配するな、アラゴーナ。違うよ。どうやら、みんな朝型らしい。幸先がいいぞ」

ディ・ナルドは、ドアを閉ざしたアパートメントと謎の住人に話を戻した。

「令状を取ってもらえますか、署長。絶対になかに入って、調べるべきです」

ロマーノは少々及び腰になった。大騒ぎしたあげくなにも問題がなかったとなれば、捜査の行きすぎを責められる。

「いや、なにもはっきりした証拠があるわけじゃないんですけどね。なんというか、勘みたいなもので……でも、確認したほうがいいと思うんですよ。ディ・ナルドも同じ意見です。一応調べとけば、安心できる」

パルマはすぐにメモをしたためた。

「よしきた。きみたちの勘を信じる。オッタヴィア、当番判事に令状を請求しよう。ディ・ナルドは必要事項をすべて伝えてくれ。住所、通報を受理した時刻、現時点で判明している事実、等々。午前中にさっさと片づけてしまおう。さて、全員がそろったところで、今度はもうひとつの件だ」

パルマはカバンから新聞の束を出して、オッタヴィアのデスクに広げた。

「デ・サンティス殺しは、市内各紙の一面に載っている。パトカーで到着した本部所属の警官のひとりか、ブルガリア人のお手伝いのどっちかが、銀器がなくなっていることを漏らしたおかげで、市民の安全がどうのこうの、強盗被害に歯止めがかからないだの、たわごとが山ほど並んでいる。言うまでもないが、激情に駆られての殺人と強盗致死はまったくの別ものだ」

ロヤコーノは苦々しげに意見を述べた。

「犯人は誰かと取り沙汰するばかりで、ひとりの女性が亡くなっているという事実を誰も顧みない。自分も同じような目に遭うのではないか、痴情のもつれが原因ではないか、そんなことばかり考えている。いつものことだが」

パルマはうなずいた。

「おまけに、市民ばかりではなくお偉方にも注目されているから、やりにくいったらありゃしない。きのうは本部長が直々に電話をしてきて、対処できるか、応援が必要か、と訊いたあげくに、本部に捜査を任せたらどうかとのたまった」

ロヤコーノは表情を変えることなく、パルマを見つめた。

「で、どう答えたんです、署長」

「決まってるじゃないか。順調に捜査を進めています、必要なものはありません、こちらで対処できます。そう答えておいた。だが、あまり時間はない」

アラゴーナが口を挟んだ。

「でも、銀器がなくなっているのは事実じゃないですか。お手伝いは、たくさんではないけど、いくつかは確実になくなっていると言ってる」

ロマーノが質問した。

「アパートメントの玄関、または建物の正面玄関、窓などに侵入した形跡は？　ガラスが割れている、蝶番《ちょうつがい》のネジがゆるんでいるとか……」

一等巡査は恒例の、もったいぶってサングラスをはずす儀式に、額に皺を寄せ声を一オクターブ下げるという変化をつけた。「それが全然、なくてさ。きっと犯人は顔見知りの人物で、被害者がドアを開けてやったんだ」

オッタヴィアとピザネッリは吹き出しそうになって、それぞれ掌と新聞とで口元を隠した。

「犯人は鍵を持っていたのかもしれない。となると、やっぱり亭主かな。誰とどこにいたのかを、はっきりさせなくちゃ。銀器の盗難は、隠蔽《いんぺい》工作じゃないか」

「被害者はどんな人物だったのかしら。恨みを買うような人だったのかしら」こう訊いたのは、ディ・ナルドだ。

パルマは議論に積極的に参加する刑事たちの姿勢がうれしかった。

「ピザネッリ、きみは界隈の住民全員と知り合いだろう。ディ・ナルドの疑問に答えてやってくれないか」

「ずいぶん買いかぶってくれたもんですね、署長。まあ、たしかに知り合いは大勢いるし、長年ここで勤務しているうちに、どこへ行けば欲しい情報が手に入るかが、わかってきたのは事実だ。これから話すことは、聞き込みで得た情報にわたしが覚えていることを足してある」ピザネッリは数枚の用紙をそろえ直し、指先で眼鏡の位置を調整した。「始めるよ。チェチーリア・デ・サンティス、五十七歳。一族は建設業、ホテル経営などに携わり、とてつもなく裕福で社会的影響力を持ち、人望もある。ブルジョワ階級の中心的存在にふさわしく、ロータリークラブを始めとするさまざまな組織に所属。チェチーリアは育ちがよくて金持ちだが、美人ではなかった。中背で小太り。だが、知性豊かで教養がある。あまり外向的ではない。夫とは同い年で、大学時代に知り合った。夫はバジリカータ州の貧しい家の出で、ウェイターをして学費を賄《まかな》った」

アラゴーナは再びサングラスをかけて、感想を述べた。

「あいつが澄まし返ってウェイターをしているところが目に浮かぶな。きっと、さんざん小言を食らったんだぜ」

「そのころは澄まし返っていなかったんだろうよ。要するに、ふたりは知り合い、恋愛関係になった。彼女の家族は反対したそうだ。説得には時間がかかり、いとこのうちふたりは十数年、夫妻を家に招かなかったくらいだ。チェチーリアは彼が公証人の資格を取るまで、経済的に支えた。だが、頭のいい男だったから、一発で試験に合格した」

ロマーノが鼻で嗤《わら》う。

「お偉いさんの口利きがあったんじゃないか」

ピザネッリは肩をすくめた。

「さあ、どうだろうねえ。ともあれ、ふたりはその年に結婚した。そして、フェスタはいくつもの大きな会社の合併や吸収に関わって、その分野では街で指折りのひとりになった。いっぽうチェチーリアは、もともと社会に出て働く気はなかったからあっさり仕事を辞めて、夫のための人脈を作ることに専念した」

「結婚生活はどんな具合だったの？」と、ディ・ナルド。

「山あり谷ありだったみたいだな。夫婦仲は冷めていた。子どもができなかったことが一因かもしれないね。アラゴーナとロヤコーノは実際に見たわけだが、フェスタは男前でスタイルもよく、若々しい。おまけに金も力もある。こいつはどんなものより、男を魅力的に見せる。それに引き換え、チェチーリアは年相応に老けていた。聞いたところでは、フェスタは少なくとも三回は浮気をして、隠そうともしなかった。いっぽうチェチーリアはひっそりと暮らしていた」

オッタヴィアが質問した。

「ふしだらな夫をどう思っていたのかしら」

「極めて重要な機会を除いて、ふたりが連れ立っているところを見るのはまれだった。もっとも、彼女が人前で夫を責めた、騒動を起こした、という話はない。ここ四、五年は平穏だったらしい。ところが数ヶ月前、フェスタが自分よりはるかに年下の女を社交の場に連れてくるようになった」

オッタヴィアはプリンターから用紙を引き抜いた。

「イオランダ・ルッソ、新進気鋭の会計士兼税理士。まだ二十八歳だけど、名前はかなり知られているわ。銀行と連携して、大掛かりな経費回収を担当することが多いみたい。フェスタとは、不動産取引に関する仕事を通じて知り合い、初めのうちは関係を隠していたけれど、やがて堂々と連れ立つようになる。赤毛で人目を引く美人、お洒落でとくに靴にこだわり、ウエッジソールと十二センチのピンヒールを好む」

全員の唖然とした視線を浴びて、オッタヴィアはきょとんとした。

「え？　なに？　ゴシップサイトにはこういう情報がいくらでも載っていて……」

ピザネッリが話を続ける。

「被害者についてもっと知る必要がありそうだ。世間話みたいにして聞きまわっていたら、旧友のルッフォーロ男爵夫人がチェチーリアのことをよく知っていることがわかった。非公式に訪問して、聞いた内容を絶対に口外しないと約束するなら、彼女の人となりやふだんの生活について話すそうだ」

　ロヤコーノは喜んで同意した。

「そいつは大助かりだ。だからといって、むろん強盗の線を捨てる必要はない。侵入した形跡がないのは、腑に落ちないけどね。その男爵夫人にはどこに行けば会えるんです？」

「『ラ・ヴェーラ』というヨットクラブに行くといい。上流階級のご婦人がたのたまり場だ。タールとアルコールに浸ってブラーコ（カードゲームの一種）に興じ、陰口を叩いて毒を垂れ流すのさ。いつ行きたいか教えてくれれば、夫人に連絡しておく。たいてい四時過ぎにはあそこにいるよ」

　アラゴーナが提案する。

「その前に、フェスタの自宅の周辺で聞き込みをするってのは？　建物の管理人や、近くの商店とかに」

　ロマーノが付け加えた。

「おれだったら、お手伝いの暮らしぶりを探るな。ブルガリア人だっけ。別に偏見を持っているわけじゃないが、使用人が泥棒の手引きをした例は少なくない。そもそも、彼女は鍵を持っていたんだろう？　だから、侵入した形跡がないんじゃないか」

ディ・ナルドはため息をついた。

「あーあ、いつも女が悪者にされるのね。お手伝いなら、高額な貴重品がしまってある場所を知っているわ。それなのに、わずかな安物しか盗まなかったというのは、おかしいでしょ」

アラゴーナはオッタヴィアに同調した。

「それに、お手伝いは心底悲しんでいるように見えたけどな。やっぱり、強盗と鉢合わせしたんじゃないか。それで慌てふためいた強盗が、たまたま近くにあったスノードームを使って殺す。そして、廊下と玄関を通って逃げるときに、目に入った銀器をかっぱらっていった。お手伝いがやったんなら、目撃されていないとは限らないのに戻ってくるかなあ」

ロマーノは守勢に転じた。

「お手伝いが共犯だとか殺したとか、言ったつもりはない。たとえば、何者かが鍵を手に入れて複製を作ったとも考えられる。一応、可能性として挙げたのさ」

実務家のパルマは、捜査の方針を打ち出した。

「では、管理人と隣人に聞き込みをしてお手伝いが関与しているかを調べ、そのあとヨットクラブにまわってもらおう。そのあいだにこっちは、解剖と科学検査の結果報告を催促し、同時にフェスタのコンピューターに残っている記録を調べる」

ロヤコーノはうなずいた。

「フェスタは妻の死亡時にほんとうはどこにいたのか。これを突き止めるのが、一番の難題だな。あと、アラゴーナの新しいガールフレンドによると、若くて美人の会計士は、先週フェスタと派手な喧嘩をやらかしている。喧嘩の内容と、週末にどんな予定を立てたのかがわかると、役に立つかもしれない」

　オッタヴィアが意気込んで言う。

「情報科学研究所に友人がいるので、フェスタのコンピューターを至急解析して、役に立ちそうなことがわかったら正式な手続きなしで教えるように、頼んでおくわ」

　パルマは顔を輝かせた。

「素晴らしいよ、オッタヴィア。きみみたいな女《ひと》に頼まれたら、断る男はいない」

　オッタヴィアは頰を赤らめたが、幸い誰にも気づかれなかった。

　パルマが続ける。

「ピラース検事補は、ロヤコーノに絶大な信頼を置いていると話していたが、一応彼女にも捜査の状況を伝えておく。なにか必要なものがあったら、すぐに連絡を入れること。〝ろくでなし〟と蔑《さげす》まれようが、仕事にかけては誰にも負けないことを証明しようじゃないか」

第二十九章

　オッタヴィア・カラブレーゼは週に一度、息子のリッカルドをプールに連れていく。

　献身的で思いやり深い夫は、息子の世話をほとんど全部受け持ちながらも、週に三度通うちの一度しか割り振らない。それでも、その一度が苦痛だった。

勤務をやり繰りして時間を作るのが面倒だからでも、市内で車を運転するのが嫌いだからでもない。汗とカルキのにおいが鼻を衝く、湿っぽい空間で一時間半じっとしていることも、インストラクターのあからさまな口説き文句を受け流すことも、さして苦にならない。口が裂けても言えないが、息子とふたりきりになるのが耐えられないのだ。

いつからこうした感情を持つようになったのか、わからない。リッカルドが自分だけの世界に住み、そこから出て他人と交わることは決してないと悟ったときからずっと、オッタヴィアは息子に愛情を注ぎ、献身的に尽くしてきた。リッカルドの症状は病気や怪我によるものではないので、治療を受けて本人も家族もある程度人並みの生活ができるようになることは期待できない。息子はあるかなきかのわずかな進歩をするだけで、この状態のまま生きていくということを事実として受け入れていた。

それに、これ以上の夫は考えられないくらいだ。ガエターノは以前にも増してやさしく、惜しみなく愛を注いでくれる。リッカルドが必要とする数限りない介助の大部分を負担し、長時間付き添い、我が身を犠牲にして妻と息子のために生きている。それなのに、リッカルドはガエターノに目もくれない。彼にはオッタヴィアしか存在しない。マンマ――それが生まれてから発した、唯一の理解可能な言葉だ。

いつから家を刑務所のように感じるようになったのだろう。オッタヴィアは更衣室に誰もいなくなるのを待ちながら、記憶を遡《さかのぼ》った。そもそもの初めから、というのであれば理解できる。誰しもがこうした重荷を背負う力を持っているとは限らない。でも、それが原因ではなかった。

かつては夫を愛していた。長いあいだ、ともに生きてきた。夫の仕事が軌道に乗るまでは彼女が支え、次は夫が彼女を支えて、警官になるという子どものころからの夢を叶えさせた。世間の荒波をともに乗り越えてきたから、リッカルドが障害を持って生まれてもびくともしなかった。実際、夫婦で参加しているいくつかの会で、理想的な両親の例として挙げられるほどだった。

ようやく誰もいなくなったのを確認して、リッカルドの着替えを手伝った。周囲にほかの子がいると、リッカルドは頭を激しく振り、唸り声を上げて着替えを拒むので、注目を集める羽目になる。待つほうが、ましだった。

スウェットシャツとジーンズを脱がせる。ずいぶん大きくなった、とオッタヴィアはあらためて思った。同じ年の子に比べて、大きいほうだろう。濃くなった顔や喉の産毛と恥毛が、色白の肌に目立った。マンマ、マンマと繰り返す声は、太く低い。

オッタヴィアは返事をしなかった。母親が近くにいることを察知して、声を出しているにすぎないのだ。水着に片足ずつ、足を通させた。明らかに思春期に入った息子の将来に、不安を覚えた。知的障害がある若者が激しい性的欲求を抑えることができずに、恐ろしい暴力行為や犯罪に走った例は、職業柄さんざん目にしている。息子がそうした例のひとつにならないことを、心底願った。

セックスのことを考えると、別の意味で気が重くなった。前夜、ガエターノに求められたが、眠っているふりをした。これで何度目になることか。こうしたごまかしや小さな嘘が、いつまで通用するだろう。

リッカルドと手をつないでプールサイドに向かうあいだに、数ヶ月前、自分に正直になろうと決心し、ほんとうは夫と息子のそばにいたくないのだと認めたときのことを思い返した。ごくふつうの口調でごくふつうのことを話す裏で、ほんとうは数千キロ離れたところにいたいのだと考えるのは、初めのうちは気が安らいで、楽しくさえあった。

やがて、その思いが強くなり、家にいると、終わりのない刑で刑務所に入れられたように感じるようになった。そして、夫が愛情を注げば注ぐほど、息子が頬を寄せて「マンマ、マンマ」と言えば言うほど、遠くへ逃げたい気持ちが強くなった。

水泳のインストラクターは託されたリッカルドにやさしく声をかけ、オッタヴィアに流し目を送ってきた。

オッタヴィアは、派手ではないが幾度か会ううちに人を虜《とりこ》にする、成熟した女性の魅力を持っていた。波打つ栗色の髪に同じ色の瞳、すねたような口元、ふくよかだが均整の取れた肢体は、ユーモアに富んだ快活な性格と相まって周囲の男を魅了し、彼らはオッタヴィアの歓心を買いたくて、熱心にリッカルドの世話を焼いた。医師や看護師、学校の教師たちも例外ではない。だがオッタヴィアは気にも留めなかったし、夫以外の男と関係を持ちたいとも思わなかった。漠然とした罪の意識は常にあるが、ただひたすら自由が欲しかった。

パルマ署長に惹かれる気持ちは初めて経験するもので、オッタヴィア自身も扱いかねていた。そこで、そうした感情は生きている証拠というだけのことだと思い込むことにして、いまのところは小さく固めて心の奥にしまってある。

リッカルドがプールに入るのを見届けて、オッタヴィアは保護者たちの座っているベンチへ向かった。水泳のレッスンは、定期的な運動が必要だという担当医のアドバイスに従って始めた。リッカルドはすっかり気に入って、進んで行きたがり、着替えの問題を除けばいい影響を及ぼしているようだった。そもそも赤ん坊のころから水が好きで、水に入ると目に見えて機嫌がよくなる。

リッカルドはレッスン用のコースで平泳ぎを始めた。オッタヴィアの隣では、母親ふたりが美容師の話をしている。あなたの美容師、上手ね。あら、あなたの美容師だって。わたしを担当している子、ハンサムなのよ。わたしの担当もハンサムよ。わたしのところは、ペディキュアもしてくれるの。わたしのところは、仕事が早いわ。暑くなってきた。オッタヴィアは、カルキ臭にかすかな吐き気をもよおした。十五分経った。

そのとき、リッカルドが息継ぎのリズムを乱し、手足をばたつかせて水を飲み込んだ。オッタヴィアはいち早く異変に気づいた。叫ぶでも助けを求めるでもない息子の目は、恐怖におののいていた。永遠とも思えたが、ほんの一、二秒のことだろう。インストラクターは隣のコースで女の子にバタ足を教えている。リッカルドのうしろを泳いでいる男の子は、まだプールの中ほどだ。隣はショッピングの話で盛り上がっている。

一瞬、苦悩と重荷から解き放たれた人生がオッタヴィアの脳裏をよぎった。延々と続く無意味な通院や支援学級の教師との虚しい面談とは無縁な、自由な人生。夫との唯一のかすがいが消滅して、ひとりの女に戻った自分。よき母ではないという自責の念のなくなった新しい世界。それから、息子の小さな体を腕に抱かせてくれた看護師の姿がオッタヴィアの脳裏をよぎった。

オッタヴィアははじかれたように立ち上がり、大声を上げた。


「なんでこんなことが……申し訳ない。きょうはアデーリアが休みなので……」

「気にしないでちょうだい。大丈夫よ。こうしたことは……」

「いや、気にしないわけにはいきませんよ、奥さん。子どもたちの安全にはいつも十分に気を配って……」

「早く気づいたから、間に合ったのよ。それが肝心だわ」

「リッカルドはとてもいい子で、みんなにかわいがられているんですよ。それなのに、注意を怠《おこた》ってしまって、どうお詫びすれば……」

「もう忘れてちょうだい。結局、無事だったんですもの。水をちょっと飲んだだけ。あなたも見たでしょう。プールから出たがらなかったじゃない。あの子はここにいるのが、大好きなのよ」

「わかりました。では、次回からはアデーリアがいるので、ぼくが必ずそばについています。

バタフライを教えようかな。あんないい子なのに……まったく信じられない、なんでまたこんな……」

「あなたはすぐに助けてくれた。こちらこそ、お礼を言わなければならないわ。いつも親切にしてくれて、ありがとう」

「ほんとうになにもいらないんですか？　コーヒーかジュースは？　どうやったら許してもらえるのか……」

「なにもいらないわ、ありがとう。それから、水曜日は主人がリッカルドを連れてくるけれど、あの人にはなにも言わないで。心配性だから、このことを知ったらやめさせるかもしれない。でも、リッカルドはここにいると、とても幸せなの。もちろん、あの子はそれを言葉にすることができないけれど、わたしにはわかる」

「心配無用ですよ、奥さん。ぼくだって、誰にも知られたくない。まずいことになりますから。ありがとうございます。感謝します」

帰宅する車のなかで、リッカルドの頭の重みを肩に感じながら、オッタヴィアは泣いた。

いつまでも泣き続けた。

第三十章

ロヤコーノとアラゴーナが、ヴィットリア広場とカラッチョーロ通りに挟まれた建物付近に来たころは強風が治まって、波が街路に達することも、岩で砕けて空中高くしぶきを舞わせることもなかったが、黒雲が重く立ち込めていた。

アラゴーナは猟犬のように鼻をひくひくさせて、空気を嗅いだ。

「こりゃあ絶対、にわか雨に見舞われるな。やっぱり、車にすればよかったんですよ、警部」

「ずぶ濡れになっても、生きているほうがましだ。濡れなくても、死んでしまったら元も子もない。なんで、どこに行くにも車を使いたがる？ 署からここまで一キロ足らずじゃないか。若いくせに」

巡査は力強くうなずいた。

「だから、まだ死にたくないんですよ。一キロ足らずと言っても、上り坂じゃないですか。あ、いたいた。絶滅寸前の贅沢品、管理人が」

玄関ホールの一角に、明らかに戦前の遺物とわかる、暗色の木材を使った管理人室が設けられていた。十八世紀に建設されてから現在に至るまで超高級物件であり続けているこの建物は、経済危機とは無縁なのだろう。管理人室のすぐ内側にカウンターがあり、そのうしろの戸口が管理人の居室、正確にはキッチンに通じていて、コーヒーを淹《い》れている男の姿が見えた。

外の道路には県警本部のパトカーが止められ、警官ふたりが車内で暇を持て余している。フェスタの妻の殺人に関して知るべきことや撮影すべきものはここにはないと判断したのだろう、マスコミの姿はなかった。

詰所の窓ガラスを、指先で軽く叩いた。なかにいる男が振り向いてエスプレッソメーカーを指さし、ちょっと待ってくれと、合図する。

刑事たちが顔を見合わせていると、管理人が顔を覗かせた。

「コーヒーを一杯、いかがかね？　今朝は警官やら記者やらが詰めかけて、まるで地獄だったんだ。知らないかもしれないが、ここで不幸が……」

アラゴーナは例のごとく芝居がかった仕草でサングラスをはずして、せせら笑った。

「あいにくだが、まだ終わっていないんだよ。おれたちは警官だ。ピッツォファルコーネ署のマルコ・アラゴーナ一等巡査とロヤコーノ警部だ。あんたは……」

「マスコーロ、パスクァーレ・マスコーロです。すみません。迷惑したという意味じゃなくて、大騒動だったと言いたかっただけで」

ロヤコーノはうなずいた。

「大変だったろうね。とにかく、これは殺人事件なんだよ。そこで、できればいくつか質問させてもらいたい」

管理人はロヤコーノのおだやかな口調に、ほっとしたようだった。

「淹れたてのコーヒーがあるから、なかに入りなさいよ。そこで風に吹かれていることはない」

マスコーロのキッチンは物置とさして変わらない広さだが、清潔で居心地がよかった。淹れたてのコーヒーが香り、戸口から射し込む光に照らされたわずかばかりの使い古した家具が、古きよき時代の雰囲気を醸し出している。齢《よわい》七十を優に超えているマスコーロは真っ白な短髪に、濃いグレーのズボンとサスペンダー、白シャツに黒のネクタイ、ブルーの上着という恰好で、その雰囲気に完全にマッチしていた。エドゥアルド（エドゥアルド・デ・フィリッポ。ナポリ生まれの俳優、劇作家。一九〇〇―八四）の喜劇から飛び出してきたみたいだ。彼の大ファンで、いつもテレビで見ていたロヤコーノは、マスコーロに初めて会ったような気がしなかった。

「奥さんが気の毒で。まだ信じられませんよ。女房が生きていたときから存じ上げてましたから、もうずいぶんになります。結婚したばかりでここに入居なさったのをこの目で見て、今度は冷たくなって出ていくのを見送るなんてねえ。悲しくてやりきれません。砂糖は何杯入れます？」

アラゴーナの手には、すでに手帳があった。

「二杯半頼む。勤務は何時から何時までだい、マスコーロ」

「午前七時から午後八時までです。午後三時から四時までちょこっと休憩するけど、管理人室のドアを閉めるだけで、玄関のドアは閉めません」

ロヤコーノはちらっとアラゴーナを見た。

「苦いのは苦手ってわけか？　おれは一杯でけっこう。それで、おとといは奥さんが外出するところを見たかな」

「いいえ。そりゃあ、あたしがここにいないあいだに、外出して戻ったのかもしれませんけど。郵便やゴミ出しだとか、こまごました用事があって出たり入ったりしてますんでね。それに午後の三時から四時までは、奥の部屋で休憩しています。でも、出ていくところは見ませんでしたよ。見たら、必ず覚えています」

「ふうん、なんで？」

「そんなに頻繁には外出しないかたでしたから。ときたま、フェスタ氏の車が迎えにきたけど、長くは出かけていませんでした。やさしくておとなしかったから、騒がしい場所は苦手だったんじゃないかね」

アラゴーナがコーヒーをもう一杯注ぎ、砂糖をスプーンに三杯加える。

「それで、フェスタ氏のほうは？　奥さんと一緒に家で過ごしていた？」

マスコーロは鼻を鳴らした。

「いや、フェスタ氏は……別の人生を送っているとでも言えばいいかね。朝早く出ていって、ここが開いているあいだに帰ってきなさることは、めったになかった。閉めるのが遅れたときでもね。ここ一年でおふたりが連れ立っているところを見たのは、多くて二回でしたよ」

ロヤコーノは、アラゴーナがコーヒーを騒々しくすする音に気を取られながらも、集中しようと努めた。

「おとといに話を戻そう。奥さんに会いにきた人は？　インターフォンを鳴らしたり、会いたいと言ってきたり……」

「そういう人はいませんでしたよ、警部さん。あたしがここにいるあいだは。それに、おとといは暴風だったでしょ。玄関ホールまで水が来て、拭き掃除が大変でしたよ。通りに人はほとんどいなかった。気の毒な奥さんにも、そう申し上げましたよ。こんな嵐は何年もなかったって。天候が変わって……」

ロヤコーノは片手を上げて、管理人を制した。

「ちょっと待った。おとといは奥さんを見かけなかったと言わなかったっけ？　いつ話をした？」

マスコーロは懇切ていねいに説明した。

「外出するところを見なかったか、と訊かれたから、見なかったと答えたんです。だけど、奥さんのアパートメントでは、午前中にお目にかかりましたよ。ちょっとした修理や手伝いをするのも仕事のうちなので、奥さんに呼ばれたんです。小さいほうの浴室のよろい戸が閉まらないって。掛け金が錆びて動かなくなっちまったんですよ。それで油を差して、閉めときました」

アラゴーナが質問する。

「奥さんはどんな様子だった？　なにかに怯えていた、不安そうだった、悲しそうだった、怒っていた……」

「いえいえ、そんな様子は全然。部屋着姿で、あのとんでもない数の雪の入ったガラス球を拭いてらしたんですよ。で、手間をかけさせてごめんなさい、って詫びなさった。このあたしに、詫びなさったんですよ。強風で窓が開かないように、よろい戸を閉めておきたかったって、二十ユーロもチップをくださった。気前のいいかただった。でも、いつもみたいに落ち着いてましたよ。そうそう、お手伝いのマヤがいて、床を濡らすなと言われた。浴室に入ったからって、シャワーを浴びるわけでもあるまいし」

アラゴーナは質問を重ねた。

「そこにいるあいだに、誰か来なかったか？　電話がかかってこなかった？　どのくらいの時間、そこにいたんだい？　何時だった？　だいじなことだから、よく思い出してくれ」

マスコーロはしばし考え込んだ。

「うーん。誰も来なかったし、電話もなかったな。十一時くらいに伺って、部屋にいたのは十分くらいってとこですかね。そのころが一番、手が空いているんですよ」

ロヤコーノが質問を挟む。

「あの階にはフェスタ家のアパートメントしかないようだが、上の階には誰が住んでいるんだね？　それに、下の階は？」

「これは古い建物で、各階にアパートメントは一戸ずつしかないんです。一戸をいくつかに分割しているところもありますが、玄関はひとつで、内部が仕切られているって具合です。上と下、つまり六階と四階は、それぞれ投資銀行と税理士のオフィスが入っています。だから、土日は休みで誰もいません」

アラゴーナは納得しなかった。

「この週末は？　誰もオフィスに来なかった？」

「ええ、ひとりも」

ロヤコーノが立ち上がる。

「最後にひとつ。不幸のあとでフェスタ氏を見かけたでしょう？　何時に戻ってきました？　ひとりでしたか」

マスコーロの顔が暗くなった。

「ええ、きのうの昼近く、おたくたちの仲間の白のつなぎを着た人たちがまだいるときに戻ってきましたよ。ひとりでしたね。警察の人が帰ったあとで、スーツケースを持って出てきたのでお悔やみを言いにいったんですが、百歳も年取ったような顔をなさってるんで、びっくりしましたよ。〈ヴェスヴィオ・ホテル〉に泊まるそうで、用があればそこに連絡するように言いつかってます。この近くの海岸沿いですよ。まあ、あれだけ奥さんをほったらかしにして、さぞかし後悔してるでしょうね、気の毒に」

第三十一章

もう一度現場を見てみよう。管理人室をあとにしたロヤコーノは、ふと思い立った。勘に従う、とは意識下の思考に耳を傾けることにほかならない。外界の影響を受けない意識下で集中してなされる思考だからこそ最善の場合があることを、ロヤコーノは長年の経験を通して知った。

アラゴーナは文句を言わずに警部に従った。あれこれと欠点の多い男だが、ロヤコーノの豊かな経験を認めてうるさく説明を求めない態度は、ほめるべきだろう。

アパートメントの玄関前では、パルマ署長の派遣した巡査が立ち番をしていた。適切なサポートを与え、現場での捜査には干渉しないというパルマの配慮が、ロヤコーノはありがたかった。巡査にドアを開けてもらって、ふたりはアパートメントに入った。

無人のアパートメントは、陰鬱に静まり返っていた。まるきり生気がない。ロヤコーノは身震いした。ここが再び家庭の温かみを持つためには、長い年月とおそらく新しい家族を必要とするだろう。人が非業の死を遂げた場所には激しい苦悩が宿り、それを払拭《ふっしょく》できるのは、その死とは完全に無縁な第三者しかいないことを二十年に及ぶ警官生活が教えてくれた。

広間のひとつだけ開いている窓から、灰色の雨雲に透過された光が一条射し込んでいる。フエスタは必要最小限の時間しかとどまっていたくなかったのだろう、室内にろくに光も入れずに、わずかな身の回り品をまとめて出ていったとみえる。その気持ちは痛いほどわかった。

ふたりは、無言で各部屋を見てまわった。広いアパートメントだが、まるで温かみがない。書斎や応接間、複数の客用寝室はどれも清掃と整頓が行き届き、ほとんどの部屋は長年使用された形跡がなかった。アラゴーナは客用浴室のよろい戸を調べ、マスコーロの証言どおりに掛け金の錆が落とされ、油が差してあることを確認した。

あたかも暗黙の了解があったかのように最後に残しておいた、事件の起きた客間に入った。皮肉にも、人の殺されたこの部屋が一番明るい。

バルコニーの窓越しに、灰色の湾と白波の立つ海面、空を走る雲が見えた。クジラのような赤と黒の巨大なタンカーが、錨《いかり》を下ろして波間で揺れている。かなたに黒く突き出して、少し先のカプリ島を指さしているのは、ソレント半島だ。この街はとてつもなく美しい顔を見せるときがある。遠目で見れば、という条件つきで。

ロヤコーノはカーペットのどす黒い染みの前に立った。被害者は死ぬ前に、なにを考えていたのだろう。それがわかれば、捜査にどれほど役立つことか。意識が闇に覆われる寸前の思いはなんだったのだろう。愛する人のことだろうか。誰かを、なにかを思い出したのだろうか。あるいは驚愕か。

顔を上げて、大小さまざまなスノードームをぎっしり並べた棚に視線を走らせた。中身はミニチュアの建物や人形、風景などさまざまだ。どんな法則に従って並んでいるのだろうか。

逆光を受けた暗色の陳列棚は磨き上げられているが、ほどなく部屋のほかの部分と同様に、うっすらと埃に覆われることだろう。ロヤコーノは近くに寄って、子細に観察した。

カーペットのどす黒い染みと相対する位置にあるのは、ヨーロッパの建物や風景を模したスノードームだ。棚に沿って歩いていくと、国や大陸別に並べられていることがわかった。左から右へ移動するにつれ、イタリアから遠い場所になる。下二段がこの法則で並んでいた。上段はクリスマスやイースターを始めとする行事にまつわるものが並び、仏像や十字架、さらにはマホメットに七枝の燭台など多岐にわたる宗教に関するミニチュアが仕込まれている。なんでこんなものを蒐集しようと思ったのか、とロヤコーノは不思議でならなかった。

アラゴーナが口を開いた。

「なんで、こんなものを集める気になったのかな。ダサいったら、ありゃしない」

「暇つぶしが欲しかったんじゃないか。被害者は孤独で滅入っていたんだよ」

一等巡査はふんと鼻を鳴らした。

「金持ちって、まったく度しがたいや。食うものにも事欠くアフリカなら、滅入っている暇なんてないでしょ。拒食症や過食症にもならない。孤独で滅入るなんて、金持ち病ですよ」

アラゴーナの提起する社会問題を聞き流し、ロヤコーノは事件発生時の状況を想像してみた。それから質問した。

「なあ、物音がしたので見にきたら、泥棒と鉢合わせしたとする。おまえだったら、どうする？」

「は？　どういう意味です？」

「つまり、被害者がこの部屋に入ったら、銀器を手にした泥棒がいた。押し入った形跡はないが、いまはその点は措いておく。おまえが被害者だったら、どんな行動を取る？」

アラゴーナは戸惑いながらも、その場面を思い浮かべようと努めた。

「うーん、叫ぶかな。あるいは、銀器を取り返そうとするとか」

「そうだな。もしくは、逃げる。その場合、どこに逃げる？」

アラゴーナは自信なさそうに、玄関方向へのドアを指さした。

「玄関を出て、階段を下りる……」

ロヤコーノはうなずいて、考え込んだ。こうして集中しているときの顔は、瞑想中の仏僧にそっくりだ。

「だが、被害者はアパートメントの内部へ逃げようとしたとみえ、もうひとつのドアを目指した。後頭部に打撃を受けたということは、犯人に背を向けたわけだから、それは間違いない。なぜ、出口のない内部へ逃げようとしたんだろう」

「寝室に向かう途中でここを通っただけのことじゃないですか。犯人に気づかずに、このダサいコレクションにおやすみなさいを言ってドアのほうへ歩いていった。寝室に逃げ込んで鍵をかけ、電話で助けを求めるつもりだった可能性もありますけどね」

ロヤコーノは渋々うなずいた。

「まあな。だが、犯人がどこらへんにいたのか不明だが、ドアのほうへ歩いていく途中の被害者を襲ったのなら、後頭部ではなく側頭部に打撲傷がないとおかしい。それに、その場合は被害者が犯人と陳列棚とのあいだにいたわけだ。だったら、犯人は凶器をどこから取ったんだろう」

警部の分析に聞き入っていたアラゴーナは、言った。

「あのスノードームにはものすごい値打ちがあったりして。おれたち、スノードームについてなにも知らないでしょ。あれを盗みにきたのかもしれない。何者かが泥棒を雇ったってこともありますよ。アホくさいスノードームのコレクターを当たってみたほうがいいんじゃないですか」

ロヤコーノは反論した。

「いや、そいつは飛躍しすぎだ。もっとも、凶器についてもう少し詳しく調べる必要があるな。ひとつたしかなことがある。犯人は、殺しが目的ではなかった。殺しが目的なら、凶器を用意してくる。素手で、という例もなくはないが、たまたま手近にあったスノードームで殴り殺したりはしない」

「だったら、どういうことだったんです？　被害者はどこへ行こうとしていたんです？　そもそも、犯人はどうやってなかに入ったんだろう」

ロヤコーノはしばし思案したのちに、答えた。

「いまはまだ、判断する材料が足りない。もっと情報を集めよう。被害者は室内に犯人がいることに気づかなかったのか、犯人が知っている人物だったので不安を持たずに背を向けたのかのどちらかだと思う。争った形跡がないし、被害者の着衣も乱れていない。検死でも暴力を受けた痕跡は見つからなかった」

「ドアをこじ開けた形跡がないという事実は、無視できませんよ。何者かがお手伝いか被害者、あるいは夫から鍵を盗んだのかな。だけど、それなら被害者の習慣を知っているはずだから、被害者がいつも在宅しているあの時刻に侵入しますかね」

ロヤコーノが付け加える。

「犯人は被害者の顔見知りの人物だった。そこで、ドアを開けて入れてやる。そして話をした。被害者は話を終えて、背を向ける。だが、犯人のほうは話が終わっていなかった。そこで、自分なりの方法で終わらせた」

「銀器は?」

「隠蔽《いんぺい》工作だろう。もしくは、なんらかのしっぺ返し、あるいは犯行の記念品として盗んでいったのか。こうした例は過去にもある。ともあれ、事件解明の鍵は、被害者が実際はどんな人物だったのかを知ることだ。そうすればその行動に説明がつく」

アラゴーナは納得がいかない様子で、頭を掻いた。

「そりゃまあ、被害者のことはほとんど知りませんけどね。耄碌《もうろく》したピザネッリじいさんがヨットクラブで会うように手配した、なんとかっていう男爵夫人からある程度情報を引き出せるんじゃないですか」

ロヤコーノは素っ気なく言った。

「おまえのほうがピザネッリよりよほど耄碌しているよ。ヨットクラブに向かう前に、分署に電話を入れてなにか進展があったか、訊いてみよう」

電話に出たオッタヴィアの声は、いつもより元気がなかった。

「どうかしたのか？」ロヤコーノは訊いた。「なんだか声が変だ」

「たいしたことないわ。ちょっと頭痛がするだけ。ニュースがあるのよ。盗まれた銀器が発見されたの。犯行現場から二百メートルほど離れた、ゴミ収集箱に捨ててあった。科捜研に持っていったから、見たければ寄ってみたら？　男爵夫人との約束まで、まだ時間があるわ」

第三十二章

ピッツェリア〈イル・ゴッボ〉は、周囲と趣《おもむき》を異《こと》にした店だ。

高級ブティックと洒落た花屋が目を引く管内の富裕な地区の、車の通行できない狭くて急な坂道を数メートル上ってごく小さな看板を掲げた入口を入ると、十卓ほどのテーブルを備えたバルコニー付きの二階へ階段が続いている。

創業者のイル・ゴッボ——背曲がり——はとうの昔にこの世を去ったが、クエスチョンマークのように背中の丸まった矮軀にピッツァ職人の白い上着と帽子をつけ、ディ・ジャコモ、スカルフォリオと添え書きのある、口ひげを生やした男ふたりに挟まれて黄ばんだ写真のなかから店内を眺めている。現在の店主は初代の孫にあたるがさつな大男で、背骨はまっすぐだが、店名を受け継いだ。せり出た腹が階段につかえるので上ることができず、いつも入口のレジスターとピッツァの窯とのあいだにはまり込んでいる。客の相手はユーラというポーランド娘に任され、彼女の容姿も店の魅力のひとつだった。

ジョルジョ・ピザネッリはこの店で週に二度、いまやただひとりしか残っていない友人と昼食を取る。この友人にはなにも隠し事をしないし、親身になってあれやこれやと文句を言われると耳を傾ける。

ユーラがいつもと同じく、待ってましたとばかりに声をかけてきた。

「いらっしゃい！　モナチェッロがお待ちかねよ」

ピザネッリは狭い階段を上った。〝モナチェッロ〟というあだ名で呼ばれることもあるレオナルド・カリージは、マリア・アヌンチアータ・フランチェスコ派修道院の修道士だ。身の丈一メートル半ほどの小柄な体に修道服をまとい、足元は夏冬問わずサンダル履き、真っ白な髪に青い瞳。いたずらっ子のような表情を絶やさない彼は、ナポリに古くから伝わる、いたずらをしたり、ささやかな善行を施したりする妖精モナチェッロの化身としか思えなかった。

レオナルドはバルコニーに近いテーブルで待っていた。

「まったく、どれだけ待たせるつもりだね？　わたしは教区民の世話をせねばならんのだよ。ここまで来るのに十分、帰るのに十分、そしておまえさんを待つのが一時間！」

ピザネッリは両手を挙げて彼の言葉をさえぎり、言い返した。

「なにを抜かす。約束は一時で、まだ一時十分じゃないか。それに教区民が長年ひとりも教会に行っていないことは、管区に知れ渡っている。教会が閉まっていたところで、誰も気づきはしないよ」

レオナルド神父は憤慨したふうを装った。

「この不信心者め。自分を基準にして、他人の行動を測ってはいかん。自分が教会に行かないからといって、ほかの人も行かないと思ったら大間違いだ。マリア・アヌンチアータ教会は信徒や儀式の数が市の中心部で唯一、増えておる。だから、仕事が山ほどあるのだよ。仲間の修道士とともに働かずに、ここでおまえさんとのんびり昼飯を食う——ああ、良心がチクチク疼《うず》く」

ピザネッリは腰を下ろしながら、鋭い痛みを感じて思わず顔をしかめた。

「ふん、ごろつき修道士の寄せ集めのくせして。そのうち、経済事件担当の精鋭に捜査させてやる。胡散臭いことがごろごろ見つかるだろうよ。カモッラの資金洗浄とか」

修道士は相槌を打った。

「ご明察。だが、おまえさんは友人だから、誰にも告げ口しない。ところで、具合が悪いのかね。さっき、顔をしかめた……」

ピザネッリはあいまいに手を振った。

「その話はやめよう。昼飯が台無しになる。たまにちょっと痛むだけだよ」

「なにをのんきなことを言っているんだ。サンダルでなく登山靴を履いていたら、さんざっぱらケツをどやすところだ。おまえさんの病は、現代の医学では完全に治すことができるのに、治療を受けもしないし、職場でも隠している。頭がおかしいんじゃないか?」

「何度も説明しただろう、レオナルド。職場に知られてはまずいんだよ。おかしなご時世になったもので、ちょっとしたきっかけで勤務に不適と判断されて、自宅待機になる。そうしたら、亡霊と一緒に家にこもって悶々とする羽目になっちまう。ロレンツォが家を出てからは、仕事が生き甲斐なんだ。仕事がなかったら、いまごろは死んでいた。あのあと……とにかく死んでいた。だから、誰にも話さない。あんたには告解の秘密を守る義務がある。決して口外しないでくれよ」

神父は、ユーラに注文を取りにくるよう合図をした。

「断っておくが、おまえさんは告解のときに打ち明けたのではない。だから、厳密には守秘義務はないのだよ。ただ、誰に相談すればいいのかわからないのさ。まったく頑固なおまわりだよ、おまえさんは。ああ、ユーラ。いつものを頼む。モッツァレラチーズをダブルにしたマルゲリータ二枚に、ポテトコロッケを二個。すぐに帰らなければならないから、急いでおくれ。で、進展はあったのかね?」

ピザネッリは再びあいまいに手を振った。

「最後のケースは、知ってのとおり、半年ほど前に浴室で首を吊った男だ。カナダにいる娘は旅費が工面できないと言って、葬式のときも戻ってこなかったが、このあいだようやく話ができた」

「それで、娘はなんと？」

「それが……なぜ電話をしてくるのかわからない、父の安らかな眠りを妨げないでくれ、父の選んだ道はほめられたものではないが、理解できる。八十を越していたし、二十年前の母の死を受け入れることができないでいた。そもそも、遺書がすべてを物語っている、だってさ。要するに、なにも話さなかったのと同じだ。話の途中で電話を切られてしまったよ」

レオナルド神父は悲しげに言った。

「そこまで言われても、納得しないのか？　なぜ、それほどこだわる？　自殺は生命を殺すという大罪だ。だが、自殺をする人はいまも昔もあとを絶たない。人間とはそうしたものなのだよ」

ピザネッリは眉をひそめた。

「自殺をする人は、たしかに大勢いるよ、レオナルド。事情によっては、納得できる。たとえば、恋人にふられた、薬物の禁断症状に陥った、借金や恐喝で窮乏している、とか。だが、二十年近く前の妻の死が原因で自殺するかね？　それに、彼は便器に乗っかって、天井照明の留め具に結んだ紐で首を吊るという芸当をやってのけた。関節炎でほとんど動くことのできない八十過ぎの老人にどうしてそんなことができたのか、説明できるかね？　それに、書置きの件もある。『もう無理だ』と活字体でたった一行書いてあった。署名はなく、前置きひとつない。ほかのケースも、全部同じだ。全員が、老いて孤独な失意の人々だ。そして、遺書は総じて短く、活字体かコンピューターで書かれている。筆記体で書かれたものは皆無だ。この十年間、同じような自殺がこの管区で何件も起きている。奇妙だろう？」

神父は青い瞳を天に向けて、絶望した表情をこしらえた。

「神よ、我が友を救いたまえ。いったいなにを証明したいのだね？　老いて孤独で、役立たずだと感じたら、自ら幕を引きたくもなるだろう？　窓の外を見るがいい。あの雑踏のなかには、想像を超えた孤独が潜んでいる。いいかね、人々は告解所で心に巣食う亡霊の話をわたしに聞かせる。実行する勇気がない場合がほとんどだが、自分の手で人生を終わらせたいと、日に何度聞かされることか。そうした状況でも生きている価値があると納得させるのに苦労するよ」

ピザネッリは、ユーラが料理を並べ終えて神父が十字を切るのを待って、答えた。

「それくらい知っているとも。それに、きみがほんとうのモナチェッロみたいに、近隣のそうした人々をなぐさめていることも。でも、やはりすっきりしなくてね。共通点がやたらあるし、つじつまの合わない部分も多い」

レオナルド神父は、さもうまそうにピッツァを頰張った。

「むむむ、このマルゲリータ・ピッツァを食べたら、神の存在を疑う者はいなくなる。イル・ゴッボに祝福あれ。それに、貧しい神父の食事代を持ってくれる、思慮深いおまえさんにも。さて、本題に戻ろう。失意の人を狙う連続殺人犯がいる、というのがおまえさんの推理だが、まるでアメリカのテレビドラマみたいじゃないか。この国でそんなこと――おまえさんの言っているようなことが起きるわけがない。そもそも、その連続殺人犯とやらにどんな利益がある？」

ピザネッリはむきになった。

「連続殺人犯がいるとは、言っていない。解決済みとして片づけてしまうのは、性急にすぎると言いたいんだよ。役所は死亡証明書にスタンプを押し、遺族はこそこそと葬儀を行っておしまいにしてしまう。こうしたことが起きたあとは、沈黙は全員にとって、とりわけ遺族にとって都合がいい。だが、亡くなった人たちにもう少し注意を向けるべきだ」

「かわいそうに。おまえさんは悲しみを、ほかのことで紛らわそうとしているんだよ。カルメンが亡くなったことを、受け入れられなくて。珍しいことではない。実際、何度も……」

ピザネッリは冷ややかに言った。

「カルメンはこの件に関係ないよ、レオナルド。カルメンは重い病の末期症状に耐えることができなかった。そこでわたしや息子がいないときに、薬をのんだ。あれは、正真正銘の自殺だ。だが、わたしの調べている件は、どれも違う」

「生きているカルメンに最後に会ったのは、このわたしだ。覚えているかね。絶望した彼女が信仰に慰めを求めたのが縁で、おまえさんと知り合ったのだから、カルメンに感謝しなければな。当時も言ったが、彼女と話すのは底知れぬ深淵を覗き込むようなものだった。希望をすっかり失い、完全に追い詰められていた。でも、しまいには信仰に目覚めてくれた。罪深い行為ではあったが、神はきっと迎え入れてくださったことだろう。彼女は末期がんのすさまじい苦痛を恐れた。恐怖でなにも考えられなくなって、あんなことをした。おまえさんへの愛がなくなったためではない」

「なあ、レオナルド、わたしはいまでもカルメンに話しかけるんだよ。まるで生きているみたいに。家に帰ると、必ずね。ときにはひと晩じゅう、話しかけている。頭がおかしいと思うかい？」

神父は友人の腕にそっと触れた。

「いいや、少しもおかしくない。カルメンは、おまえさんのすぐそばにいるのだから。いつもそばにいて見守っている。そして、おまえさんが妄想から解放されることを願っている。きちんと治療を受けて、まだ生きていてもらいたいとも願っている。だって、生きていたいんだろう？」

ピザネッリは、涙でうるんだ目を友人に向けた。

「うん、レオナルド、生きていたい。亡くなった人たちが、自分の意思で命を絶ったのか、他人の手で殺されたのか、はっきりするまでは。それを知るために、生きていたい。だから、前立腺がんのことは自分の胸にしまっておいて、誰にも話さない。まずこの件にけりをつける。そうしたら、安心してあの世へ行ける」

第三十三章

広域科学捜査研究所は市中心部の旧兵舎内に置かれ、一歩入ると別世界のような近代的で機能性を重視した空間が広がっている。

灰色のいかめしい建物自体は百五十年前に軍事目的で建設され、広い中庭と柱廊を備え、見事な石の大階段が入口に続いている。内部では照明に白々と照らされた清潔な廊下を白衣姿の男女が生真面目な面持ちで足早に行き来し、のんびり歩く者も、自販機の近くで油を売る者もいない。

ロヤコーノとアラゴーナは守衛に氏名を告げ、指示された小さな待合室に入った。数分後、こめかみの毛が薄くなった瘦身の男が現れた。かけている眼鏡に加えて首にも老眼鏡をぶらさげ、ブルーのワイシャツに蝶ネクタイを締めて白衣を羽織っている。

「ビストロッキ巡査部長です、ようこそ。そちらは……」

ふたりの刑事は名乗った。ピッツォファルコーネ署と聞いたとたんに、巡査部長は愛想笑いを消し、疑り深い目つきになった。

「ふうん、ピッツォファルコーネ署ね。では、まだ閉鎖されていないのか。それで用件は？」

アラゴーナは、わずかながらでも信頼を取り戻したく、恒例のサングラスの儀式を執り行った。

「カラッチョーロ通りで起きた、チェチーリア・デ・サンティス殺しの件で情報が欲しくて。事件発生はおそらく、日曜から月曜にかけての深夜。現場検証の結果と、それから……」

ビストロッキはにべもなくさえぎった。

「教えられることは、なにもない。正式な報告書が届くのを待つんだね」

ロヤコーノが初めて口を開いた。

「報告書が届くのはわかっているが、きみも知ってのとおり、捜査においては最初の数日がものを言う。盗まれた銀器が発見され、検査のためにここに運ばれたと聞いたから、できれば……」

巡査部長は最後まで聞かなかった。

「無理ですよ、警部。ここは研究所ですから、中途半端なことはできません。規則に準じた手順を踏みます。検査がすべて終了したら、結果を報告します。それまでお待ちください」

アラゴーナは歯ぎしりして、悔しがった。

「おれたちがピッツォファルコーネ署だからですよ、警部。ほかの署だったら、非公式のルートでとっくに情報を手に入れている」

ビストロッキ巡査部長は、平然としたものだ。

「なんとでも好きなように考えればいい。とにかく、わたしには手順をすっ飛ばす権限がないんだ」

ロヤコーノは言った。

「おい、アラゴーナ。そこらで、コーヒーでも飲もう」

旧兵舎の外に出るや、ロヤコーノは携帯電話を取り出した。アラゴーナは憤懣《ふんまん》やるかたない面持ちだ。

「くっそー、バカ野郎！　だいたい、『ピッツォファルコーネ署のろくでなし刑事』なんていうのが、ふざけている。なんでおれたちが、一年前に浅はかな真似をした四人の汚名をかぶらなきゃいけない。情けない間抜けどものせいで……」

ロヤコーノは手を上げて、アラゴーナの繰り言を制した。

「もしもし？　やあ、ラウラ。邪魔したかな？」

サルデーニャ訛《なま》りのきれいな声が答える。

「あらまあ、びっくり。ちょうど、電話しようと思っていたところ。進捗具合をオフレコで教えてもらいたくて。パルマ署長とは頻繁に連絡を取り合っているけれど、現場の声を聞きたいのよ」

「ああ、これこそ現場の声だ。仕事の邪魔をしたくないから、なるべく電話をしないようにしているが……」

受話器からピラース検事補の笑い声が流れてきた。

「どのみち、ちっとも電話をしてこないくせに。それで、どうしたの？」

ロヤコーノは、広域科学捜査研究所の前にいることを伝え、ビストロッキとのいざこざについて説明した。

「……なるべく早く結果を知りたくてね。痴情や怨恨による犯罪の可能性がある場合は、最初の数日が肝心だ。時間が経つにつれて犯人が理性を取り戻すと、解決しにくくなる」

「では、痴情か怨恨による犯罪だということ？　泥棒が居直ったのではないのね？」

「どうかな。それだとつじつまの合わない点がいくつかある。ドアをこじ開けた形跡がないし、遺体がアパートメントの内部を向いているのも腑に落ちない……だからこそ、検査結果をなるたけ早く知りたいんだ」

　ピラース検事補はしばし思案してから、言った。

「了解。少し待ってから、もう一度行ってみて。きっと、態度が変わっているわよ」

　ピッツェッタ（スライスした、またはミニサイズのピッツァ）を立ち食いし、コーヒーを飲むあいだ、アラゴーナはわびしい昼食をしきりに嘆いた。十五分ほどして旧兵舎に戻ると、恐縮しきったビストロッキと若いが威厳のある優雅な女性が待っていた。白衣を着た彼女はてきぱきした口調でただちに自己紹介を始めた。

「ロヤコーノ警部ですね？　初めまして。わたしは管理官のロザリア・マルトーネ。現場捜査班の責任者です。先ほどは、ビストロッキが捜査の重要性や緊急性を把握していなかったために、失礼しました。資料はここに全部そろっています」ビストロッキの抱えている書類を指す。

「わたしのオフィスへどうぞ」

　彼女に従って廊下を進みながら、アラゴーナは心のなかで幾度もビストロッキに毒づいて溜飲を下げた。一行は、中庭に面した明るく広々した管理官のオフィスに入った。

「こっちに座りましょう。そのほうが話しやすいわ」マルトーネは部屋の隅の、二脚の肘掛椅子と小さなソファを示した。向かい側の大きなデスクは、書類やファイルが山積みになっている。

「さあ、始めて、ビストロッキ」

巡査部長は直立して、ばつが悪そうに指先を見つめている。

「さっきは申し訳ありませんでした。この件が優先事項とは知らなかったものですから。アパートメント内の捜査は終了し、正式な報告書の作成はまだ……」

マルトーネは苛立たしげに手を振った。繊細ではかなげな容姿からは想像できない、強い精神の持ち主に違いない、とロヤコーノは思った。

「ビストロッキ、役人の答弁みたいな長広舌でみんなの時間を無駄にしないで。さっさと要点を言いなさい。報告書はあとで分署に送ればいいんだから」

巡査部長は大きく息を吸って眼鏡を老眼鏡に取り替え、資料を開いた。

「ええと、最初にアパートメントへの侵入方法。押し入った形跡は皆無。一階の正面玄関のドアは金属に木材を張った二重構造、アパートメント五階の踊り場に面した玄関ドアは木の一枚板、その内側のドアはガラス製。いずれもこじ開けた形跡はなし。アパートメントの構造上、衛生状態は申し分なく……」

マルトーネは声を荒らげた。

「ビストロッキ、さっさと本題に入りなさい」

巡査部長は目をぱちくりさせた。

「はい、ただいま。遺体の発見現場である客間のみが、異状の認められた部屋として記載されています。指掌紋検出用パウダーを用いて室内表面をくまなく調査した結果、潜在隆線紋様は発見できず。綿棒による口腔内標本採取を二回、両手の爪の切片も採取。しかしながら、生体組織部門による検査結果は、やはりネガティブ」

今度はアラゴーナが目をぱちくりさせた。

「つまり？」

マルトーネは説明した。

「なにもなし。あそこにいる正当な理由のある人たち以外の指紋は、見つからなかったということ」

ビストロッキはうなずいて、別の資料を取った。

「そのとおりです。客間から奥の部屋へ向かうドアの両面の把手に、被害者とお手伝いの指紋がいくつかと、夫の指紋が二個残っているだけでした」

ロヤコーノは独り言のように付け加えた。

「遺体からも、なにも見つからなかった。爪のあいだに皮膚片などの残留物はなく、犯人を噛んだ形跡もない。つまり、被害者は抵抗しなかった」

マルトーネは相槌を打った。

「そのようね」

一瞬落ちた沈黙を破って、ロヤコーノが質問する。

「凶器、つまりあのスノードームはどうだったのかな？」

ビストロッキは資料をぱらぱらとめくった。

「あ、ありました。木製の台付きスノードーム、肘掛椅子の下で発見される……カーペット上で……傷、破損はなし……表面に生体組織成分並びに血液付着、分析結果を同封……それに毛髪……あ、分析結果がありました。血液と毛髪はチェチーリア・デ・サンティスのものと一致。付着痕の形状は遺体後頭部の裂傷の形状と矛盾しない。したがって、凶器である可能性が高い」

マルトーネは深々とため息をついて、顔をひと撫でした。

「勘弁してよ、ビストロッキ。ロヤコーノ警部は、どこかに指紋が残っていなかったかを知りたいのよ。話す気があるの？　それとも、あと数時間、わたしたちを焦らすつもり？」

巡査部長は耳まで赤くなって、慌てて言った。

「部分的なものは見つかりましたが、手袋をしていたようです。ほかにはありません」

手がかりなし、か。指紋も残っていない。いつもこうだ、簡単に解決したためしがない。ロヤコーノは内心で嘆息した。運に恵まれたことは、一度もない。管理官に話しかけた。

「被害者宅から盗まれたとおぼしき品がこちらに運ばれたと、先ほど分署の者に聞きました。数点の銀器ですが、それについて話してもらうことはできますか」

マルトーネは快く了承した。

「ええ、午前中に受け取りましたよ。ビニール袋に入れて、ゴミ収集箱に捨ててあったそうです。小さな壺が二点、写真立てが二点、それに十九世紀風の衣装をつけた女性の像が一点。袋からも銀器からも、指紋は検出されませんでした。お手伝いの指紋もなかった。少し前に拭いたばかりだったんでしょう。犯人は手袋をずっと嵌めていたらしく、まったく痕跡を残していません」

アラゴーナは頭を掻いた。

「妙な話だなあ。高額な貴重品であふれかえっている家に忍び込んだのに、銀器をいくつか盗んだだけで、おまけにそいつを最初に目に留まったゴミ収集箱に捨ててしまうなんて」

ロヤコーノが答えた。

「そうした例は、なくはない。とんでもないことをしでかしたと、はたと気づいて慌てふためき、投げ捨てたのか。あるいは、故買人なり何なり、買い手から足がつくのを懸念したのか。お粗末な隠蔽《いんぺい》工作だった可能性もある。管理官、ひとつお願いがある。凶器を見せていただきたい」

第三十四章

おまえはなにを考えていた？　どんな思いで、やったんだ？

ロヤコーノ警部は科捜研の一室で、頬杖をついて作業台の前に座っていた。アーモンド形の目は糸のように細く、東洋的な顔はまったくの無表情だ。眠っているかに見えるが、実際は凝視していた。

視線の先にあるのは、壁も床も真っ白な部屋の、真っ白なラミネート加工の作業台の上で天井灯の青白い光を浴びている、どす黒い血痕のついたスノードームだ。

ガラスの表面がキラキラ光る。

ロヤコーノと同様に真っ白な室内の薄黒い染みとなったアラゴーナは、もじもじと足を踏み替えながら、警部はなにを考えているのだろうと訝《いぶか》っていた。

ロヤコーノが考えているのは、チェチーリアの死についてだった。

あの見知らぬ女性の最期に立ち会った、悪趣味で罪のないこの物体から、なにかを読み取りたかった。子どもを喜ばせるためのスノードームが、殺人という取り返しのつかない行為に使われた理由を理解したかった。

人殺しは深刻なことだぞ、それがわかっているのか？　ロヤコーノは胸の内で語りかけた。大勢の人に影響を及ぼす、重大な行為だ。たとえば、この研究所。白衣を着た真面目で有能な人々が、試験管に顕微鏡、種々の器具に囲まれて右往左往している。外に出れば装甲車、それにけたたましく鳴る電話、制服に拳銃、涙と笑い。どれもこれも、殺人事件が原因だ。

人を殺すのは深刻な行為なのだから、拳銃か、せめて鋭利なナイフくらいは使うべきだ。人殺しには、電気椅子のような複雑な機械や、致死量の薬を注入する凝った装置が待っている。かつては絞首台やギロチンが、人殺しを罰するために使われた。殺人はそれほど重大なのだ。冗談半分のいたずらではない。

スノードームに仕込まれた人形が、にっこりしてロヤコーノを見つめている。ハワイかカリブの踊り子とみえ、花の首飾りを首にかけ、緑の葉を連ねた長いスカートを穿いて、おそらくは裸の胸を小型のギターで隠している。

　ウクレレだ。この小型のギターはウクレレという楽器だ、とロヤコーノはふいに思い出した。ジャック・レモンとトニー・カーティスが出演した『お熱いのがお好き』で、マリリン・モンローが弾いていた。あの映画は十回くらい見たと思う。モンローは絶世の美女だった。かたやチェチーリア・デ・サンティスは、美女ではなかった。自分が見たのは死に顔だったことを差し引いても。

　アラゴーナが咳払いをした。ロヤコーノは眉ひとつ動かさない。

　被害者は、美人ではなかった。だから？　美人でないからといって、あんなふうに殺されていいわけがない。後頭部をスノードームで一撃されるなんて、あんまりじゃないか。

　おい、おまえ、おまえは占い師が使う水晶の玉とは違う。なかを覗いても未来は見えない。でも、少し前のことは見えないだろうか。

　このスノードームは、デ・サンティスの頭部に致命傷を与える前に数メートル移動している。被害者は壁の端でアパートメントの内部に通じるドアに頭を向けてうつ伏せに倒れていた。それと相対する棚の部分にはケルン大聖堂やエッフェル塔、ロンドンブリッジ、コペンハーゲンの人魚像など、ヨーロッパ関連のスノードームが並んでいた。ウクレレを抱えて微笑む踊り子は、ヤシの木が茂る金色の砂浜やアカプルコの断崖絶壁、イースター島の石像などに交じって棚の反対端にあったはずだ。小さな踊り子よ、あそこでなにをしていた？　どうして、定位置から五メートル近く離れた、肘掛椅子の下にいた？

なぜ、手袋を嵌めた手はおまえをつかんで、やさしい女主人の後頭部に振り下ろした？

ロヤコーノは頭をもたげて、スノードームを手に取った。マルトーネ管理官から許可はもらってある。引き渡すことはできないが、検査は終わったので触れてもかまわないとのことだった。

台を持って、重さを推し量る。スノードームとしては中くらいのサイズで、封入された液体と暗色の木製の台の重さが加わって、けっこう重い。逆さにしてから、元に戻した。

小さな吹雪が起きて、南洋の島や踊り子の衣装にそぐわない雪の細片が、なにもかも覆い隠した。アラゴーナが、また咳払いをした。

雪が次第に舞い落ちると、踊り子はガラスについた血痕も知らぬげに、再びロヤコーノを見つめた。

おまえはなにを考えていた？　ロヤコーノはあらためて問いかけた。手袋を嵌めたおまえは、客間と玄関にあった銀器を入れたビニール袋を持って、なにを考えていた？　なんでこんな子ども騙しのもので、頭を殴った？　あるいは投げつけた？　こんな方法で殺した理由は、なんだ？　被害者が叫ぶか、助けを求めるかしたら、口をふさぐか、首を絞めたのか？　おまえはおそらく被害者から四、五メートル離れた位置にいた。もっと近くにいたら、たまたまそばにあったものを使ったりせずに、自分の手でじかに殺したんじゃないのか？

だとすれば、事件の様相が見えてくる。おまえは当てがはずれたんだ。被害者と話し合ったものの、彼女は予期に反して耳を貸さなかった。そして、話し合いは終わったものと思って寝室に向かった。そこを、激高したおまえに殺された。危険を冒しているとも、おまえがそんな行動を取るとも夢にも思わず、静かに背を向けたのだろう。

まさか殺されるとは、それもよりによって大好きなスノードームで殺されるとは、考えもしなかったのだ。

ロヤコーノは、微笑む踊り子をしばらく眺めた。

それから立ち上がって、きょとんとしているアラゴーナを従えて部屋を出た。

第三十五章

令状が午前の半ばにファックスで届くのを待って、アレックスとロマーノはただちに出発した。

黒雲の立ち込める怪しい空模様を見て、今回は車で行くことにした。運転席に座ったアレックスは、太陽が雲に隠れているにもかかわらず、サングラスをはずそうとしなかった。

渋滞している車列に合流するチャンスを待つあいだ、ロマーノは幾度もジョルジャに電話をかけた。だがその都度、電源が切られているか、電波の届かないところにいると、録音音声に告げられて業を煮やし、ぶつくさ罵って電話を後部座席に放り投げた。

アレックスは道路から目を離さずに言った。

「壊しちゃったら、誰とも話ができなくなるわよ」

ロマーノはふてくされて答えた。

「望むところだ。わずらわしくなくて、ちょうどいいや」

アレックスは黙って運転していたが、しばらくして言った。

「わたし、あの謎めいた住人に会ってみたくてたまらないの。そして、閉じこもっている理由を知りたい」

「時間の無駄だと思うけどな。外出したくないから家に閉じこもっているのが、犯罪か？　お節介な婆さんの暇つぶしのタネにされるなんて、気の毒なもんだ。婆さんこそ、閉じこもりっぱなしじゃないか。半身不随の婆さんが部屋に閉じこもっているって、謎めいた住人があしたあたり通報してくるかもしれない。でもって、おれたちは両方のアパートメントを行ったり来たりして事情を聞く羽目になる」

通報合戦に巻き込まれてロマーノと右往左往する場面を想像して、アレックスは吹き出した。つられて、ロマーノもくすくす笑う。

「どうせ分署にいたところで、たいして仕事はないんだもの。外の空気を吸えるだけでもいいんじゃない？」

ロマーノは渋い顔をした。

「そうだな。おれたちはピッツォファルコーネ署の新ろくでなしだ。そうだろう？　ほかの分署のやつらは、以前の不祥事を根に持っておれたちを嫌っている。悪いやつらは、おれたちが警官だから嫌っている。一般市民はそのどっちの理由もちょっとずつあって、おれたちを嫌っている。おれたちはどうかといえば、ろくでなしと一緒の職場になった、と各自が思って互いを嫌っている」

アレックスは同僚に視線を走らせた。

「そんなふうに思っているの？　わたしは前の職場のほうがいやだった。ここでは少なくとも、一度しくじったからといって、鼻つまみ者にされたりしないもの」

ロマーノが返答する前に、目的地に到着した。駐車禁止帯に車を止め、警察用許可証をダッシュボードに置いて、共同玄関へ向かう。雷鳴が轟《とどろ》き、道行く人が不安げに空を見上げた。半開きになっていた玄関ドアを入る前にロマーノが向かいの建物を確認すると、案の定窓の前に陣取っている老女アマーリアの姿があった。

「きっと、お手伝いにおまるを持ってこさせて、あそこに張りついているんだ。そのうち、刑務所にぶち込んでやる。他人のことに鼻を突っ込んでくるやつは、大嫌いだ」

五階の不動産代理店は、ドアが閉まっていた。もうひとつのドアの前に立って、ロマーノは呼び鈴を鳴らした。

静まり返った踊り場で、ドアの向こうでささやく声に続いてのぞき穴の開く音が聞こえた。それから、前回と同じ女の声がした。

「誰？」

「警察のディ・ナルドとロマーノです。開けてください。令状があります」

短い沈黙のあと、ガチャガチャと掛け金をはずす音がした。

ドアがわずかに開いて隙間から片目が覗き、片手が突き出された。

「証明書を見せて」

ロマーノが身分証明書と令状のファックスを渡すと、ドアは閉まった。ディ・ナルドはため息をつき、ロマーノは両手を広げた。再びドアが開いた。

「どうぞ。入ってください」

ふたりが入ったのは、居間らしき部屋だった。家具は真新しく、漆喰を塗り直したばかりの壁には額絵が数点掛けられ、居心地よく調えられている。清潔で、一点の乱れもない。だがアレックスはなんとなく違和感を覚え、すぐにその理由を悟った。インテリア雑誌や家具のショウルームの部屋をそっくりそのまま持ってきたかのように、生活感がまったくないのだ。

瞬時にこれだけのことを考え、今度はドアを開けた女性を観察した。

少女と言ってもいいほど若く、とびきりの美貌の持ち主だ。

非の打ち所のないつややかな肌とわずかに丸みを帯びた頬、大きなハシバミ色の瞳には張り詰めた、怯えとも取れる色を浮かべていた。あどけなさの残る容貌とは対照的に、細身のジーンズと白のTシャツに包まれた肢体は、サングラスをかけていてよかったと、アレックスに思わせるほどだった。フラットシューズを履いていてもかなり上背がある。豊かで引き締まった胸、平らな腹部、長い脚。横にほくろのある唇は、ぽってりしていて肉感的だ。優雅に首を傾げて立っている姿は、女優かモデルといっても通るだろう。

ロマーノが目を丸くして口を半開きにしている。アレックスには、その気持ちがよくわかった。もっとも、ロマーノにはアレックスの気持ちがわからないだろう。アレックスは、彼よりも上手にこの素晴らしい肉体を役立たせることができる、と考えていたのだ。

ロマーノがやっと我に返って言った。

「おはようございます。ええと、あの、ここに住んでいるんですか？　誰と……そのう、ちょっと確認したくて、つまり……」

言葉に詰まったロマーノが目で助けを求めたので、アレックスが質問を代わった。

「おはようございます。証明書類を拝見できるかしら」

娘が口を開く前にひそやかな咳払いの音がした。びっくりして振り向いたロマーノとアレックスは、いつの間にか男が入ってきていたことに気づいた。

「失敬、驚かせてしまったかな。おはよう。このアパートメントを借りている、ジェルマーノ・ブラスコという建築家です。どうぞ、座ってください。ヌンツィア、お客さんにコーヒーをお勧めしたか？」

ロマーノは、その名前にどことなく聞き覚えがあった。六十代の長身で垢抜けした男だ。豊かに波打つ白髪、きれいに形を整えたやはり白の口ひげ。部屋の隅の革張りのソファと二脚の肘掛椅子を示す指の爪は、完璧に手入れがされていた。

娘は地元訛《なま》りの強い発音で訊いた。

「コーヒーを持ってきますか？　お盆に載せて、お砂糖は別に添えて持ってきます。それでいいですか？」

質問は刑事たちに向けて発せられたものだったが、大きな瞳は男の顔に据えられていた。男が鷹揚にうなずくと、娘は部屋を出ていった。

「至らない点は勘弁してやってください。ヌンツィアは若いから、お客さんのもてなし方がまだ飲み込めなくて。さあ、そっちへどうぞ。それで、ご用件は？」

ロマーノは男と親しく言葉を交わすつもりはなく、突っ立っていた。いっぽうアレックスは、不釣り合いなカップルに胡散臭さを感じ、なるたけ長居をして情報を入手したかった。そこで男の勧めに従って腰を下ろし、ロマーノも渋々彼女に倣《なら》った。

男も同時に、腰を下ろした。薄いグレーのスーツとそれにマッチした縞模様のネクタイ、ブルーのシャツ。上着の襟に、排他的なプライベートクラブのバッジ。ベランダから入る光が、金縁眼鏡に反射した。きょうはカーテンが開けてある。ロマーノが外を見ると、老女アマーリアと目が合い、手を振ってやりたい誘惑に駆られた。

「さてさて、どうした風の吹きまわしでここへ？　なにかいけないことでもしましたかね」

男はわざとらしい親しげな口調で、自信たっぷりに訊いた。ロマーノは右手がぴくぴく動くのを感じ、ポケットの奥深く突っ込んだ。

「確認しにきただけですよ。おそらく誤解でしょうが、このアパートメントの人の出入りについて、通報がありましてね。それで、念のために調べにきたというわけで」

「おやおや。この街は相変わらずだな。他人のプライバシーをまったく尊重しない。そういうことだったんですか」

ディ・ナルドが口を挟む。

「他人のプライバシーを尊重しないから、大小さまざまな犯罪が明るみに出たりもしますけどね。ここにはどのくらい住んでいるんですか」

男はおおらかに笑った。

「いや、違いますよ、刑事さん。ここには住んでいません。賃貸契約はしましたが、自宅はポジリッポです。冗談じゃありませんよ。こんなごみごみしたところに住むなんて」

ロマーノはキラキラする金縁眼鏡が癇《かん》に障って目を細め、質問を放った。「ポジリッポに自宅があるのに、なぜここを借りているんです？」

ブラスコはすまして答えた。

「こうした部屋をほかにもいくつか借りているんですよ。空いた時間をふだんと違ったところで過ごすのが好きなんだ。気分転換になるからね。いまは大規模な都市再開発を抱えているうえに、事務所としても国際的なコンペに参加し、世界各地で仕事をしている。たまにひとりになりたくなってね。そうすると、アイデアやインスピレーションが湧く。ああ、コーヒーが来た。ヌンツィアの淹《い》れるコーヒーは最高なんだ。砂糖は何杯？」

ヌンツィアは盆の上のデミタスカップを慎重に各人の前に置くと、そのままこわばった笑みを浮かべて突っ立っていた。

アレックスは、仮面のようなその笑みを見てぞっとした。

「座らないの？」と娘に訊いた。

ヌンツィアは許可を求めるかのように、ブラスコをちらっと見た。ブラスコがうなずくと、やっと腰を下ろす。これではまるで訓練されたペットだ、とアレックスは思った。

アレックスは質問を再開した。

「では、ここにはときどき来るというわけですね？　どのくらいの頻度で？」

ブラスコは口ごもった。

「どのくらいと言われても……ときどき、ですよ。いったい、何なんです？　なにか問題があるなら、さっさと話したらいいでしょう」

アレックスはふと思い立って、ヌンツィアに質問をぶつけた。

「あなたはどうなの？　あなたは、ブラスコさんの仕事を手伝っているの？」

沈黙が落ちた。ヌンツィアの目は罠にかかった動物のそれだった。ブラスコが答えた。

「違いますよ。ヌンツィアはわたしの友人、いや、その……友人夫婦の娘で」と、慌てて言い直した。「こういう若い子は、自由を欲しがる。だから、来たいときはいつでも来ていいよ、と言ってやったんです。それだけのことですよ」

アレックスはヌンツィアに向き直った。

「それで、ここにいるのね。ふだんはなにをしているの？　働いているの？　それとも学校に行っているのかしら」

手帳になにやら書いていたロマーノが、訊く。

「ところで、名前と住所は？」

またもや、ブラスコが答えた。

「名前は、アヌンチアータ・エスポジート。住所はオリヴェラ通り二－二二。いま……高校に入って卒業資格を取ろうと考えていて……たしか、中学は卒業しているはずだが」

アレックスは冷ややかにブラスコを睨んだ。

「彼女は自分で説明できないんですか？　口がきけないとか、難読症だとか、吃音だとか？　直接答えてもらえませんか」

言葉もきついが、それにも増して厳しい口調だ。ロマーノが手帳から顔を上げて、ちらっと見る。ブラスコは目を瞬《またた》いた。

「いや、どこも悪くないけど、すごく内気で。ヌンツィア、わたしにばかりしゃべらせないで、自分で答えなさい」

「なにを言えばいいの？　あたしはここに泊まっている。これでいい？」

温かみのある小さな声は、震えていた。この娘《こ》は怯えている。アレックスは確信した。

「いつからここにいるの？　つまり……ここに何日……泊めてもらっているのかしら」

アレックスは故意に間を置いて、暗にブラスコをあてこすった。ブラスコと娘の関係は、誰の目にも明らかだ。ヌンツィアは再びブラスコの目をとらえようとしたが、彼は平静を装ってアレックスに視線を据えていた。

「ええと……十七日」

娘はそれ以上付け加えようとしなかった。

「毎日、なにをしているの？　街をぶらついたり、誰かに会ったりするの？」

ヌンツィアは両手を膝に置いてよじり合わせ、無言でブラスコに助けを求めた。それから答えた。

「ううん……毎日ここにいる。出かけたくないもの。外出はしない。ここにいるのが好き」

言い終えるとほっとしたのか、ため息をひとつつく。ブラスコが口を挟んだ。

「ヌンツィアは精神的に少し不安定なところがあってね。そこで、落ち着くまでここにしばらく置いてもらいたいと、両親に頼まれたんですよ。ずいぶん落ち着いてきたよね、ヌンツィア。そうだろう？」

ヌンツィアはのろのろとうなずいた。口調や仕草が、いかにも幼い。ロマーノが言った。

「賃貸契約書を見せてください。あなたがたふたりの身分証明書も」

ブラスコはうなずいてソファから立ち上がった。

「いいですよ。もっとも、なんでそんなに興味を持って穿鑿《せんさく》するんだか、さっぱり理解できないな。街には犯罪者があふれているってのに、のんきなものだ」

「犯罪者に見えなくても、悪いことをしているやつはいくらでもいる。ぐだぐだ言ってないで、さっさと見せろ」

誰もがあっけに取られて、ロマーノを見つめた。ブラスコの言い種が癇に障って、自制心を失いかけているのだ。そう悟ったアレックスは、慌てて立ち上がった。

「何度も言わせないで。協力してください」

ブラスコはわななく手で書類を差し出し、首をひと振りしてヌンツィアを促した。それから、わずかながらでも面目を取り戻そうとした。

「いいかね……わたしは……わたしは有力者を大勢知っている。自分の家にずっといて、なにが悪い。誰に迷惑をかけるでもなし。こんな道理の通らない穿鑿には苦情を申し立ててやる……」

アレックスが書類を調べているあいだ、ロマーノは目を合わせようとしないブラスコを睨みつけていた。下顎の筋肉が震え、きつく噛みしめた唇は血の気を失っている。

「そうかい、どうぞご自由に。それで、あんたはその有力者とやらに、どう説明するんだい？こぢんまりした隠れ家と、そこに囲っている若い女のことを話すのかな？　それを聞いても、知り合いたちはあんたの味方をしてくれるだろうかね」

アレックスはロマーノの腕を抑えて、きっぱり言った。

「やめなさい、ロマーノ。もう十分でしょ。証明書はどれも問題ないし、この人たちの話と一致している。これで報告書を書くことができるわ」

張り詰めた空気は、ナイフで切り分けられそうなほどだった。ヌンツィアはいつの間にか壁際に下がって、いまにも逃げ出しそうだ。ブラスコはうつむいて、荒い息を吐いている。アレックスは書類をコーヒーテーブルに置いた。

「ご協力ありがとうございました。これで失礼します。ヌンツィアがもっと長く滞在したり、住所をこちらに移したりする場合は、届け出をしてください。では、ごきげんよう」

ロマーノは戸外に出ると、くしゃくしゃになったタバコの箱から一本抜き出した。

「タバコを吸うのね。知らなかったわ」

「いや、吸わないよ。禁煙したんだ。でも、たまにどうしても吸いたくなったときは、火をつけずにくわえることにしている」

「変なカップルだったわね」

「カップル？　あれがカップルだって？　証明書を見なかったのか？　あいつが何歳だか、見ただろう？　六十三歳だぞ、あの好色オヤジは。彼女はひと月前に十八歳になったばかりだ。十八歳！　孫みたいなもんじゃないか」

アレックスはロマーノをなだめた。

「実際に友人夫婦の娘で、精神的に不安定なのかもしれない。悪いほうにばかり考える必要はないわ」

ロマーノは老婆アマーリアの住むアパートメントを見上げた。

「そうだな。だったら、おれはマラドーナってことになる。あいつは誰にも文句を言われないように、彼女が十八歳になるのを待っていたんだ。好色オヤジめ。ま、婆さんは満足するだろうよ。ちゃんと調べたことだし、これでこの件は片づいたな」

車に乗り込みながら、アレックスは思った。まだほかに確認したいことがある、もう少し調べよう。

第三十六章

白髪の女が、とぼとぼ歩いている。

だが、彼女に気づく人はいない。

女は肥満し、老いさらばえている。一歩踏み出すたびに、関節炎で変形した股関節が疼《うず》いた。雷鳴がまた轟《とどろ》いて、道行く人が先を急ぐ。だが、彼女は急がない。先を急ぐのは、行き先のある人、微笑みを分かつ相手がどこかにいる人だ。白髪の女はもう何年も微笑んだことがない。

白髪の女はポリ袋をぶらさげていた。トマト二個、ベビーチーズ一パック、リンゴ一個が入っている。八百屋が彼女にわからないようにそっと忍ばせた、バジリコひと束とマンダリンも。ウールの厚ぼったい上着は、もとは灰色だったらしいが、いまは何色とも判別できず、無数の染みが散っている。型くずれしたスカートの下に、ネグリジェ兼用で決して脱がないスリップ。首には、金属製の十字架のついたネックレス。ブラシを持っていないので、不潔な髪はもつれにもつれて固まっていた。

足元は二枚重ねた男物の靴下に、踵が潰れて穴の開いた室内履き。

白髪の女は地下鉄の長い階段を下りていく。片足を一段下に置くと、もう片方を下ろして添え、それからまた一段。手すりにつかまって、低い呻き声を上げて降りていく。

誰も彼女に目を向けない。まるで、存在していないみたいに。

エスカレーターに乗った女は駆け下りてきた少年にぶつかられ、袋を落としそうになる。慌ててつかみ直して、事なきを得た。

少年はなにも気づかない。誰も、なにも気づかない。

女の表情は変わらない。ひたすら、下を見つめている。

女は亡母と暮らしていたふた部屋のアパートメントにひとりで住んでいる。家賃を何ヶ月ぶんも溜めていた。年金は、日に一度の食事と必要不可欠な薬の代金をひねり出すのが、やっとだ。遅かれ早かれ追い出されるだろうが、寄る辺はない。

女には泣く気力も、恨みつらみを言う気力もない。助けを求めて電話をする相手も、駆けつけてくれる友人も、仮の宿や温かい食事を乞うことのできる親戚もいない。

女は苦悩を感じなかった。新たな一日を迎える気力も意思もない。でも、生きている。ほかにどうすればいいのか、わからないから。自分の気持ちよりも、もっとだいじな思《おぼ》し召しがあると思うから。

女は電車に乗りやすい場所を探して、ホームの雑踏を掻き分ける。肥満と関節炎と老いが、彼女をジャングル一ののろまに貶《おとし》めた。乗り損ないたくなければ、ホームの最前列で立っているほかない。

ちょうど、下校時刻だった。最悪だ。傍若無人な少年少女が声高に笑い、叫び、押し合いへし合いして騒ぎまくる。

数メートル離れたところで、少年が下品な仕草で誰かの物真似をし、爆笑と拍手喝采《かつさい》が沸き上がった。少女が笑い転げたはずみで白髪の女に突き当たり、よろめく彼女を見てあざ笑い、鼻をつまんで吐く真似をした。どっと笑い声が上がる。女はようやく、人の目に留まった。

白髪の女は、ホーム下の暗い深淵に見入った。

薄汚い髪を枯葉のごとくまとわりつかせ、悄然とうつむいたうしろ姿は、絶望を絵に描いたようだ。心をよぎる記憶はなんだろう。どんな思いを抱えているのだろう。

女はわずかな食料の入った袋をホームに置いた。無きに等しい重さであっても、指は情け容赦なく痛みを伝えてくる。女は呻いた。

だが、誰も気づかない。

哀れだ、と電車の接近を告げる風に吹かれて白髪の女は思う。でも、なにが哀れなのだろう。

少年少女が、若い髪を風に乱して高らかに笑う。ホームの人々が電車の到着に備える。

白髪の女の背後に、黒い人影がたたずんだ。

誰も気づかなかった。

うるさく騒ぐ少年少女たちも。

うっとり見つめ合う恋人たちも。

乳母車で眠る赤ん坊の毛布を掛け直す、若い母親も。

乗り込む前に捨てようと、フリーペーパーに読みふける会社員も。

夜間警備員も気づかなかった。ひと晩勤務したあとの眠気に逆らって、目を開けているだけで精いっぱいだ。

スリも気づかなかった。口の開いたバッグはないか、尻ポケットに入った財布はないかと、鵜の目鷹の目になっていた。

教師も気づかなかった。ぴったりしたジーンズを穿いた女学生の尻に、見とれていた。

ふたりの修道女も気づかなかった。どちらがアジアの伝道に派遣されるのだろうと、異国の言葉で話し込んでいた。

検札係たちも気づかなかった。サッカーの話に興じる傍ら、人のよさそうなやつが来たら切符を確認してやろうと待ち構えていた。有効な切符を持っていないのは往々にして強面《こわもて》の連中だが、彼らはたいがい反抗するので、避けたほうが無難なのだ。

いくつも抱えた袋を落とすまいとしている、ショッピング帰りの女も気づかなかった。

電車がいまにも到着しようとするとき、白髪の女は天におわす誰かに祈っていた。力をください。そのとき、背中にやさしく手があてがわれ、彼女を押した。

女は声ひとつ立てずにホーム下の暗い深淵に吸い込まれた。電車が到着した。

誰も気づかなかった。

のちに気づいて悲鳴を上げるのは、いま階段を駆け下りてくる少女だ。電車に乗り遅れ、白髪の女の無残な骸《むくろ》を目にすることになる。

そっと伸びた手が、ホームに残されたポリ袋に紙切れを滑り込ませた。

白髪の女が告げることのできなかった、この世への別れをしたためた紙切れを。

だが、誰も気づかなかった。

第三十七章

ロヤコーノとアラゴーナがアラベスク模様の大きな真鍮《しんちゆう》板に『ラ・ヴェーラ』と刻まれたヨットクラブの入口に到着したときは、風がずいぶん強くなっていた。昼過ぎにかけては、海の上空で稲妻が幾度も光って雷鳴が近づき、激しい雷雨を予感させた。だが、結局雨は降らずに風が吹き荒れ、真っ黒な雲が矢継ぎ早に頭上を駆け抜けていた。

深い緑に包まれたクラブハウスへ向かって、ふたりは坂を下った。植栽の隙間から見えるクラブ専用突堤で、林立するマストが本物の森のごとくに揺れている。ルッフォーロ男爵夫人との面会は非公式な形で内密に、というピザネッリの指示を守って、門番に身分証明書は見せなかった。

五〇年代の映画を彷彿《ほうふつ》とさせる、見事な頰ひげを生やして制服と白手袋をつけた門番は嫌悪感を露わにして、アラゴーナの人工日焼け、サングラス、胸元を広く開けたシャツをじろじろ眺めた。かたや一等巡査はぐいと顎を上げ、サングラスの奥から挑戦的に睨み返す。二つの世界の激突だ。しばしのち、門番は渋々ふたりを小さなサロンに案内し、自分とそっくりの恰好をした案内係に引き渡した。

案内係は先に立って、多種多様な優勝カップ、プレート、トロフィーが陳列された談話室をいくつも通り過ぎていく。アラゴーナがささやいた。

「どこへ連れていかれるんだろう」

しまいに、ゲーム用のテーブルが二十卓ほど並んだ広い部屋に行きついた。カードを手にしてテーブルを囲んでいる大勢の人々のほとんどが女性で、カクテルとカナッペを載せた盆を掲げたウェイターがそのあいだを、春のミツバチのように忙しく行き来していた。壁の『禁煙』の掲示などどこ吹く風と、紫煙がもうもうと立ち込めている。

取り澄ました案内係に従って部屋を横切っていくと、どのテーブルからも好奇心に満ちた視線が飛んできた。八十を優に越した老婆の若い肉体に飢えた視線を一度ならず感じて、ロヤコーノは思わず身震いした。

部屋のいっぽうの壁は大きなガラスの引き戸が連ねられ、外のベランダにぽつんと置かれたコーヒーテーブルの前に、優雅なたたずまいの女性が座っていた。案内係はふたりをそこまで連れていくと、一礼して彼女に話しかけた。

「男爵夫人、お客さまをお連れしました」

皺深い顔に厚化粧、大きなサングラス、パールのネックレスに派手なアンティークのイヤリング。室内にいる女性たちと、なにからなにまで同じだ。その視線は、ナポリ湾を前景にそびえ立つヴェスヴィオ火山と白波の立つ海、疾走する雲の織り成す絶景に据えられていた。

「ありがとう、アメーデオ。こちらの紳士がたにはご希望のものを、わたしにはマルガリータのお代わりを。そちらにどうぞ」

爪でガラスを引っかいたときのような耳障りな声、常に命令を下す立場にある人特有の素っ気ない口調だ。

アメーデオがコーヒーの注文を受けてしずしずと立ち去るのを待って、ふたりは腰を下ろした。

男爵夫人はゆっくり顔を振り向けた。目を隠している黒いレンズと網目状に寄った皮膚の皺が相まって、爬虫類が睨んでいるかのごとくに不気味だ。アラゴーナはもじもじし、平静を取り戻すべくサングラスをはずしてまたかけたが、効果はなかった。

夫人は再び海に顔を向けた。

「わたしがアンナ・ルッフォーロです。あなたがたに話を聞かせてやって欲しいと、ジョルジョ・ピザネッリに頼まれました。友人の頼みを断るわけにもいかず承諾しましたが、最初にひとつはっきりさせておきます」

耳障りな声が、これといった理由もなく止んだ。ほどなくしてウェイターが現れ、コーヒーとカクテル、小菓子を盛った皿をコーヒーテーブルに並べて、去っていった。

なぜそれほどまでにウェイターを警戒するのだろう。ロヤコーノが訝《いぶか》っていると、彼の心を読んだかのように男爵夫人は言った。

「ここのウェイターはテレビの中継局と同じなのよ。ある特定の人々からお金をもらって、スキャンダルやニュースを伝えているのです。わたしどもの世界ではなにも起こらない。だから、希少価値があるの。いまは、あなたたちがニュースよ。うしろをご覧なさい」

彼女は海のほうを向いたまま、わずかに頭を動かして背後を示した。アラゴーナがガラス戸で隔てられた室内に目をやると、白髪をブルーに染め、大きなイヤリングをぶらさげた二十人ほどがこちらをこっそり窺っていた。

男爵夫人は言葉を継いだ。

「とにかく、はっきりさせておきたいのは、他言は厳禁ということ。書き留めることも、誰かに伝えることも、お断りします。相手が誰であろうと他言してはならないし、わたしと面識ができた、または会ったと漏らしてはなりません。それがいやなら、コーヒーを飲んでお帰りなさい。あなたがたの氏名は訊かないし、名乗る必要もありません。どうするかは、そちら次第です」

ロヤコーノは言った。

「承知しました、男爵夫人。ご助力に感謝します。きょうお会いしたことは決して他言しません。むろん、捜査陣内では情報を共有しますが、分署の外に漏れることはありませんし、報告書にも書きません。確約します」

夫人はロヤコーノに顔を振り向けてしばらく観察したのち、海に視線を戻した。

「なにを知りたいのかしら」

「アルトゥーロ・フェスタの妻、デ・サンティス・チェチーリアの事件についてはご存じのことと思います。ピザネッリによると、被害者はあなたと深い親交があったそうですね。現在のところあまり情報がなく、泥棒が居直ったようにも見えますが、つじつまの合わない点がいくつかあります。われわれとしては、被害者自身についてもっと知りたいのです。たとえば、心配事があった、生活や交友関係に変化があったなど、事件の引き金になるような出来事が最近なかったでしょうか。被害者からなにかお聞きになっていませんか。あるいは、手がかりを与えてくれそうな人物をご存じではありませんか」

男爵夫人は無言でカクテルを飲み、それから言った。

「デ・サンティス・チェチーリア……デ・サンティス・チェチーリア。姓、名の順なのね。かわいそうなチーチャは警察の記録に、そう書かれるのね。わたしはいつも、チーチャと呼んでいました。生まれたばかりの彼女を、十五歳のときに初めて見てからずっと。母親どうしが親しかったのです。祖母たちも。そして、おそらく曾祖母たちも。わたしどもの世界は、狭いのですよ。全部で数千人、おそらく三千人ほどでしょう。みんな知り合いで、そのなかだけで生きている。最近は、ごくまれに新顔を迎えることがありますけど、飛びぬけて資産があるとか、素晴らしい芸術的才能を持っているとか話題性のある場合だけですよ。基本的にはほとんど変化はないわね」

突風が吹きつけ、ガラス戸がカタカタと揺れた。

「わたしどもは……コルティーナやカプリでのバカンスにしても、ニューヨークやパリの別邸、ロンドンのオフィスに出かけるのは別とした折々の旅行にしても、サロンや社交クラブでの交流にしても、どこにも窓のない世界で生きているのですよ。そうすれば現実の世界で起きていることを見ないですむし、この生活こそが現実だと思い込むことができる。うしろの部屋を見てご覧なさい。ルッフォーロのお客は誰だろう、お客は彼女になにを話しにきたのかしら、彼女はなんと言っているのかしらって、大騒ぎですよ。わたしに直接訊いてこないで、これから先何週間もああしてひそひそと噂するのです。チーチャの事件もそう。何年も続くでしょうよ。これがわたしどもの世界なのです。なんて、嘆かわしいのかしらね」

アラゴーナが咳払いして言った。

「それで、デ・サン……被害者もそうだったんですか？　ここのほかの女の人たちと同じだったんですか」

「チーチャが？　いいえ、全然。たしかに、クラブのメンバーでしたし、カプリやコルティーナに別荘も持っていました。でも、チーチャはみんなと違っていた。彼女は人を愛することができた。外の世界の人たちと同じように、苦しみ、悩んで、心から人を愛することができた。そして、吹聴することもなく、人々を助けていた。つまり、慈善活動をしていたんですよ。週に二回、こっそり子どもたちに勉強を教えていました。戦車に乗っていたとしても行きたくない、中心部の危険な貧困地域の施設で。誰かを雇ってやらせなさい、と忠告しましたよ。そうすれば、恵まれない貧しい教師に仕事を与えることもできる。そうしたら、自分で行かなくては意味がないと答えたわ。いろいろな肌の色をしたかわいい子たちと一緒にいるのが楽しくてたまらない、自分のためにやっているのだ、と。チーチャはそういう人でした」

海が再び荒れ始め、ヨットを係留してある突堤に波が激しく打ち寄せた。男爵夫人は言葉を継いだ。

「わたしたちが愛することを知らないというわけではありませんよ。それどころか、好きなものにありったけの愛情と時間を捧げることができる。お金はまさにそのためにあるんですもの。そうでしょう？　お金は、すてきなものに熱中するためにあるのよ。そして、愛よりすてきなものが、あるかしら。もちろん、ブラーコは別にして」カクテルを飲んだ。「でも、チーチャは特殊だった。一度しか、恋に落ちなかったのですよ。あなたたちが彼女を見た……どんなふうだったか想像もつかない……それに写真では彼女のよさは伝わらないわ。美人ではなかった。でも、やさしくて、あの目は会う人を虜《とりこ》にしました。きれいでしたよ。とても心がきれいだった。美しく彩られた心の持ち主だった。よくからかったものですよ。あなたは聖女になるつもりなのね、って。彼女は笑ったわ。でも、チーチャはほんとうにほかの誰とも違っていた」

ロヤコーノは言葉に気をつけながら、話題を事件に戻した。

「ご友人は素晴らしいかただったのですね、男爵夫人。だからこそ、誰がなぜあのようなひどいことをしたのか知りたいのです。彼女を大切に思っていらしたあなたが、事件をどう考えていらっしゃるか伺いたい」

海鳴りが絶え間なく響く。突堤ではクラブの係員ふたりが防水ジャケットをはためかせて、もやい綱を結び直していた。

ルッフォーロ男爵夫人は、しばらく考えたのちに言った。

「チーチャにはひとつだけ、弱点がありました。たった、ひとつ。夫のアルトゥーロよ。女と見ればすぐに手を出す、見栄っ張りで頭の空っぽなうぬぼれ屋。チーチャと知り合うという、最大級の運に恵まれるまでは、そこらにいるただの貧乏人だった。取るに足らない人間だったのよ。あの男を街の重要な公証人のひとりにしたのは、チーチャです。豊富な人脈を使って、街にはあの男のほかに公証人がいないみたいに、仕事をまわさせた。そのお返しに、あの男はなにをしたと思う？　浮気を繰り返して、彼女にさんざん恥をかかせたのよ。それでチーチャは、しばらく前から人付き合いを避けていた。わたしはしょっちゅうチーチャに言っていた。お願いだからあのクズを放り出して、縁を切って。あいつにはよそで女とやりまくらせなさいって。でも、どんな目に遭っても夫を愛している、と答えたのよ。変よね」

ロヤコーノはうなずいた。

「たしかに変ですね、男爵夫人。でも、ないことではありませんよ。最近、夫婦のあいだでなにか気になることは起きませんでしたか。口論、喧嘩、そういった類のことは」

「いいえ、なかったわね。いくら忠告しても、チーチャはあの女たらしに文句を言わなかった。最低な亭主は、慎みをかなぐり捨ててしまったのに」

アラゴーナは耳をそばだて、サングラスをゆっくりはずした。

「なにに対する慎みですか？」

男爵夫人は鼻を鳴らした。

「ここのパーティーに愛人を連れてきたんですよ。このクラブに！　チーチャの夫だから出入りできるんですよ。そうでなければ、ウェイターとして雇うのもごめんだわ。それに、あの女！　売春婦みたいなドレスに赤い髪、天まで届きそうなハイヒール。女房気取りで、あちらこちらに挨拶していましたよ」

　ロヤコーノが訊く。

「その女の名前など、なにかご存じですか？」

「ええ、もちろん。ここではあなたがたのことも含めて、あらゆるニュースが瞬《また》く間に広まりますから。名前はイオランダ。イオランダ・ルッソよ。会計士兼税理士。ま、それはほんとうの職業の隠れ蓑《みの》でしょうけど」

「というと？」アラゴーナは、ロヤコーノが目配せして止める間もなく口を挟んだ。

「売春ですよ」男爵夫人はきっぱりと言い、何事もなかったように続けた。「とにかく、惨めな有様でしたよ。ばつが悪くてみんなが離れていくのに、追いかけていって女を紹介するの。自分の娘といってもいいくらいの女を、『非常に有能なので、きっとお役に立ちますよ』と売り込んでいた。役に立つ、ですって……どう役に立つのか想像に難くないわ。また女を連れまわすようになったのが、最近起きた気になることと言えなくもないけれど、以前にもありましたからね。ここ数年はおとなしくしていたというか、少なくともおおっぴらには浮気していなかった。もっとも、あの手の男は遅かれ早かれ、浮気の虫が騒ぐようになるものです」

　熱心に耳を傾けていたロヤコーノは、質問した。

「どうでしょう、男爵夫人。被害者は夫が女を作ったことで、侮辱されたと感じたでしょうか。

どういうことだと夫に詰め寄って、その結果……」

男爵夫人はやすりで小石を削るような、気味の悪い声を上げて笑った。

「チーチャが？　まさか。悩んでいたでしょうけれど、表には出さなかった。たまに羽目をはずすことがあっても完璧な夫だ、神が与えてくださった最高の贈り物だと信じていたのよ。ええ、夫の浮気をそんなふうに言っていましたよ――たまに羽目をはずす。あの男はこれまでに数えきれないほど何度も浮気をしているのよ。いまさら文句を言うかしら」

突堤では係員たちが強風と高波、もやい綱を相手に格闘していた。魅入られたようにそれを眺めていたアラゴーナが訊いた。

「男爵夫人、犯人の見当はつきますか。善良でやさしかった被害者に危害を加えそうな人物に心当たりは？」

ルッフォーロ男爵夫人も海のほうを眺めた。

「さあねえ。泥棒が居直ったのかしらね。だとしたら、皮肉なものだわ。あれほど物欲のない人は見たことがないのに、お金やわずかな宝石のために命を奪われるなんて。女癖の悪い亭主の仕業ではないわ。チーチャがいなくなったら、おしまいですもの。それよりたったひとりの友だちを失ったことが、とにかく悲しくて。あそこにいる婆さん連中とのくだらないおしゃべりと違って、チーチャとは本音で話すことができた。彼女はわたしよりも若かったけれど、物事をきちんと見ることができて、ときにははるかに年上のように感じましたよ。わたしには彼女がいなくなったことのほうが、ずっとだいじ。これから寂しくなるわ。チーチャは、わたしの心の一部もあの世へ持っていってしまったみたい。いくらかでも価値のある部分を」

男爵夫人は涙こそ見せないが、泣いていた。その気持ちを慮《おもんぱか》ってふたりが黙っていると、夫人は言った。

「さて、これから立ち上がって挨拶を交わしますが、若いかたには頬にキス、もうひとりのかたには手を差し出しますから、そのつもりで。甥っ子が友人のためにお金の無心をしにきたと、みんなには話します。ここではよくあることなのよ。ほかに聞きたいことが出てきたら、ピザネッリを介して連絡なさい。必ず犯人を突き止めて、刑務所に放り込んで。わたしはチーチャと違って、復讐心がとても強いのよ。いいわね？」

ロヤコーノはうなずき、唐突に訊いた。

「最後にひとつ。あなたのご友人は、なぜスノードームを集めていたのでしょう」

男爵夫人はゆっくり振り向いて、サングラスの奥からロヤコーノを見つめた。

「どうして知りたいの。それを知って、どうなるの？」

「わかりません。ただ、あるものに多くの時間を割くのは、それがその人にとって大きな意味を持つからではないでしょうか。たとえ、他人にとっては取るに足らないものであっても」

夫人は感情をまったく表わさずに、ロヤコーノを見つめた。アラゴーナは落ち着かない気分で、椅子の上でもぞもぞした。彼はこの女性が苦手だった。そこで突堤に目を向け、ぴんと張ったもやい綱を係留柱に縛りつけている係員を見つめた。

夫人はロヤコーノに言った。

「あなた、シチリア人でしょう？　東洋人みたいに見えるけれど、シチリア人よね。訛《なま》りでわかりますよ。きれいなところね、シチリアは。それに、シチリア人は聡明だわ」再び海に目をやって、続ける。「スノードームのことだけど……チーチャは結婚して以来ずっと、集めていました。行き先は忘れたけれど、新婚旅行先で亭主がプレゼントしたんですよ。帰ってきて見せてもらったとき、ふたりして笑ったわ。わたしは、あの趣味の悪い亭主がいかにも買いそうなものだと思ったから。ところが彼女は、まるでダイヤモンドをもらったみたいに、うれしくてたまらなかったのよ。そのあと、手当たり次第に集めるようになった。あのとき一度だけ味わった幸せを追い求めていたのかしらね。それとも、亭主がかまってくれないので、単なる暇つぶしだったのか。誰かが旅行に行くとなると、買ってくるように頼んでいましたよ。わたしも二つほど買ってきたかしら。ああ、主よ、お赦しください」

三人は席を立ち、先ほどの指示に従ってアラゴーナは親しげに、ロヤコーノは正式に挨拶を交わした。

それから好奇に満ちた視線を四方八方から浴びながら、紫煙の渦巻く部屋を横切った。

外に出ると、これでもかとばかりに風が吹きつけてきた。

第三十八章

ふたりは言葉少なに分署への道を辿った。わずかばかりの通行人が、壁にへばりつくようにして風を避けて歩いている。

アラゴーナがふいに言った。

「おれ、なんだか気の毒になっちゃいましたよ。警部は笑うだろうけど、あの婆さんが哀れになったんです。ものすごく寂しくて、楽しいことなんかひとつもないんだろうなって。おれの知り合い全部が持っている金を足したより、財産を持っていてもね」

ロヤコーノは答えた。

「ああ、おまえの言うとおりだ。子どもに食べさせることもできず、餓死するほうがましだ。そうすれば毎日があっという間に過ぎて、ブラーコの奴隷にならずにすむ」

アラゴーナはむっとして、警部を横目で睨んだ。

「そんなこと、言ってませんよ。だけど、あの婆さんみたいにはなりたくないな。それはともかく、フェスタはさんざんな言われようでしたね。しかしびっくりだな、ピザネッリがあの婆さんと友だちだなんて。ふたりとも百歳はいってますよ。石器時代に肉体関係を持っていたのかな」

「おまえがごちゃごちゃ言う必要はない。情報が取れたのはピザネッリのおかげだから、感謝しなくちゃ。これで、フェスタの愛人についてずいぶんわかった。本人に会って話を聞き出す、うまい手がないものかな」

刑事部屋は戸外の荒天に倣《なら》ったかのごとく、騒々しかった。ディ・ナルドとロマーノが、ふたりで実行した立ち入り捜査について丁々発止の議論を交わしているのが原因だ。

ロマーノが話している。

「……そりゃあ、たしかにあいつはクソ野郎さ。友だちの娘だなんていうのは嘘っぱちで、まったく別の関係だと言ったのは、このおれだ。だけど、書類を調べて問題のないことを確認した。だろ？　これ以上、なにができる」

ディ・ナルドはサングラスをはずした顔に疲労をにじませ、おだやかだがきっぱりした口調で言った。

「あなたもわたしと同じ印象を受けたはずよ。単に、孤独な老人が若い女を囲っているというだけではなかった。他人の意思を無理やり押さえつけて隷属させている、張り詰めた雰囲気があったわ。彼女が幸せでないことは、明らかよ。怯えて、おどおどしていた。不安でたまらないのよ。それなのに、見て見ぬふりをするの？　尻尾を巻いて、あの男の希望に沿うように、本物の犯罪者を捕まえる仕事に精を出す？　有力者がどうのこうのって、脅されたものね」

パルマ署長が訊いた。

「有力者？　脅されたとは、どういうことだ」

これで捜査は中止になるぞ、とロマーノはディ・ナルドを横目で見た。パルマもこれまでに会った署長と同じで、面倒を恐れて捜査を中止するだろう。

ロマーノはパルマを直視したままディ・ナルドを身振りで示し、建築家のブラスコに脅されて自制心を失いかけ、暴力をふるいそうになったところを彼女に止められたことを話した。

黙って聞いていたパルマは、意外な言葉を発した。

「なるほど。すぐに話してくれればよかったのに。そういうことなら、捜査を進めよう。ふたりで娘の実家へ行って、話を聞いてくれ。少しでもおかしな点があったら、その建築家を連れてきて徹底的に搾ろうじゃないか。どうだい？」

全員が目を丸くした。パルマ署長は完全無欠だ、とオッタヴィア・カラブレーゼは感激し、署長にキスしたくなった。

ロヤコーノが上着を脱ぎながら、口を挟む。

「こっちは午後いっぱい、ヨットクラブで優雅にカクテルを嗜《たしな》む貴婦人のお相手だ。任務を交代したいやつはいないか？」

パルマは両手を大きく広げた。

「誰かが働かなくちゃいけない。それで、どうだった？」

警部は管理人や科捜研への訪問を始めとした一日の捜査について報告した。アラゴーナは恨みがましく不平を言った。

「分署の名前を聞いたとたん、科捜研のアホはこっちの頼みをつっぱねたんですよ。あいつ、いつかボコボコにしてやる！　警部が……電話をしなかったら、なにも教えてもらえなかった」

パルマはうなずいた。

「わかった、わかった。次回からはわたしが正規のルートで聞き出す。それなら文句を言ってこないさ」

　ロヤコーノが言う。

「まったくあきれますよ。あの不祥事のことで、おれたちを責めるなんて。後釜のおれたちは、やつらを知りもしないのに」

　部屋の奥で、ピザネッリがよく響く低い声で言った。

「いいや、われわれ全員が知っているんだよ、きみの言う〝やつら〟を。彼らは同僚だった。わたしやきみ、ほかのみんなとなんら変わらない同僚だった。重病の子どもや借金を抱え、わずかな給料でせっせと働いていた。だが骨身を削って働いても、残るのは両手にいっぱいのクソだ。きみたちも身に覚えがあるだろう。そんな毎日が続いたある日、誘惑に負けちまったのさ」

　しんと静まり返るなか、副署長に視線が集中した。

「彼らが罪を犯していないと言うつもりは、むろんない。私腹を肥やしただけでなく、押収した薬物を罪のない若者たちに売って、その将来を台無しにしてしまったのだから、とりわけ罪は重い。そこで、世間はこう思っている。彼らのことはとうてい許せない、ひいてはこの分署を存続させている連中も許せない、どうせ同じ穴の狢《むじな》だ、と」

　パルマは、重苦しい空気を明るくしようと試みた。

「しっかり仕事をすれば、世間の見る目も変わってくるさ。それでも変えないというなら、損をするのは彼らだ。ピッツォファルコーネ署のろくでなし刑事たちなんて言い種は、愚の骨頂だ。ロヤコーノとアラゴーナに伝えておくことはあるかい、オッタヴィア」

オッタヴィア・カラブレーゼはコンピューターの画面上でファイルを二個開いた。

「ええ、情報が少し。解剖結果が送られてきました。現場での検死官の所見と一致しています。致命傷は頭蓋骨の損傷。それを除けば健康状態は良好。後頭部への一撃がなければ、百歳まで永らえただろうと、メールに書き添えてあったわ」

ロマーノが鼻で嗤《わら》う。

「まったくな、解剖したら、完璧な健康状態だってわかったわけか。ＣＴスキャンよりも確実だ。お見事、ってその医者に伝えてくれよ、オッタヴィア」

オッタヴィアは言葉を続けた。

「ほんと、健康状態を見るには、解剖が一番ね。今度、やってもらいなさいよ、ロマーノ。あなたみたいな大男はきっと素晴らしい結果が出るわよ。情報はほかにもあるわ。フェスタのコンピューターの解析がほとんど終わったと、情報科学研究所の友人が知らせてくれたの。それで、なにがわかったと思う？」

オッタヴィアは口をつぐんで、ご機嫌で周囲を見まわした。なんて魅力的なんだろう、とパルマはひそかにほれぼれした。

「おいおい、焦らさないでくれよ。きみの友人はなにを見つけたんだい？」

思いもよらず署長の注目を浴びて、オッタヴィアはどぎまぎした。

「最初は渋っていたけれど、以前コンピューターのクラスを一緒に取っていたときに、さんざん宿題を写させてあげたでしょうって脅したら、ようやく教えてくれたの。ハードディスクに残っていたのは、法的文書や遺贈関係の記録などありきたりのもので、とくにこれといった発見はなかった。そこで、パスワードを解読してメールを調べたのだけど、こちらも数通の迷惑メールのほかは、仕事関係ばかり」

アラゴーナは遠慮なく失望を口にした。

「老いぼれ公証人はいまだに伝書鳩を使って、愛人と連絡を取っているのさ。クソっ」

オッタヴィアは、違う、違うと指を左右に振った。

「ところがついに、おもしろい情報が見つかったの。ほんとうに、おもしろいんだから。コピーを送ってもらいたかったのだけれど、検査が終わったら担当判事に提出しなければならないので、あいにくこればかりは首を縦に振らなかった。でも、どうにか説得して電話口で読んでもらったわ」

そう言って、メモ用紙を振ってみせる。パルマが笑った。

「女の人がこうと心を決めたら、男は太刀打ちできやしない。さあ、早く教えてくれ。好奇心ではち切れそうだ」

オッタヴィアはメモを見ながら言った。

「ネット上で人気のあるオンライン旅行代理店、Iltuoviaggio.com に宛てたメールが見つかったの。かいつまんで言うと、フェスタ公証人は二名でのミクロネシア旅行を十五日前に予約。

乗り継ぎは三回で、最後は複葉機よ。出発予定日は明後日」

全員が啞然とした。最初に我に返ったのは、アラゴーナだ。

「ミクロネシア？　いったいどこにあるんだよ？」

ピザネッリが答える。

「オセアニアだ。地球の裏側だよ」

ディ・ナルドが訊く。

「こうした旅行を予約するときは、氏名を伝えなければいけないんじゃない？　身分証明書だとかパスポートだとか……」

オッタヴィアがうなずく。

「そのとおりよ、ディ・ナルド。身分を証明する必要があるわ。フェスタは姓名やパスポートの交付日などを記載して、きちんと手続きをしている。メールはとても詳細で、書類をスキャンするべきかとまで問い合わせているんですって」

ロヤコーノは空中浮揚を試みる仏僧を思わせる無表情な顔で訊いた。

「つまり、旅行を予約する際に使った氏名は判明しているんだな。出発は、妻が亡くなった日の四日後か。それで、帰りは？」

オッタヴィアが答える。

「帰りの便は予約していないわ。片道だけ」

パルマは釈然としない様子だ。

「つまり、フェスタはミクロネシアへ行って、戻ってこないつもりだろうか」

ロマーノが意見を述べた。

「そうとは限らない。現地に行ってから決めるつもりで、帰りの便をオープンにした可能性もある。とくに長期の旅行のときは、そういう場合が多い」

アラゴーナは当惑顔だ。

「帰ってくるかどうかはともかく、これだけですごく重要な証拠だ。だって、こういうことでしょ。フェスタは愛人との片道の外国旅行を予約した。熱々のカップルが出発する四日前、ふたりの甘い夢を邪魔する唯一の存在である妻が、スノードームで頭を割られて死亡する。意味するところは明らかだと思うけどな」

ピザネッリが額を掻く。

「そうだなあ、この若造の意見が間違っているとは一概に言えないな。アンナ・ルッフォーロによると、最近のフェスタは赤毛の若い愛人をおおっぴらに連れまわしていたことだし」

オッタヴィアが口を挟んだ。

「ねえ、みんな、結論を急がないでわたしの話を最後まで聞いたら？　予約者の氏名を誰も尋ねないなんて、信じられない」

全員が困惑して押し黙った。オッタヴィアが続ける。

「予約をしたのは、被害者の夫アルトゥーロ・フェスタ。同伴者はチェチーリア・デ・サンティス。被害者よ」

誰もが言葉を失い、それを見たオッタヴィアは得々として付け加えた。

「でも、フェスタはメールで予約した際に、ある特約条項の確認を取っているの。重大な支障が生じた場合、出発の二十四時間前までは予約者のうち一名の変更ができる、という条項よ」

アラゴーナが小躍りした。

「ほらね！　尻尾をつかまえたぞ！　疑われないように妻の名前で予約をしておいて、ぎりぎりになって愛人の名前に差し替える腹なんだ！　死亡は間違いなく、重大な支障のうちに入るもの」

パルマ署長が言う。

「どうも腑に落ちないな。妻を殺したあと、花模様のシャツと麦わら帽子をスーツケースに詰めて、警察に止められることもなく、愛人と手に手を取ってミクロネシアに高飛びする。そんなことができると本気で思うやつがいるかな」

ロヤコーノは独り言のようにつぶやいた。

「警察がオフィスのコンピューターを真っ先に調べることなどわかりきっているだろうし、実際にそうなった。にもかかわらず、それを使って予約をした。こいつも腑に落ちない」

アレックス・ディ・ナルドが異を唱える。

「たしかに腑に落ちないけど、殺すつもりはなかったとも考えられるのでは？　まったくの当て推量だけど、妻を置いてミクロネシアに行くと話したら、聞き入れてもらえずに喧嘩になり、はずみで殺してしまった」

ロマーノがうなずく。

「手近にあったもの、つまりスノードームをとっさにつかんだんだろう。粉々に割れれば、凶器も女房同様に厄介払いできると期待していたんだろうな」

ピザネッリが言い添える。

「強盗の線も忘れちゃならない。フェスタが愛人と喧嘩でもして、女房に二度目の新婚旅行をプレゼントして仲直りしようとしたのかもしれない。ところが、その直前に女房は殺されてしまった」

オッタヴィアが別の可能性を示唆した。

「もしかしたら、変更が可能か確認したのはこういう理由じゃない？　出発間際に急用ができたと偽って、妻を女友だちと一緒にミクロネシアに行かせ、自分はこっちに残って赤毛の愛人と思う存分楽しむつもりだった。ところが、妻は泥棒と鉢合わせして殺された。お手伝いが泥棒の手引きをした可能性もありそうね」

素っ頓狂な声を上げたのは、アラゴーナだ。

「たまげたな！　テレビの見すぎはおれだけじゃないんだ。みんな警官なんか辞めて、脚本家になりなよ。きっとしこたま儲かる。だけど結局のところ、振り出しに戻ったってことだ」

ロヤコーノは両手を大きく広げた。「そうとは言いきれない。推理の焦点が絞られてきたじゃないか。情報が集まるほど、そうなるものなのさ。たとえば、妻を同伴するつもりがあったかどうかはともかくとして、フェスタが旅行を計画していたことがわかった。これは少なからぬ意味があると思う」

「だったら、これからどんな手を？　フェスタはだんまりを決め込んでいるし、赤毛の愛人に事情聴取するわけにもいかない。だって、公式には事件と無関係なんだから……」

パルマが励ました。

「フェスタや愛人から話を聞けない、と決めつける必要はない。その点については、ピラース検事補と相談する。そのあいだにほかの線から捜査を進めていてはどうだ、ロヤコーノ」

ロヤコーノ警部はうなずいた。

「了解。お手伝いに話を――なんて名前だっけかな」お手伝いの身分証明書のコピーを確認する。「ニコラエバ・イヴァノーヴァ・マヤか。彼女に話を聞いてきます。鍵を持っているし、ドアには侵入した形跡がなかった。そのへんを説明してもらおう。行くぞ、アラゴーナ。今度は車にする。うれしいだろう。壁に頭から突っ込むなよ」

第三十九章

「ねえ、あの弁護士の言うことは全然信用できないわ。いまのやり方は絶対に間違っている」

「専門家に依頼した以上、信用して身を任せるほかないじゃないか。だからこそ、『信任する』と言うんだ」

「いちいち『信任』の意味なんか説明しないで！　一日に少なくとも四回は使っているんだから。わたしの職業を忘れたの？」

「わかった、わかった。だけど、この分野に関してはわたしもきみも門外漢だ。そうだろう？そのことはじっくり話し合ったじゃないか」

「ええ、そうね。でも、もうこれまでとは違うのよ。そうでしょ？」

「……」

「もう一度、自分たちの立場を見直しましょうよ。大急ぎで。役立たずの弁護士と最後に話したのは、いつ？」

「つい三十分前だよ。こっちから電話をしなくても、向こうがかけてきたに決まっている。彼はこの件でたんまり稼ぐつもりでいる」

「まさにそのことで話をしたかったのよ。よく聞いて。たとえば、会社の合併や分割売買、または遺産分配などで、依頼人にもっとも有利な方法をアドバイスするときがあるわよね。そのとき、自分にも有利になる方法、つまり得をする方法を提案しない？」

「それは……まあ……」

「ごまかさないで。だいじなことなんだから、正直に言って」

「つまり……」

「するわよね。わたしもする。人間だもの。それで、あなたの弁護士――どの弁護士でも同じだと思うけど――は、どういう事態になれば得をするかしら？」

「ちょっと待て、なにも……」

「あなたかわたし、またはふたりともが告訴された場合だわ。わたしたちの負担で、面倒でつらい法廷闘争が延々と続く場合よ。そして、そのあいだにわたしたちの人生はめちゃくちゃになる。いいえ、わたしたちふたりだけではないのよ。そうでしょ？」

「冗談じゃない。きみ、自分の言っていることがわかっているのか？　あの弁護士は伝統のある有名な事務所の……」

「料金が法外に高いのを除けば、中身はほかの弁護士と同じよ。こういうときは、自分の身内でもわたしは信用しない」

「じゃあ、どうしたい？　これはあくまでも仮定の話だが、いいかい、あくまでも仮定だよ、自分の考えに従って行動するとしたら、どうするつもりだ」

「なにもかも、洗いざらい話す。それだけのことよ。落ち着いて冷静に、事実と言い分を正確に述べる。そうすれば、事件と関わりのないことを信じてもらえるわ」

「きみ、どうかしているよ。正気とは思えない。刑務所は、警察を信頼して冷静に事実を述べた人間であふれているんだよ。ちょうど一週間前に、刑務所に二十二年入っていた男の話を読んだばかりだ。二十二年だぞ！　その男は無実だったんだよ、赤ん坊みたいに無実だった。罪名は忘れたがほかの罪で告訴されている男が、そっちの事件も自分がやったと告白したんだ。で、警察はどうしたか？　平身低頭して釈放した。二十二年も経ってから！　男の人生をぶち壊したんだ。どういうことだか、わかるか？」

「ねえ、それがいけないのよ。そうやって冷静さを失うのが。頭を冷やしてよく聞いて。証明する義務があるのは、どっち?」

「は?」

「無実であると、わたしたちが証明しなければいけないの? それとも、わたしたちが犯人だと、警察が証明する義務があるの?」

「それがどうした? なにが言いたい? 警察はむろん、誰かが罪を犯したとしたら、それを証明する義務がある。だが……」

「でしょう? それで、あなたが検察官だとしたら、どっちに捜査の焦点を絞る? 進んで話をする人、それとも死んでもしゃべらないと宣言する人?」

「なにを突拍子もないことを……あんなことが起きなければ、彼女と話すことができさえしたら……」

「泣き言を言ってもしょうがないでしょう。しっかりしてよ。よく考えて答えて。どうしたらいいと思う?」

「それは……口を閉ざしていれば、むろん嫌疑が濃くなる。弁護士もそれは認めている。そのいっぽうで、よくあるそれぞれの話が食い違ってしまうリスクはない。それともきみは、ふたり並べて一緒に聴取してくれると思っているのかい? ピッツァかなにかをごちそうしてくれてさ。きみは警察のことをなにも知らないんだろう」

「じゃあ、あなたは知っているの? 強欲な弁護士は? とにかく、話すべきだわ。本能的にそう感じるのよ。捜査に協力的なところをアピールして、うまくいくことを祈りましょうよ。それに、銀器が盗まれたのは事実でしょう？　お手伝いか誰かに、疑いを向けるかもしれないわよ」

「考えてみるよ。どうしたものかな。とにかく、よく考えてみる。約束する」

「わたしたちふたりだけの問題じゃないのよ。それを忘れないで。考えてあげなければならない人がいるのよ。間違いを犯すわけにはいかないわ」

「そうだね。二度と間違いを犯すわけにはいかない」

第四十章

どうか下敷きになりませんように。目の前を横切るトラックに肝を冷やしながらも、ロヤコーノはこの街のことを考えていた。

ハンドルを握っているアラゴーナは、人でごった返す道路や狭い路地をむち打ち症になりそうな勢いで小型の警察車を驀進《ばくしん》させ、自分の家の居間にいるかのようにリラックスしてしゃべりまくる。その傍らでこうして街を眺めるのは、めったにできない経験だろう。

ロヤコーノは知らず知らずのうちに、この特異な街に対する姿勢をあらためていた。初めのうちは、この街を一種の刑務所、つまり誹謗に対してろくに反論させてもらえずに有罪判決を下され、送り込まれた場所とみなしていた。だがいまはそうした感情はなくなり、警察官としての役目を果たすためにもこの街をもっとよく知ろうと努めていた。その土地を肌で感じ、人人の沈黙や躊躇《ちゅうちょ》の意味するところを理解し、恐怖や警戒心、無関心、傲岸さを嗅ぎ取って対処できないようでは、警官としておしまいだ。

こんなに混沌とした街を理解するのは容易なことではないな。そう思案にふけるロヤコーノをよそに、アラゴーナは最近見た映画のストーリーをまくしたて、三人乗りのスクーターを一ミリほどの差で避けた。洒落たブティックと高級車が並ぶ気取った大通りと、よちよち歩きの幼児たちが排気ガスを吸って道端やアパートの玄関口で遊ぶ貧困地域の狭い路地とを交互に通過して、車は丘を上っていく。十余人の自治体警察官が監視する車両進入禁止の大広場を一歩出れば、ありとあらゆる種類の商品を満載した露店や屋台がひしめき合い、車一台通るのもままならない細い路地が網目状に広がる。はち切れんばかりの革のブリーフケースを提げたダークスーツの男たちが足早に行き来し、銀行が立ち並ぶ広い通りの先に、世俗化した荘厳な教会がたたずむ薄暗い広場がふいに現れ、ミニバイクを並べた円陣のなかで強風をものともしない上半身裸の若者たちがサッカーに興じていたりもする。カサブランカの市場かマラケシュの町をミラノのど真ん中に持ってきたかのようで、まったくつかみどころがない。

「……この俳優がすごくうまくて。警部にも見せたかったな。長髪にサングラス、皺だらけの薄汚い服。完璧な警官だった。だけど、同僚たちはこの男が悪徳警官だと信じて、距離を置いている。つい、おれたちのことを思い出しちゃったな。だって、そっくりでしょ？」

運転中は小言を言わないほうがかえって安全なことをこの二日間で学んだロヤコーノは、沈黙を守った。アラゴーナはまったく速度を落とさずに、バールで世間話でもしているかのように、警部の顔を見たり肩を叩いたりして話し続けた。ロヤコーノは運転を代わりたかったが、あいにく道に不案内だ。被害者デ・サンティスのお手伝い、マヤ・ニコラエバの住所は、中央駅近くのなんとかいう通りの脇道だった。

やがて到着したその界隈は、外国人が住人のほとんどを占めている地域であることが歴然としていた。商品の入った大きなかごを抱えた肌の色の異なる男女が、二重三重に駐車した車のあいだを器用にすり抜けて建物を出入りし、大勢の子どもを引き連れたインド人どうしが挨拶を交わす。食料品店の看板にはイタリア語のほかに見慣れない文字が数種類併記されていた。

アラゴーナは横道に入ると、狭い歩道をふさぐのもかまわず、前輪を乗り上げて車を止めた。

「着きましたよ。たぶん、ここで間違いない。言うまでもなく、不意打ちを食らわすのは無理だな。ほら！」

ふたりの乗ってきた車には警察の紋章がついていないが、先ほどまでのにぎわいはどこへやら、周囲にはほとんど人がいなくなっていた。

「おれたちのにおいを嗅ぎつけたんですよ。うん、間違いない。でもって、すぐに『ビザ紛失症候群』が蔓延する。たとえ有効なビザを持っていても、母国がとっくにEUに加盟してビザが不要になっていても」

アラゴーナは小声で番地を読み上げながら、お手伝いのパスポートのコピーと照合していった。頭をひとつうなずかせ、じめじめして暗い共同玄関に入る。

モップで階段を拭いている老婆に尋ねると、老婆は顔も上げずに東ヨーロッパ訛《なま》りのイタリア語で答えた。

「四階のドアのついている部屋だよ」

照明のない暗い階段を上るのは、ひと苦労だった。香辛料と玉ネギの入った料理が強烈ににおい、聞き慣れない言葉で交わす会話がどこからか聞こえてくる。ドアのある戸口は、四階にはひとつしかなかった。もうひとつはドアがなく、がらんどうの室内が丸見えだった。

ノックをすると、戸口で待ち構えていたかのようにドアが開いて、マヤが顔を出した。

「こんばんは。なんでしょう?」

建物のほかの部分からはおよそ想像のつかない部屋だった。ペアのスタンドランプがこぎれいな室内にやわらかな光を投げ、食卓や数脚の椅子、それにソファや肘掛椅子、コーヒーテーブル、薄型テレビを浮かび上がらせている。壁には多数の写真が飾られ、その大半にマヤと彼女に抱きつかれて照れ笑いを浮かべている栗色の髪のたくましくて真面目そうな青年が写っていた。金が唸っているほどではないが、とくには不自由のない中流家庭といってもおかしくない。

ロヤコーノが口を切った。

「われわれを覚えているね? フェスタ氏の家で二日前に……例の事件の際に会った」

マヤは暗い顔でうなずいた。いまこうして見てみると、それほど若くはなさそうだ。苛立たしげだが、不安に感じている様子はあまりない。この界隈では、警官ふたりが訪ねてくるのはさほど重大な出来事ではないのだろう。

「ええ。入ってください。コーヒーを淹《い》れましょうか」

アラゴーナは礼儀を完全に無視して、じろじろと写真を眺めている。警部は首を横に振った。

「いや、けっこう。二、三質問をさせてもらいたくてね。警察に呼ぶよりも、こうして足を運んだほうがいいと思って。たいした手間は取らせない。ほんの数分だ」

マヤはなにかに衝き動かされたかのように、まったく乱れていない髪を撫でつけた。

「そう。わかったわ。そちらへどうぞ」

そう言ってソファを示し、自身は肘掛椅子に腰を下ろした。握りしめては開き、よじり合わせては離しと、片時も休まず動き続ける両手が彼女の不安な気持ちを代弁するだけで、あとは身動きひとつせず、これといって特徴のない顔からも感情を窺うことはできなかった。

アラゴーナはたくましい青年の写真の前で立ち止まって、言った。

「この写真の男は誰だい？　ここであんたと住んでいるのか？」

ロヤコーノは一等巡査の乱暴な言葉遣いが気に障った。マヤは顔を振り向けずに、静かに答えた。

「パートナーのアドリアンです。いま仕事中で、もうすぐ戻ります」

アラゴーナは犯人を探し当てたと言わんばかりに、薄笑いを浮かべてロヤコーノを見た。ロヤコーノは知らん顔をして、マヤのほうを向いた。

「フェスタ家で働くようになって、どのくらいになるのかな?」

「二年半、三年近く。労働手帳を見ますか?」

ロヤコーノは漠然と手を振った。

「いや、あとで見せてもらうかもしれないけど。あの人たちをどう思っていた?」

「ご主人はほとんど家にいませんでした。あたしは午前九時に行って午後五時までいるのですが、ご主人を見かけたのはほんの数回です。奥さまは、やさしくていいかたです……でした。あたしは奥さまが好きでした、とても」

唇が震えて目がうるんだが、マヤは小さく咳払いをして落ち着きを取り戻した。被害者をほんとうに慕っていたのだろう。さもなければ天下の名優か。あるいは、自分の犯した罪を一瞬悔いたのか。

「朝は夫人にドアを開けてもらっていたんですか?」

「いいえ、あたし用の鍵があります。奥さまが外出しているときや、まだおやすみになっているときのために」

アラゴーナはマヤのうしろに突っ立って、質問を放った。

「鍵は、いつから持っている?」

露骨に敵意を示すアラゴーナとは話したくないのだろう、マヤはロヤコーノを見て答えた。

「働き始めてから二週間後に、奥さまから渡されました。それからずっと持っています」

警部は質問を再開した。

「このあいだの朝、なにか変わったことに気づかなかった？　なにかの置き場所が変わっていたとか、あるいは……」

「いいえ、いつもとまったく同じでした。銀器がなくなっているのはちっとも気がつきませんでした。まっすぐキッチンに行って、飾り棚は見なかったんです。朝食を用意して奥さまを捜したら寝室にいらっしゃらなかったので、それで……」

マヤは声を詰まらせ、顔を覆おうとした手を途中で止めた。下唇が震え、ひと粒の涙が頰を伝う。懸命に感情をこらえると、目の縁を赤くしてロヤコーノを見つめた。

「奥さまは素晴らしいかたでした。とてもよくしてくださいました。あたしにも、ほかの人たちにも。どんなことがあっても怒らないかたで、声を荒らげているところを見たことがありません。誰がなぜあんなひどいことをしたのか、見当もつきません。わけがわかりません」

アラゴーナが鼻を鳴らす。ロヤコーノは横目で睨んでおいて、マヤに尋ねた。

「夫人が誰かと言い争っていたことは？　たとえば、電話などでも。あるいは訪ねてきた人と、たとえ短時間でも口論していたとか。もしくはフェスタ氏と客が口論した。そういうことはなかった？」

マヤはしばらく考えてから、答えた。

「あたしがいるときに訪ねてきた人は、あまりいません。奥さまのお友だちのお年を召した男爵夫人が何度か来ただけで……。きつい口調で奥さまに話していましたが、奥さまは笑っていて、言い争いになることはありませんでした。男爵夫人は奥さまに怒っていたけど、奥さまが男爵夫人に怒るということはなかったですよ」少し間を置いて――「ご主人は家にいても、ほとんどしゃべらなかった。奥さまと食事をしているときも。たいてい書斎にこもっていらしたみたいです。おふたりが喧嘩をなさっているところを、見たことはありません」

ロヤコーノはうなずいた。被害者の夫をこき下ろす男爵夫人とそれを聞き流す夫人の様子が、まざまざと目に浮かぶ。これまでに得た情報と合致する。

「あなたがいるあいだ、夫人は頻繁に外出していた？」

「いいえ、それほどでも。ときどき、ご主人の事務所の車が迎えにきて、買い物に行かれていました。スノードームがとてもお好きで。すごくたくさんあったでしょう？　新しいのを買って戻られると、うしろめたそうにあたしをご覧になるんですよ。どうしても買いたくて、っておっしゃって」

そのときドアが開いて、壁の写真よりもいくらか年を重ねた青年が入ってきた。

青年は眉をひそめて、マヤを見た。

「なにかあったのか？　この人たちは？」

アラゴーナがつっけんどんに言った。

「警察だ。おまえは？　名前を言え」

そして、青年の仏頂面もボディビルダー顔負けの体軀も意に介さず、詰め寄った。

青年は瞬《まばた》きをして、用心深く答えた。

「アドリアン・フローレア。ここの住人だ。なにがあった？」

数センチ身長の及ばないアラゴーナが無言で見上げると、アドリアンは困惑してもじもじした。

ロヤコーノは青年に請け合った。

「いや、心配無用だ。おととい、マヤさんの働いている家で起きた事件について聞いていたんだ。そのことで、なにか知っているかね」

若者が返答するより早く、アラゴーナがわめいた。

「その前に答えてもらおう。どこの出身だ。イタリアにはいつからいる。仕事はなんだ」

アラゴーナを制止しかけて、のちのち役に立つ情報かもしれない、とロヤコーノは考え直した。フローレアはふたりの刑事を見比べて、この手の質問に慣れっこになった口調で答えた。

「国籍はルーマニア。年齢は三十歳。この国には、二十歳のときから住んでいる。ポッジョレアーレの会社に雇われて、自分のトラックで飲料を運搬している」

訛りのほとんどない完璧なイタリア語を話すところをみると、主張した経歴に間違いはなさそうだ。いっぽうアラゴーナは、期待どおりの自白を得たかのように、若者を睨みつけた。

「そうか。じゃあ、確認しよう。証明書を見せな。ほら、早く」

若者は財布を取り出した。疑う根拠がないにもかかわらず、移民に対する偏見を露わにして接するアラゴーナの態度に辟易《へきえき》したものの、ロヤコーノは部外者の前で内輪もめをする性分ではなかった。ここを出たら厳しく叱ることにした。

マヤはその間、ひと言も口を挟まなかった。ロヤコーノは再び彼女に質問した。

「ひとつ、知りたいことがあってね。フェスタ家の鍵を失くしたり、誰かに貸したりしたことは？　あるいは、失くしたと思ったらすぐに見つかったとか。短時間でも、たとえば出入りの商人や建物の管理人に貸したことは？　よく思い出してもらいたい」

アドリアンが歩み寄って、ジャンパーを脱ぎながら皮肉を言った。

「疑われてもしかたないな。なんでもかんでも移民が悪いんだから。正規の証明書を持っていても、生きていくために必死で働いていても、みんなに好かれていても。移民がいる、好都合だ、犯人がわかったぞってなる」

アラゴーナは一歩詰め寄ると、おもむろにサングラスをはずしてすごんだ。

「おい、おまえらはおとなしく質問に答えていればいいんだ。わかったか。犯人がわかったなんて、誰も言ってないだろ。なにかうしろ暗いことでもあるのか？　ところで、日曜日の夜はどこにいた。あ？」

ロヤコーノはソファから立ち上がった。

「やめるんだ、ふたりとも。いいかい、フローレア、偏見など持っていないよ。少なくとも、おれは持っていない」当てつけがましく言って睨むと、一等巡査は再びサングラスをかけた。

「必要な情報が手に入れば、すぐに帰る」

アドリアンは腕を組んで、慎重に言葉を選んで語った。

「日曜の夜は、ここで寝ていた。朝は四時に起き、四時半には家を出てトラックにミネラルウォーターを積み込み、市内を配達してまわってわずかな給料をもらっている。仕事があることを、神に感謝しているよ。おれなら断じてしないことを、食うためにやる人もいるからね。でも、それは自分や子どもが食っていくために、しかたなくやるんだ。おれの故郷には、盗まれるほど価値のあるものはないし、盗みに入られるような金持ちもいない。ひとつ、言わせてくれ。ルーマニア人はジプシーじゃない。ごっちゃにしないでくれ。おれはルーマニア人で、朝から晩まで働いている。真っ正直に暮らしているんだ」

「お見事！　素晴らしい！」アラゴーナはあざ笑った。「りっぱな演説だ。おまえ、大統領か？　そんな言い訳は、お笑い種だ。おまえみたいな連中は、いやになるほど見ている。なにもやってません、無実です、自分は世界一まっとうな人間です、聖人ですって、ぬけぬけと言うんだよな。無垢な子羊ですって顔してさ。ところが、ここをちょっと、あそこをちょっとって掘り返すと、おまえのよりずっとでかいトラックにも積みきれないほどの、クソが出てくる。徹底的に調べてやる。覚悟しておけよ。そして、おまえかおまえのダチが……おまえらのやり方はよく知っている。ひとりが手引きして、もうひとりが実行するんだ……フェスタ家の事件に関係している証拠が出てきたら、こっぴどい目に遭わせてやる。おれがこの手で」

本人の身の安全のためにも、アニメとコメディ以外の映画は禁止しよう。ロヤコーノは固く心に決めた。

フローレアは再び瞬きをして、急に弱気になった。

「だけど……おれはなにもやっていない。誓うよ。日曜でも仕事をして稼ぎたくて、朝早くに家を出たからものすごく疲れていた……マヤは家にいて夕食を用意してくれた……おれたちはふたりきりだった、ふたりでずっとここにいて、そして……」

肘掛椅子に座っているマヤが、姿勢を崩すことなくまっすぐ前を見つめて、おだやかに口を挟んだ。

「鍵を置きっぱなしにしたことは、一度もありません。いつもバッグに入れていて、失くしたことも貸したこともありません。いま、ここにあります。お望みなら、お渡しします。あの家にはもう行きませんから。二度と、行きません。毎晩……血を流して倒れているお気の毒な奥さまが見えるんです……あそこには、二度と行きません」


車に戻ってふたりきりになると、ロヤコーノはアラゴーナを叱責した。

「さっきの態度はなんだ？　あの若者を犯人と決めつけているみたいじゃないか」

一等巡査は肩をすくめた。

「あいつみたいなやつを、本部でさんざん見ていますからね。警部は知らないだろうけど、あいつらは集団で連携プレーをやらかす。きっと、あの男がお手伝いの鍵を複製し、共犯者を何人か引き連れてフェスタの家に行って犯行に及んだんだ」

ロヤコーノはうなずいた。

「いまはイエスともノーとも言えない。アリバイを証明できないという理由ひとつで、あのふたりを連行して留置することもできる。警察の常套《じょうとう》手段だな。その結果、真犯人はカプリかコルティーナでケツを日に焼き、男爵夫人みたいにカクテルをすすり、完全犯罪の成功だか、無事に逃亡したことだかを祝う。それもこれも頓馬なロヤコーノとアラゴーナが最初に目に留まったルーマニア人をとっつかまえ、三十年の刑を食らわせて刑務所にぶち込んだからだ」

アラゴーナはしばし考えて、言った。

「警部が正しいと仮定しますよ。ただし、あくまでも仮定ですからね。だって、ああいう連中を見ると、なんで薄型テレビを買うことができたんだろうって、いつも不思議でしょうがないんだ。おれなんか、親父にねだってやっと手に入れたのに。とにかく、警部が正しいと仮定する。マヤとパートナーは、日曜の夜はふたりきりで家にいたと主張しているのだから、当然アリバイがない。おれたちは、ほかになにもつかんでいない。フェスタは口を閉ざしているし、十分な理由がない以上、愛人を聴取することもできない。なんたらかんたら男爵夫人から聞き出せたのは、被害者が聖女だったということだけ。これからどうしたらいいんです？」

ロヤコーノはため息をついた。

「さあな。なにかいい手を考えて、どうにかしてフェスタに話を聞かなくてはいけないな。しかし、どうしたものか。どのみち、今夜はもうなにもすることがない。家に帰ろう。ひと晩寝れば、いい考えが浮かぶかもしれない」

アラゴーナは前後の確認もしないで、いきなり車を出した。

第四十一章

ジョルジョ・ピザネッリは踊り場で、隣人のラピアーナ叙勲者《コンメンダトーレ》に出くわした。「こんばんは」と挨拶を交わし、急いでいたのでおしゃべりをせずに小脇に抱えた書類封筒を言い訳がましく見せ、玄関に駆け込んでドアを閉めた。

それでも、数滴の尿が漏れるのを避けることはできなかった。鋭い痛みに呻きながら放尿し、便器についた数条の血痕を見なかったことにして水洗ボタンを押す。勢いよく出た水が不安と憂慮、わずかばかりの罪悪感を流し去った。

ステレオのスイッチを入れる。古ぼけたアパートメントの部屋に、モーツァルトの純真な魂が満ち満ちた。ラピアーナは年金生活に入って以来、盗み聞きをするようになった気がする。あいつは独話をしているのかと、優越感を持たれるのはまっぴらだ。それに、今夜話す内容はとりわけ聞かれたくない。

封筒を居間のテーブルに置いて写真と書類を出し、交響曲K550を口笛で吹きながら、順番に並べていく。

また起きたよ。ピザネッリは話し始めた。レオナルドは、わたしが自分の不安や心の重荷、苦しみをほかのものに転嫁していると言う。妄想から解放されて自由にならなければいけないそうだ。だが、妄想なんかじゃない。同感だろう？

たとえばこれだ。先週、管区の外のダンテ広場の地下鉄駅で、ホームに入ってくる電車に老婆が身を投げた。信じられないことに、ラッシュ時だというのに、誰もなにも気づかなかった。電車には数多《あまた》の乗客がいたし、ホームでは十五分間隔の電車に乗り込もうと大勢が押し合いへし合いしていたのにさ。奇妙だろう？

だが、奇妙な点はこれまでと同様に、ほかにもたくさんある。聞いておくれ。現場は管区の外だった。聡明なきみのことだから、きっと訊くだろう。どうやって、それを知ったのか。書斎の壁に貼ってある新聞の切り抜きや写真の『自殺』と、どう結びつくのか。どちらの疑問も簡単に説明がつく。カルメラ・デル・グロッソ七十九歳は、管内のノチェッレ小路三に住んでいる……住んでいたんだよ。もっともそこに長く住むことはなかったろう。しばらく前に退去通告を受けていて、強制退去は時間の問題だった。だから？　自殺をするに足る理由だろうか？　退去通告を受け取ったくらいでみんながみんな地下鉄に身を投げていたら、いくら電車の本数を増やしたって足りやしない。

同僚たちは口をそろえて言う。ピザネッリ、いい加減にしろ。彼女は貧困にあえいでいた。家賃を払うことができず、行く当てもなかった。だから自殺した。そこで、わたしは反論した。間違っているところがあったら、教えておくれ。命を絶とうとしている老婆が、食料を入手するためにわざわざダンテ広場まで行くか？　彼女は、わずかばかりの代金を受け取ろうとしない知り合いの八百屋まで出かけていったんだ。ちなみに、その食料の入ったポリ袋はホームに置きっぱなしになっていた。

そうだろう、愛しい妻《アモーレ》？　うん、そのとおりだ。つまりこういうことだな。線路に身を投げるために、はるばるダンテ広場まで行ったりしない。どうせ死ぬなら、自宅で死ぬさ。そうすれば、自分を追い出すためにやってきた極悪人どもが悪臭ふんぷんたる死体を発見して、良心がチクリと痛むかもしれないじゃないか。ところが、デル・グロッソは節約するために……えぇと、調書によると、トマト二個、バジリコひと束、リンゴとマンダリンそれぞれ一個、あとベビーチーズ一パック……いくらだ？　四ユーロ、五、六ユーロ？　それを節約するために、出かけていった。死ぬつもりの老婆が？

それなのに、愚か者どもは書類仕事や聞き込みを面倒がって、さっさと処理してしまった。自殺だよ、ピザネッリ。あきらめろ。自殺に決まっている。なぜ、愚か者どもはこう断言するのか？　遺書があるからだ。

では、遺書のことを考えてみよう。かの悪名高き遺書のことを。例によって、活字体で書いてあった。手が震えた様子はまったくなく（八十近くなのに、印刷したみたいに整っていた！）、つづりの間違いもない。彼女は小学校五年までしか学校に行っていないんだよ。それに家には古いテレビがあるきりで、本も新聞もなかった。遺書の中身はこうだ。『もう耐えられません。自分の意思でこの世をあとにします。神よ、お赦しください』これが自殺を決意した人の言葉だろうかね？

遺書はポリ袋に入っていた。チーズやなにかと一緒に。この世に別れを告げる手紙なら、家に残すと思うんだがなあ。テーブルの真ん中に置くとか、なんらかのちゃんとした形で。だが、そうはしないでダンテ広場まで持っていった。

前からずっと疑っていたが、いまは確信に変わった。単独か複数かはともかく、何者かが人を殺して、自殺に偽装しているんだよ。レオナルドも、オッタヴィアやパルマ署長など職場の仲間も、ノイローゼだとか老いぼれの執念だとか言う。要するに、わたしが完全に壊れたと思っているのさ。そのくらいお見通しだ。

壊れてなどいるものか。わたしが正気なことを、きみは知っている。それに、あの人たちの死が自殺ではないことをわたしが確信している理由も、きみは知っている。

きみは知っている、愛しい妻。きみはなにもかも見えるところにいるのだから。でも、それだけではない。きみ自身が自殺をしたから、わかるんだ。きみは痛みが次第に激しくなっていくときの恐怖や、医者に宣告を受けるときの胸が締めつけられる思いを知っている。

そして、それに耐えることができなかった。

きみの瞳から生きる意欲が次第に消えていった。きみの沈黙は日を追って長くなり、目は虚空をさまよった。口数が減り、きみの魂を曇らせる死神を追い払うために続けた、わたしの他愛ないおしゃべりに耳を傾けなくなった。

逝きたかったのだね、愛しい妻。チャンスが訪れたとき、きみは無意味な言葉を連ねることなどしなかった。パーティーやお涙頂戴の映画ではないからね。きみは淡々と実行した。持っていた薬を全部掌に載せ、ひとつ、またひとつと口に入れていった。いったい、どれほど時間がかかったことだろう。

しかもきみには、苦しむことがわかっていた。わたしがどこかで人間のクズの犯罪者を追いかけ、地上に存在しない正義を求めているあいだに、もだえ苦しみ、自分の吐物《とぶつ》で窒息死することがわかっていた。

逝きたかったのだね、愛しい妻。死なせてもらいたかったのだね。前の日の夜、わたしの手を握って、涙のあふれる目にありったけの愛を込めて見つめてくれた。てっきり具合が悪いのだと思って、気を紛らわせようとしたっけ。でも、違った。あのまなざしで、遺書を書いてくれたのだね。

トマトやチーズの入ったポリ袋を持ったカルメラ・デル・グロッソは、死ぬつもりなどなかった。きみは死にたかった。だからこそ、わたしにはわかるし、真実を追い続けなければならない。やめるわけにはいかない。生きなければならない。いまいましいがんに命を奪われる前に、誰がなぜこの人たちを殺したのかを突き止めてやる。

そのあとでまた会おう、愛しい妻。

そうしたらもう、二度と離れはしない。

第四十二章

フランチェスコ・ロマーノ巡査長はいやな予感がして、帰宅を渋っていた。

昼間、何度も妻と連絡を取ろうとしたが、ジョルジャの電話はつながらなかった。話したいことがたくさんあった――ほんとうに、すまなかった。暴力をふるった自分が、心底いやになる。最近、仕事のことで苛々していてね。ポジリッポ署から、あんなふうに追い出されただろ。もっとも、あそこのおべっか使いの腰抜けたちと一緒に仕事をするのは、最悪だったけどな。新しい職場に赴任してまだ数日だけど、ちょっと変わっているのはともかくとして、意外にもけっこう居心地がいいんだ。とにかく、これからはうまくいくだろうから、以前みたいに仲のいい生活に戻ろう。

電話がつながれば、愛していると伝えたことだろう。ジョルジャがいなくては、生きる意味がない。粗暴な態度をつい取ってしまうが、内気な青年の心はまだ残っている。きみの誕生日に大きなバラの花束を贈ってびっくりさせた、大学時代のままだ。クソいまいましい録音音声が『おかけになった番号におつなぎすることができません』と五分おきに告げなければ、こうも伝えたことだろう。子どもができないくらいで、長年続いた強い愛情は壊れない。きみはかけがえのない妻だ。

しかし、電話はつながらなかった。そしていま、フランチェスコ・ロマーノ巡査長は家の周囲を車でぐるぐるまわって、到着を遅らせていた。ジョルジャが家にいなければ、自分の脆《もろ》い心がずたずたに裂けそうで怖かった。

本性は、手に負えない野獣と同じだ。本性は、遅かれ早かれ露わになる。思いがけないときに露わになって、最悪の事態に直面する羽目になる。

ロマーノは、ついに少し離れた場所に車を置いて歩き、共同玄関の前に立った。夜のとばりが下りても風はいっときとして休むことなく吹き荒れている。ここ数日、ずっとこうだ。宙を舞う落ち葉や紙クズ、ポリ袋、小枝が懊悩《おうのう》をいっそう濃くした。

魔のひとときについて、ロマーノは幾千回も考えた。魔のひとときのあいだは、真っ赤な幕が目の前に降りたようになる。誰かがハンドルをつかんで車を勝手な方向へ進ませるかのように、自分自身をまったくコントロールできなくなる。もし、魔のひとときの行動について自由に話してみろと言われたら、あの数分間はそれが正当に思えたと、答えることだろう。世間の考えでは非常識であっても、自分には正当に思えた。男の首を絞めるのも、妻をひっぱたくのも、意識を失うまで誰かをぶちのめすのも。それ以外の行動は考えられなかった。

ロマーノは答えたあとに、質問することだろう。あんたは正直者かい？　殺したいくらい憎い相手に、笑顔で接することはないか？「あたし、ときどきあなたのことが理解できないの」とのたまう女のかわいい顔から肉を噛みちぎりたいのに、「そうかい、じゃあ説明してあげるよ」とおだやかに紳士的に答えることはないか？　それでも、自分は正直者だと主張するのか？

ロマーノは共同玄関のドアをしばらく見つめたあと、鍵を取り出して開けた。エレベーターを使わずに、階段を上った。もし、自分の行為がもたらした結果に直面することになるのなら、たとえ数分でもそれを遅らせたい。段を数えながら上った。二十、三十、四十。息を整えて、自宅に入った。

真っ暗だ。静まり返っている。吹き荒れる風が部屋に忍び込もうとして、よろい戸を揺らした。ロマーノは暗い玄関で耳を澄ました。暗がりでじっとしていても、家のなかの物音は変化する。誰かがいるといないでは、大違いだ。いまのいままで、無人だったことは明らかだ――おかけになった番号におつなぎすることができません。

深いため息をついて、明かりをつけた。とくに変わったことはない。置物も洋服掛けも、カーペットもいつものとおりだ。正常だ。ただ、夕食のにおいがしなかった。テレビの音も食器の触れ合う音も、お帰りなさいのキスもない。

コートを脱いで、洋服掛けに吊るす。水中で動いているみたいに手足が重たかった。喉や耳の奥で、鼓動がやけに大きく響いた。

ダイニングルーム。テーブルの上に食事の用意はやはりない。愛のぬくもりは、どこにもなかった。だが、一日じゅう無意識のうちに恐れていたもの、虚しく電話を切るたびに瞼《まぶた》の裏に浮かんだものがあった。

便箋が一枚。

それは二つ折りにして、ペンと一緒にテーブルの中央に置かれていた。なんだろう？　早く予想をつけなくては、とロマーノは焦った。さもないと、心のうちに棲む、いつも勝手な方向におれを動かすあいつが、バカ笑いをしてこう言うに決まっている。なにが予想だ、間抜け野郎。手に取って読むのが怖いから、予想だなんてたわごとを並べてるんだ。だったら、ケツを拭くのに使うがいい。

ロマーノは便箋を手に取った。妻の筆跡だ。少女のような丸い字をよくからかったことを思い出して、顔をしかめた。

読まないでおこうか。丸めて捨ててしまおうか。そうすればなにもかも元どおりになるかも……

ロマーノは読み始めた。

そして、最後まで読んだ。

親愛なるフランチェスコ

わかっていたのよね、あなた。いつかこうなると、あなたにはわかっていた。あなたはそれを望んでいたのだもの。そして、このあいだの夜、ついにそうなった。

わたしはあなたをずっと愛していた。生涯にただひとりの人であり、夫であり、子どもの父親になる人だとずっと思っていた。手を携えて、ともに老いていくつもりだった。まだ若かったとき、愛という言葉について考えるたびに、あなたを思い浮かべたわ。でも、ふだんは涙が出るくらいにやさしいあなたが恐ろしい一面を持っていることも、承知していた。ときどき、あなたの目に浮かんだものを見て、怖くなったわ。

女は大勢のなかからひとりの男を選び、欠点を見つけても自分が変えることができると考える。でも、男というものは変わらない。いっぽう、男は女を選び、彼女が永遠に変わらないことを願う。でも、女というものは変わり続ける。

わたしは以前と変わったし、あなたは少しも変わらない。そこで、それぞれ違う道を歩みながら、一緒に暮らしていた。

このあいだの夜までは。

あなたはそれまで、わたしに暴力をふるったことはなかった。手を上げかけたことは、何度もあったわね。椅子の肘掛に置いた腕が震え、シャツの下で筋肉が動き、奥歯を噛みしめているときがあった。表情のない目で虚空を見つめるときもあった。でも、決して手は上げなかった。

だけど、このあいだの夜は違った。

殴られたこと自体は、どうでもいいの。唇が腫れたことも、目のまわりにアザができたことも。

わたしはあなたが怖い。それが問題なの。いまもこれからも、自分が恐れている人のそばにいることはできない。

いったい、なにがいけなかったのかしら。わたしは、子どもができなかったことかもしれない。あなたは、仕事でつまずいたこと？　とにかく、なにかが壊れ、もう元に戻すことはできない。

出ていきます。捜さないでね。わたし自身もつらいけど、あなたはもっとつらいだろうと思って、直接話すことができませんでした。もう会わないほうがいいわ。あなたのことが怖くてたまらない。これまでの楽しい思い出を、恐怖で消してしまいたくないの。

ジョルジャ

哀惜と慈しみを込めて

ロマーノはなにかに操《あやつ》られているかのように、手紙をテーブルに置いた。二度と歌うことのない鳥の骸《むくろ》を横たえるように、やさしくそっと。

のろのろと寝室へ行った。

ベッドはていねいに整えられていた。きちんと並んだ二つの枕。皺ひとつないベッドカバー。ベッドの端に立った。洗いたてのシーツだ。ジョルジャは体臭も持っていってしまった。

親愛なるフランチェスコ——いつもはフラと呼んでいたのに。愛を交わすときは、だいじな人、愛しい人、と呼んでいたのに。親愛なるフランチェスコ、ときた。これではまるで赤の他人か、職場の同僚、さして親しくない友人みたいじゃないか。親愛なるフランチェスコ。

耳を聾《ろう》するばかりに大きくなる鼓動を意識しながら、ロマーノは洋服ダンスの前に行った。

哀惜と慈しみを込めて？　なにが言いたい？　慈しみは、犬や赤ん坊にくれてやるものだ。哀惜は誰かが死んだときに使う言葉だろう？　ここに犬はいないし、誰も死んでいない。おれたちは生きているんだぞ、ジョルジャ。だから、元に戻すことができると思わないか？　きっとできる。

そう望みさえすれば。

洋服ダンスの上を見た。思ったとおり、大型のスーツケースがなくなっている。書置き、洗いたてのシーツ、スーツケース。三つの証拠が導き出す結論はひとつだぞ、フランチェスコ・ロマーノ巡査長。

扉を開けた。空だった。虫よけのラベンダーの小袋が片隅に落ちている。これを〈イケア〉で買った日は、店で一日過ごしてさんざんな目に遭った。

そっと扉を閉めて、なあ、ジョルジャ、と心のなかで呼びかけた。きみが満足するまで、〈イケア〉で付き合ってやったじゃないか。それは勘定に入らないのか？　どうでもいいってのか、こん畜生。あなたがおかけになった番号におつなぎすることができません、フランチェスコ・ロマーノ巡査長、永遠に。

扉を思い切り殴りつけると、穴が開いた。

ロマーノは嗚咽した。

第四十三章

夜だ。また夜が来た。三日目の夜。

海水が宙を舞い、目を曇らせ、髪を濡らし、息を詰まらせた夜から数えて、三日目の夜。風と血と悲嘆に満ちた夜。

あなたを思い出して飛び起き、眠れないうちに三日目の夜が過ぎていく。あなたの最後の言葉がいまも耳に残る。

——お断りよ

あの音が聞こえた夜。木の枝が折れるときか、大きな昆虫を叩き潰したときのような、かすかな湿った音——ブチッ。スノードームは役目を果たすと、どこかへ転がっていった。自分のしたことに恐れをなして、隠れたのだろうか。

あなたの背中とあの音を思い出す。わたしに背を向けたのが、間違いだった。背を向けるべきではなかった。悪いのは、あなただ。わたしに背を向けたから、死ぬことになった。

犯人を突き止める可能性は、犯行後七十二時間経つと六〇パーセント低くなる、と読んだ覚えがある。むろんゼロにはならないが、著《いちじる》しく低下するらしい。

警察は突き止めるだろうか。わたしは捕まるのだろうか。とにかく、あのブチッという音は一生忘れない。

後悔はしていない。あなたは背を向けたり、あの言葉を口にしたりしてはいけなかったのだ。

——お断りよ

人に背を向けてはならない。とりわけ、わたしには。それに、真の愛の行く手を阻んではならない。あなたほどの読書家なら、愛の邪魔をすることはできないとわかっていただろうに。愛が求めるのは支援と従順、賛美だ。愛は主人公だから、軽んじたり、舞台裏で待たせたりしてはいけない。

背を向けるなど、もってのほか。

あの夜の海を思い出す。ブチッと音がしたあと、わたしは歩いた。延々と歩いた。わたしの姿は強風が巻き上げる海水に紛れ、誰にも気づかれなかった。

ひとりになって考えたかった。そうすれば、解決策が見つかる。必ず、見つかる。

三日目の今夜は、歩く必要がない。家で静かに過ごす。

そして、あなたの言った『お断りよ』を思い返す。やつれた悲しそうな顔や背中を思い返す。

あなたはわたしに殺されたかったのだろうか？　もしかして、それを期待していたのだろうか？

統計によれば、今夜が過ぎれば六〇パーセント低下する。

三日目の夜。

ブチッ。

眠りに落ちることができればいいのに。

第四十四章

オッタヴィアはとてつもなく早い時刻に分署に着いた。夫のガエターノには、仕事上の必要があって夜明け前に出勤しなければならないと説明したが、実際は家にいたくないからだった。

プールでの一件は夫に知られずにすんだが、リッカルドはあれ以来、以前にも増して母親を求めるようになった。ほんのわずかな時間でも離れていることをいやがってつきまとい、腕にしがみついて料理やこまごまとした家事を妨げる。オッタヴィアがトイレに入れば、ドアの外に座って頭を打ちつける。ドン、ドン、ドン、ドン。きっかり一秒に一回。まるで振り子時計だ。気が変になりそうだった。少なくともきょうは、息子が目を覚ますずっと前に家を出たので、無言でついてくる彼を押し返す苦労はまぬがれた。それにガエターノにまたもやセックスを求められずにすんだ、と心の隅で安堵した。

分署の入口でグイーダ巡査に挨拶をした。眠そうだが、制服をきちんと着ている。これほどまでに劇的な変化を遂げて模範的警官になった原因はなんだろうと、彼を見るたびに首を傾げてしまう。夜と曙《あけぼの》がせめぎ合う薄暗い刑事部屋に入ると、隣の署長室のドアの隙間から光が射していた。抜き打ち査察だろうか。四人の同僚が押収した薬物を横領して密売するという不祥事を起こしたときは、司法省や警察のさまざまな組織に加えて、匿名ファックスによって信任された秘密組織に至るまでが数えきれないほど何度も査察を行った。でも、あの件は終わったはずだ。

オッタヴィアはドアの隙間から覗いてみた。卓上ランプがデスクの一部を照らし、散らばった書類にペンとラインマーカーが見えた。それに、書類の上に置かれたぴくりとも動かない三本の指も。

心臓が飛び出しそうになった。

あれは、オッタヴィアが十六歳のときだった。絵が得意だった彼女は、弁護士の父のカリカチュアを描いて、書斎へ見せにいった。男の子が三人続いたあとの女の子とあって、父と娘の絆《きずな》はとりわけ強かった。

絵を持って書斎に入ったとたん、オッタヴィアの微笑は唇の上で凍りついた。父親はデスクに片手を置き、書類の上に突っ伏して冷たくなっていた。心筋梗塞だった。オッタヴィアはその後、二度と絵を描かなかった。

突如、二十五年前の恐怖が生々しくよみがえった。パルマ署長は父とまったく同じ姿勢を取っている。あの世への旅に向けて母と着替えをさせる前に、書斎で見た父の遺体とそっくりだ。オッタヴィアは目を見開き、手を口に当てて呻き声とも悲鳴ともつかない声を漏らした。

と、パルマ署長の遺体が跳ね起きて、きょろきょろとあたりを見まわした。目が充血し、髪も衣服もいつもよりいっそう乱れている。ぼさぼさの髪、頬に斜めに走るデスクの縁の跡、二日ぶんの無精ひげに皺くちゃのシャツ。こんなにすてきな人を見たのは生まれて初めてだ、とオッタヴィアはうっとりした。

「うん？　誰……ああ、オッタヴィアか、おはよう。うっかり寝てしまった。いま、何時だ？」

オッタヴィアは努めて呼吸を整えて、時計に目をやった。

「おはようございます、署長。びっくりさせて、すみません。まだすごく早くて……六時十五分前です。早朝出勤をなさったから、うとうとしたのでは……」

パルマはあくびをして目をこすり、眠気を払った。

「いや、そうではなくてゆうべは家に帰らなかったんだ。幸い、こんなこともあろうかと下着とシャツの替えを置いてある。ひげ剃りとシャワーに必要なものも全部。惨めだろう？　仕事にかまけてばかりいる男の末路だよ」

オッタヴィアはためらいがちにあとずさりした。

「じゃあ、お邪魔にならないように、向こうの部屋でコンピューターの用意をしています」

パルマは慌てて手を振った。

「いや、待ってくれ。朝食を付き合ってくれないか。分署の前の二十四間営業のバールから、なにか持ってこさせる。なにがいい？　カプチーノか？　クロワッサンは？」

そう言って、早くも受話器を手にしている。オッタヴィアは迷ったが、一歩前に進み出た。

「じゃあ、コーヒーをお願いします。ふだん、朝は牛乳をコップ一杯飲むだけなので……そのう……食べるものに気をつけているというか」

その注文を伝え、パルマ自身はカフェラテとブリオッシュ、オレンジジュースを頼んだ。

「そいつは感心しないな。朝食が一番重要なのに。差し出がましいが、一グラムたりとも減量しないでもらいたい。いまのままで完璧だ。さあ、ここに座って」

オッタヴィアは、お世辞を言われて頰を染めた自分を腹立たしく思いながら、デスクに向き合った椅子に腰を下ろした。

「ありがとうございます。でも、ほんとうにあと数キロ減らさないといけないんです。あの、なにか問題が起きたんですか？　それで署に残っていらしたんですか？」

オッタヴィアはなにを話せばいいのか、わからなかった。満たされない日常から逃避する手段としてここ数日間弄《もてあそ》んでいた空想がいざ現実になると、どぎまぎするばかりだ。そこで、無難に仕事の話をすることにした。

いっぽうパルマは話し相手ができたのがうれしい様子で、そそくさと散らばった書類を片づけてデスクの上を空けた。

「いや、そうじゃない。いつだって、なにかしらやらなければならないことがあってね。警察の仕事の八割は書類の作成で、誰かがやらないといけない。それに、分署の閉鎖を本部長に思いとどまらせるためには、ここ数週間が勝負だ」

オッタヴィアは目を丸くした。

「でも……その問題は解決済みだと思っていましたけど。四人が新しく配置されたし、組織改革も……」

「あいにく、まだ安心できないんだ。本部長は、組織全体をしっかり立て直して管区民の信頼を取り戻さない限りはここを閉鎖する、と明言している。県警本部のみならず県庁でも、ここの人員をほかの分署に振り分けたほうがいいという意見が大勢を占めているんだ。おまけに近くに治安警察隊《カラビニエリ》の兵舎があるし、それで……」

オッタヴィアは胃の腑をぎゅっとつかまれたような気がした。

「わたしたちにできることはないんですか」

パルマが顔を上げる。ぼさぼさの髪、皺くちゃのシャツ、頬についたデスクの縁の跡。道端でサッカーをして帰ってきた少年のようだ。オッタヴィアは、愛しさで胸がいっぱいになった。

「みんな熱心に働いて、最善を尽くしてくれているじゃないか。現場に出ている刑事たちは順調に捜査を進めているし、きみもピザネッリも期待どおりの後方支援をしてくれている。もちろん、フェスタの妻を殺した犯人を早急に逮捕することができれば最高だが、遅くとも来週中に大きな進展がないとな。さもないと、捜査権をよそにまわされてしまう。大勢の有力者がこの件に注目しているんだ」

オッタヴィアはパルマを励ましたかった。

「でも、中国人《チネーゼ》はとても優秀だと思います。口の悪い連中は、『クロコダイル事件』では運がよかっただけだと言いますが、運だけではないんじゃないでしょうか」

パルマは笑った。

「中国人か。ロヤコーノがそう呼ばれているのを、わたしも聞いた。たしかに、あの顔立ちは東洋人みたいに見える。うん、あれは運だけじゃない。彼はほんとうに優秀だ。あのとき実際に見ていたのだが、われわれ全員が見当違いの線を追い続けているのに、彼ひとりは事件の全貌を完全に把握していた。もっと早く彼の意見に耳を傾けていれば……ま、それはともかく、うまくいくように祈ろうじゃないか。ところで、きみはどうしたんだ？　こんなに早く来て、なにをするんだい？」

オッタヴィアは、言葉に詰まってうつむいた。

「あの……ええと……なんだか眠れなかったので、ベッドでぐずぐずしているよりは少しでも仕事を片づけたほうがいいと思って。いま、ディ・ナルドとロマーノのために、建築家のジェルマーノ・ブラスコについて情報を集めていますが、彼はあの業界でとても権威があって、多くの会社を傘下に抱えて各地で仕事を……」

パルマは、オッタヴィアが話題を変えようとしているのに気づいて好奇心を刺激され、しげしげと彼女を見た。

「どうして眠れなかったのかな。まさか、息子さんになにかあったんじゃないだろうね」

オッタヴィアははっと顔を上げて眉をひそめた。

「いいえ、とんでもない。でも……息子のなにをご存じなんです?」

署長はばつの悪そうな面持ちになった。

「すまない。じつは……全員の身上調書に目を通したのでね。私生活に立ち入るつもりはなかった。申し訳ない」

オッタヴィアは沈痛な面持ちで、ため息をついた。

「いいえ、こちらこそすみません。ただ、苦労が多くて……同情されるとかえってつらくなるときもあって」

「そうだろうね。じつは一歳年上の兄がダウン症だった。十何年も前に、二十歳で他界した。両親はずいぶん苦労していた。それに兄のことを恥じているようでもあった。だけど、わたしは兄が大好きで、いつも一緒にいた。兄が亡くなったときはまだ若造だったけど、人生で一番つらかった。むろん、母のように深くは関わらなかったが、どれほど大変か、ほかの人よりは理解できるつもりだ」

質問がオッタヴィアの口を衝いて出た。

「お子さんはいらっしゃらないんですか」

「どうしても、くだけた言葉遣いをしてくれないんだね。でも、そのうちさせてみせるよ。いや、子どもはいない。それに、見てのとおり、ひと晩家を空けたところで心配してくれる妻もいない。少なくともいまは。離婚したんだ」

今度はオッタヴィアがばつの悪い思いをした。

「すみません。ちっとも知らなくて……」

パルマは頭を掻いた。

「かまわないさ。もう三年も前の話だから、痛くも痒《かゆ》くもない。それに正直なところ、離婚してせいせいしたよ。最後のころはまさに地獄だったからね。ときとして、結婚生活は刑務所よりも悲惨だ」

刑務所よりも悲惨。オッタヴィアは胸の内でうなずいた。そう、はるかに悲惨だ。刑務所暮らしは、いつか終わる。カレンダーに印をつけて、残りの日々を消していくことができる。そこで、こう言い添えた。

「たしかにそうですけど、せっかくせいせいしたのに、オフィスで眠って過ごすのはもったいなくありませんか」

パルマはしばし考え込んだ。

「なあ、オッタヴィア。オフィスで何時間も過ごす理由は、二つのうちどちらかだと思う。ひとつは、ほかにすることがないから。もうひとつは、ほかのどこよりもオフィスにいることが好きだから。どうだい？」

ちょうどそのとき、眠たげなバールのウェイターが盆のバランスをかろうじて保って、戸口に現れた。

「ああ、朝飯が来た！　さて、ブリオッシュを分けて食べようじゃないか。さもないと、ひがむよ。こんな寝起きの無様な恰好に怖じ気をふるって、逃げていったたって」

そう言って、顔をしかめてみせる。

オッタヴィアは笑った。いい日《ボンジョルノ》だわ。

パルマは思った。いい日《ボンジョルノ》だ。

第四十五章

午前も半ばを過ぎたころ、絶妙のタイミングで爆弾が炸裂した。

その朝、刑事部屋の雰囲気はお世辞にも明るいとは言えなかった。

オッタヴィアは、自分自身と向き合わずにすむよう仕事に打ち込み、唇の隙間から舌を少し突き出し、眉間に皺を寄せて一心不乱にコンピューター画面を見つめていた。

ピザネッリは頻繁にトイレに立つほかは、古いファイルをぱらぱらめくって、あの世へ旅立った十余人が残した遺書のコピーと睨めっこだ。

ディ・ナルドとロマーノは、オリヴェラ通り二一二にある、アヌンチアータ・エスポジートの実家に出向いて事情を聞く準備をしていた。ディ・ナルドはロマーノの顔を盗み見た。一睡もしていないのか、表情を殺した顔は灰色で、七時半に出勤して以来ひと言も発していない。

アラゴーナとロヤコーノは、前日に聴取した被害者のお手伝い並びに管理人の調書を作成中。捜査は完全に行き詰まっていた。確たる根拠がないために、当初に立てた仮説をどれも排除することができない。泥棒の居直りによる殺人の線も、痴情または金絡みの殺人の線も残っている。「せめてドアにこじ開けた跡があればなあ」アラゴーナは言ったものだ。「よっぽど、自分でつけようかと思った。そうすれば、お手伝いのボーイフレンドのルーマニア野郎をぶち込める」

ロヤコーノは私的な問題でも頭を悩ませていた。昨夜、レティツィアのトラットリアで夕食をとっていたときのことだ。アラゴーナの危険きわまりない運転と、そこからの奇跡的な生還を語っている最中の思いがけない時刻に、マリネッラが電話をかけてきた。

娘は母親との激しい諍《いさか》いを涙ながらに訴えた。

「あのバカ女ったら」と、すすり泣く。「バカ女ったら、自分は好き勝手なことをしているくせに、あたしを家に閉じ込めようとするの」

ロヤコーノは娘をたしなめた。

「自分の親をそんなふうに呼ぶものじゃない、いい子だから。ママはきみのためを思ってうるさく言うんだよ」

よりによって、ソニアを娘からかばうことになるとは皮肉な巡り合わせだ。だが、遠く離れているとあっては、そうするほかなかった。

「ほんとに最低なんだから！　自分の部屋で友だちといるときに、友だちがタバコを吸ったの。あたしじゃなくて、友だちが吸ったのよ！　そしたら、カンカンになって部屋に入ってきて、怒鳴り散らしたんだから。すごく恥ずかしかった。友だちは目をまん丸くして、吹き出しそうになっていた。あたしはもう子どもじゃない！　パパは遠くにいてもそれをわかってくれるけど、オニババアは一緒に暮らしているのにわかってくれない」

ロヤコーノがなだめるうちに、十五分ほどして娘はようやく泣き止んで落ち着いた。最初は母親への面当てに友人の家に泊まりにいくと言い張ったが、鍵をかけて自分の部屋に閉じこもっていてもいいから家にいろ、とどうにか説得したのだった。

電話をすませて店内に戻ると、レティツィアは冷めたリガトーニを作りたてと取り替えさせ、親子喧嘩のことを知ってロヤコーノをなぐさめた。

「離れていると、どんな些細なことでも重大に思えるのよ。とりわけ、女どうしのいがみ合いはね。マリネッラの言うとおりよ。彼女はもう子どもじゃない。りっぱな女性だわ。両親はそれに気づくのが、誰よりも遅いの」

胸元が大きく開いた鮮やかなブルーのアンゴラセーターは、彼女の豊かな胸を際立たせ、それが原因で口論になったカップルもいたほどだ。警部の気を引きたいレティツィアは、無意識のうちに——正確にはある程度意識はしていたが——自分の美点をアピールしていたが、いろいろな悩みを抱えている警部には、素っ裸でテーブルの上で踊ってみせても効果はなかったことだろう。

ロヤコーノは不安の残る口ぶりで言った。

「少なくとも、打ち明けてくれるからまだいい。これが半年前だったら、ひとりで悶々としてなにをしでかしたかわかったものじゃない。心配でしょうがないよ」

レティツィアは笑った。

「この近所の高校の生徒たちは、午後に用事があって家に戻る時間がないときなんかは、連れ立ってお昼を食べにくることがよくあるの。そういうときは、安く食事を出してあげるのよ。その子たちの話を聞いていると、こちらが想像しているよりずっといい子だってわかるわ。やさしくて熱意があって、理想を持っている。ひねくれて冷めているように見えるけど、実際は自分のやりたいことがわかっているし、世の中をもっとよくしたいと思っている。不良なんてほんのひと握りで、おとなの比じゃないわ。あとの子たちは、若いというだけ。あの年頃のわたしたちと同じよ。わたしだったら、あまり心配はしないわね。親子喧嘩なんて、ごく当たり前のことよ。わたしなんか、しょっちゅうしていた」

そう言って、テーブルに置かれたロヤコーノの手を撫でた。ロヤコーノはにっこりした。

まんじりともしない一夜を過ごしたいま、相談相手もなく重い心で学校に行ったであろう娘を思うとロヤコーノは憂鬱でしかたなく、仕事に身が入らなかった。刑事部屋の重苦しい雰囲気も、明るい見通しを与える助けになるものではなかった。

だが、爆弾はいまにも炸裂しようとしていた。

爆弾の持ち主は、分署の中庭にしずしずと入ってきたブルーの車に乗っていた。

運転手に先んじてドアを開けて降り立つと、濃いグレーの堅苦しいスーツでは隠すことのできない女性的な魅力を存分に発散させて足早に玄関を入り、腰を浮かせて誰何《すいか》しかけたグイーダ巡査の横を素通りして、階段を駆け上った。

そして、刑事部屋に飛び込んだ。小柄な体軀が発散する強烈なオーラは、常に違わず全員の注目を即座に集めた。彼女は黒い瞳を真っ先にオッタヴィアとアレックスに向けた。アレックスは憧憬《しょうけい》を込めた視線を、美貌の闖入者《ちんにゅうしゃ》へ返した。闖入者はロヤコーノに目をやって、サルデーニャ訛《なま》りで話しかけた。

「ああ、ロヤコーノ警部。署長に話があるので、一緒に来てちょうだい」

パルマ署長は彼女を見ていそいそと立ち上がったが、目には一抹の不安が浮かんでいた。

「おやおや、ピラース検事補。きのう話し合ったばかりなのに、またどうして……」

ラウラ・ピラース検事補は署長に座るように言って、自らも腰を下ろした。ロヤコーノは立っていた。

「おはよう、パルマ警視。直接話したほうがいいと思ったのよ。知らせたいことがあります。ここで話しても安全かしら?」

「大丈夫ですよ。ご安心を」

「ロヤコーノ警部には、チェチーリア・デ・サンティス殺人事件の捜査担当ということで同席してもらいます。間違いないわね?」

パルマはうなずいた。

「ええ、アラゴーナ一等巡査も担当ですよ。彼も呼びますか」

ピラースは慌てて手を上げて、制止した。

「とんでもない。あとで、警部が必要なことを伝えてくれれば十分です。捜査の状況は?」

ロヤコーノはパルマの合図を受けて説明した。

「残念ながら、行き詰まってしまって。お手伝い、管理人、公証人事務所の従業員など関係者全員を聴取し、ピザネッリの尽力で被害者の親しかった友人からも非公式に話を聞くことができたんですがね。盗品が発見されはしたが、泥棒が居直ったという線も、いまのところ排除できない。でも、それよりも浮気性の夫がなんらかの形で関わっている疑いが濃厚だと思うんだが、本人も愛人も聴取を拒否していて……」

ピラース検事補は相槌を打った。

「そんなことだろうと思ったわ。じつは、三十分ほど前に電話があったのよ。フェスタの弁護士からだった。刑事事件専門の有名な古ダヌキで、これまで関わったなかで一番厄介な、揚げ足取りのうまい偽善家」

パルマはため息をついた。金持ちはいつだって最高の弁護を手に入れる。そのとき、ピラースが爆弾を炸裂させた。

「フェスタが聴取を了承したわ」

ロヤコーノもパルマも、いったいどういうことなのか、と啞然とした。ピラースは一報が与えた効果に満足して、続けた。

「弁護士はくだくだ説明していたわ。自分は反対した。言葉を尽くし道理を説いて、依頼人を思いとどまらせようとした。誤解される可能性が高いし、警察は常に物事を悪いほうに解釈する云々。でも、フェスタの意思は固く、隠すことなどないし、無実だからなにも怖くないと言ってきかないんですって。そればかりか、ひそかに愛人と話し合ったらしく、どんな形であっても話の内容を公式には認めないという条件でよければ、彼女も聴取に応じるそうよ」

ロヤコーノは度肝を抜かれた。

「いったい、フェスタはなにを話すつもりなんだろう？　なんでまた、急に態度を変えたのかな」

パルマが答える。

「おそらく、ほんとうになにも隠していないが、それを証明することができないんじゃないか。そこで、捜査に協力すれば警察がなんらかの方法で無実を証明してくれると期待している」

ピラースはため息をついた。

「あるいは、ここ数日のあいだに自分たちが無関係だという証拠を捏造《ねつぞう》したのか。いくつも前例があるわ」

ロヤコーノは両手をポケットに突っ込んだ。

「少なくとも、ふたりから話を聞くことはできるわけだ。それに、フェスタがヨットクラブに連れていってゴシップ好きの連中を喜ばせた、悪名高き赤毛の美女をついに拝める」

ピラースがやり返そうとした矢先、オッタヴィアがドアから顔を覗かせた。

「ディ・ナルドとロマーノが確認に出かけます、署長。なにか伝えることはありますか」

「いや、とくにないな、オッタヴィア。すぐに報告を入れるようにとだけ、頼む」

ふたりのあいだに交わされた視線を、ピラースは見逃さなかった。美人の刑事と署長は惹かれ合っているらしい。よかった。なぜほっとしたのだろうと自問したが、答えを探すことはしないでこう言った。

「いまだにマスコミがうろついているのであることないことを書かれては困る、依頼人を検察局や県警本部には呼び出さないでくれ、と弁護士は要求してきたの。それから、聴取への同席を依頼人に断られたそうで、ご機嫌斜めだったわ。それはそうよね。同席すれば莫大な料金を請求できるもの」

パルマが訊いた。

「では、ここで聴取を？　それとも、フェスタの自宅へ行くつもりですか」

「いいえ、どちらでもないわ。そのことで、駆けつけてきたのよ。いまの段階では、ロヤコーノ警部とアラゴーナがふたりきりでフェスタの事務所に行くのが、最善だと思う。わたしが同席すると、どうしても公式な感じになるから、フェスタが警戒するわ。でも、自分の縄張りで面識のある警官に質問されれば、安心して素直に話すのではないかしら。それに、例の問題を忘れるわけにいかないでしょう」

ロヤコーノとパルマは理解に苦しんで顔を見合わせた。

ピラース検事補はため息をついた。

「知ってのとおり、この分署の存続はまだ決定的でないのよ。なんらかの成果が上がった場合は、ピッツォファルコーネ署の功績にしたほうがいい影響を及ぼすわ。わたしが介入すると、署だけの功績ではなくなってしまう」

パルマは感激した。

「心遣いに感謝します、検事補。ぜひ……」

ピラースは手を振ってさえぎった。

「いいのよ。どのみち、前に話したようにロヤコーノ警部を信頼しているし、今回も手腕を発揮してくれることを期待しているわ。それよりも、アラゴーナが失敗をしでかしそうで心配。用心して」

ロヤコーノは、ピラースを中庭の車まで送っていった。すると、ふたりに気づいたグイーダ巡査が即座に気をつけの姿勢を取って、おずおずとロヤコーノを窺った。ピラースは笑いを噛み殺した。

「前に来たときと比べると、分署全体が驚くほど変わったわ。ここが気に入った？」

ロヤコーノは肩をすくめた。

「どこであっても、やるべきことは同じさ。みんな優秀で、頑張っているみたいだ。もっとも、着任して一週間も経っていないけど」

「相変わらず、ひねくれているのね。少しはうれしそうな顔をしたら？　とにかく、分署が存続できるよう祈りましょう。まだ、安心できないのよ」

ロヤコーノは、子音を重ねるサルデーニャ訛りとえくぼに刺激され、検察官に対する敬意からはほど遠い、不埒《ふらち》な場面をつい思い描いた。

「ベストを尽くすと約束する。いつもみたいに」そう言って、強い光を放つ黒い瞳を見下ろした。

「そうね、いつもみたいに。そして、たまには生きることを思い出して」

ピラースは車に乗り込み、運転手に合図して去っていった。彼女の言葉の意味をつかみかねて、ロヤコーノは首をひねって見送った。

第四十六章

オリヴェラ通り二―二二を探し当てるのは容易ではなかった。

網目状に入り組んだ細い坂道はどれも似たり寄ったりだし、作業をしている様子のない、傾いた建物を保護するための鉄パイプ製足場が歩行を妨げる。おまけにさかな屋、八百屋がただでさえ狭い車道を堂々と侵略するだけでは飽き足らず、道路沿いに並べた椅子で駐車を阻む始末だ。絶え間なく行き来するスクーターが、バッソからバッソへと駆け巡る子どもたちに排気ガスを吹きかけ、野良犬が道の真ん中で惰眠をむさぼり、配送トラックがうしろに並んだ車のクラクションもものかは、荷の積み下ろしをする。その混沌としたとめどない無秩序ぶりは、釜のなかで悪臭を発してふつふつとたぎる黒い液体を連想させた。こんなところによく住んでいられるものだ、とアレックス・ディ・ナルドはあきれ返った。

同時に、助手席に座っているロマーノの様子が気になった。常にも増して不機嫌で口数が少なく、嵐の到来を告げる遠雷に似た、無音の振動が伝わってくる。

車に乗っていては見つけられないと判断して車を降り、古い建物の壁にごくまれに刻印されている番地を確認しながら歩いた。ときおり、朽ちた大きな門の奥に見事な庭がぽっかり開けていたり、風に葉をそよがせる大木が姿を現したりして殺伐たる周囲を和ませる。

ようやく見つけた二二番とおぼしき建物の前にはトラックが駐車して、みすぼらしいバッソの出入口をふさいでいた。若い男がふたりで家財道具や段ボール箱、くたびれた家具を荷台に積み込み、漆黒の髪をプラスチックの髪留めで頭頂に束ねた肥満体の中年女が、しわがれ声の方言で指示を与えている。

ロマーノが女に声をかける。

「すみません、奥さん。ここは二二番ですか?」

女はむっつりして振り向いた。

「場合によるね。あんたら、誰を捜しているんだい?」

彼らの素性を、女はひと目で見抜いたに違いない。ここらの住民は遠くからでも警官の存在を嗅ぎつけるのだろう。この地域に足を踏み入れたときに居合わせた子どもたちが、「ヤバいぞ、おまわりが来た」と触れまわった可能性が、当然あるにしても。

ロマーノは、女のおしゃべりに付き合う気は毛頭なかった。

「誰を捜しているかは抜きにして、ここは二二番なのか違うのか、どっちなんです、奥さん?」

だが、どう見ても二二番のようだし、あんた、エスポジートさんだね?」

単刀直入な質問を放ったロマーノに内心で喝采《かっさい》を送って、アレックスはあらためて中年女を観察した。粗悪な食事に加えて早々に老化が始まったのだろう、ぶよぶよに太って目鼻が肉に埋もれているが、きのう会った目の覚めるような美人の面影がたしかにある。

女はゲラゲラ笑った。

「だから、なんなのさ。このあたりは、みんなエスポジートって名前だよ。あんたらが誰を捜しているのか、あたしにわかるわけないじゃない。それで、あんたらは?」

若者ふたりは荷積みの手を止めて、少し離れたところで押し問答を聞いている。向かいの窓から、男と女が顔を覗かせた。

息苦しいほどに強い敵意が漂った。アレックスはコートのポケット越しにベルトの下のふくらみに触れて心を落ち着かせた。

ロマーノは顎をわなわな震わせて、中年女を睨みつけた。アレックスは、いやな予感がした。

「奥さんの娘は、アヌンチアータ・エスポジート十八歳で、間違いないね？　だったら、奥さんと亭主に話がある」

中年女は窓から顔を覗かせているふたりに、目を留めた。

「なかに入って」

彼女はくるりと向きを変え、巨大な尻を揺らして室内に入った。前日にほれぼれと眺めたあのきれいな娘も、いつかは遺伝子によってこうなるのだろうか。それとも、体形に気を配るか否かの差なのだろうか。

バッソの内部はごった返し、ひと目で引っ越しの最中と見て取れた。男勝りの中年女は、おんぼろ椅子を派手にきしませて腰を下ろした。ほかに椅子はなく、刑事たちは立っているほかなかった。

「娘がなにかしたの？　なんで、捜しているのさ」

ディ・ナルドが答えた。

「娘さんを捜しているって、誰が言った？　あなたに用があるのよ。わたしはピッツォファルコーネ署のディ・ナルド、同僚はロマーノ」

中年女はタバコに火をつけて、せせら笑った。

「ここは管轄外じゃないか。ここらはモンテカルヴァリオ署だよ」

ロマーノがうなずいた。

「各署の管轄区域まで知っているとは、恐れ入った。あちこちの分署でしょっちゅう世話になっているんだろうよ」

トラックに荷物を積んでいた若者のひとりが文句をつける。

「おい、それはどういう意味だ」

アレックスは立ち位置をずらして女と若者ふたりを視野に入れ、不測の事態に備えた。若者はどちらも二十歳そこそこで、ひとりは中年女やきのうの娘と目鼻立ちが似通っている。

ロマーノは振り向きもせずに訊いた。

「おまえらは何者だ。礼儀知らずと思われたくなかったら、自己紹介しろ」

文句をつけたほうが一歩詰め寄ったが、中年女はそれを制止して言った。

「ふたりともあたしの息子だよ、署長さん。ピエトロとコスタンツォ。勘弁してやってよ。慣れないことをやらされたもんで、疲れて機嫌が悪いだけなんだから。いま、引っ越しの最中なんだよ」

「おれも同僚も、署長なんかじゃない。どこに引っ越す?」

中年女は取り澄まして、得意げに言った。

「もうちょっと上等なアパートメントを借りたのよ」

ロマーノは室内を指さした。

「ここより上等なところなんて、想像がつかないや。で、どこに引っ越す?」

「ヴィットリオ・エマヌエーレ大通り。最近、改修したばかりのアパートよ」

ディ・ナルドが言った。

「アパートの所有者も改修工事をした会社も見当がつくわ。息子さんたちは、仕事をしているの?」

もうひとりの陰気な感じのする若者が答えた。

「ああ、働いているよ。同じ建設会社が仕事をくれ……」

中年女がぶっきらぼうにさえぎった。

「お黙り、バカ。訊かれてから、答えるんだよ。署長さんに、礼儀知らずって言われるじゃないか」

ロマーノはいかにも胸糞が悪そうに眉を寄せて、言った。

「新しい仕事に新しいアパートメントへの引っ越し。なにもかも新しいってわけだ。あんたたち家族に、なにがあった? それに、亭主は? どこにいるのか、教えてもらおうか」

中年女はくわえタバコをして煙たげに目を細め、ロマーノを睨んだ。

「亭主は仕事よ。偉い人のアシスタントをしているのさ。銀行にお金を持っていったり、子どもたちや奥さんを車で送り迎えしたりとか。たんまり稼いでくれるのよ」

ロマーノはささやくような声で言った。

「つまり、なにもかも順調ってわけだ。お天道さまに恥じない仕事をして、税金を納め、まっとうに生きてるってか？　きれいな住まいと金、安楽な生活。なにもかも、あの気の毒な娘っこのおかげだろ。娘と交換に手に入れたんだ」

若者がしわがれ声で「こん畜生！」と罵り、ロマーノの背中に飛びかかった。ディ・ナルドが銃を抜こうとした矢先、ロマーノが肘で真うしろを突く。若者はみぞおちに直撃を食らって膝から崩れ落ち、呻き声を上げてのたうちまわった。もうひとりが警戒しいしい、ゆっくり近づいてくる。ロマーノは肩越しに警告した。「おれだったら、やめとくな」

若者はぴたりと足を止めた。中年女は眉ひとつ動かさずに、低い声で語り始めた。

「娘は幸せに暮らしているわよ。これまでにないほど、幸せに。ものすごくりっぱなところに住んでさ。食べるものに不自由しないし、きれいな服を着て、テレビも持っているんだよ。それに、家具、キッチン、食べ物がぎっしり詰まった冷蔵庫も。誰も見たことがないくらい、ぎっしり詰まっているんだ！　娘は幸せなのよ、最高に」

ディ・ナルドはすでに銃を抜いていたが、銃口は下に向けておいた。若者ふたりを目の隅で窺うと、のたうちまわっていたほうは腹をさすりながら立ち上がりかけ、もうひとりはロマーノを恐れて立ちすくんでいる。ロマーノは先ほど肘打ちを食らわせたあとにやりとしたようだった。敬意を抱いているほんのひと握りの男のなかで、ロマーノの評価が急上昇した。

ロマーノは女の顔を見ないで問いかけた。

「幸せ？　十八歳の若い娘が新鮮な外の空気も吸わないで、部屋に閉じこもっているのが？　自分の祖父みたいな年の男に囲われているのが？　それが幸せだと、あんたは言うのか？」

沈黙が落ちた。ミニバイクが路地を走り抜け、男が怒鳴る。

女はかすれた声で言い返した。

「本人に訊いてみればいい。なんて答えるか、試してごらんよ。いつまでもきれいでいることは、できないんだ。テレビに出てくる売女たちをご覧よ。号令ひとつで尻を振るあの女たちが、自分の三倍も年のいったヒヒオヤジの世話になっていないとでも？　子どもが家族を助けるのは、当たり前じゃないか。みんな、自分にできることをやっているんだ。自分にできる最大のことを。娘は、間違いなく幸せさ。さあ、そろそろ用を言ってよ。引っ越しをすませなくちゃならないんだから」

ロマーノは一歩詰め寄り、コートのポケットから右手を出して、しびれているかのように握ったり開いたりした。

「なるほど、よくわかったよ。引っ越しをすませなくちゃならないのか。今度こうしたチャンスが転がり込むのは、いつなんだろうな。いまのうちに、せいぜい楽しんでおくがいい。だって、さっきあんたが言ったように、いつまでもきれいでいることはできないんだから。そうなったら、また苦労しなくちゃならない。いまよりもっと大変な苦労を覚悟しとくんだな。いや、あんたたちに用はない。だが、よく覚えておけ。今後、一歩でも正道を踏みはずしたら、そのでかいケツが倍にふくれ上がるまで蹴っ飛ばすぞ」

ささやくような低い声だったが、鮮明に聞き取ることができた。ようやく息の整った若者が野獣のように吠え、ポケットから折り畳みナイフを出してロマーノに向かって突進し、もうひとりが心張棒を拾い上げた。

アレックスは腰を落として銃を両手で構え、腕を伸ばして心張棒の若者に狙いをつけた。

「止まれ！　動くな！」

ロマーノが素早く振り向いて、ナイフを持った若者の手首をわしづかみにする。ナイフがカタンと床に落ちた。ほんの一秒かそこらの出来事だった。それから喉首をつかんで絞めつける。母親が呻き声とも悲鳴ともつかない声を上げた。もうひとりの若者は心張棒を投げ捨てて、ひとつ目の獣《けだもの》に魅入られたかのように銃を見つめていた。

アレックスは、ロマーノの目に宿っている奇妙な光に気づいた。若者が顔を紫色にして、ぜいぜいあえいでいる。

アレックスは静かに声をかけた。

「フランチェスコ。フランチェスコ、やめなさい。もう、十分よ」

ふと夢から覚めたかのようにロマーノが手を放すと、若者はへなへなとくずおれ、夢中で息を吸い込んだ。ロマーノは深呼吸をして、母親のほうを向いた。

「今回は見逃してやる。息子どもをぶち込むのは、勘弁してやろう。子どもが三人とも監獄にいるんじゃ、あまりに気の毒だ。もっとも、娘はあんたにぶち込まれたわけだが。だが、さっきおれの言ったことを忘れるな。片時も忘れるな。こっちは、あんたたちを絶対に忘れないぞ」

そして、バッソをあとにした。アレックスは銃を握った手をコートに隠して、彼に続いた。

向かいの窓には、もう誰もいなかった。

ふたりとも無言で車に戻り、今度はロマーノが運転席に座ってエンジンをかけた。そしてアレックスのほうを向いた。

「礼を言わなくちゃいけないな。さっき止めてくれなかったら、きっと……じつは、ここのところちょっとごたごたしていて……」

アレックスは彼の言葉をさえぎった。

「気にしないで。わたしはなにも見なかった。どっちみち、あいつは二度も襲いかかってきたのだから、正当防衛よ」

ロマーノはしばらく無言で運転した。それから言った。

「おれたちには、なにもできないな。そうだろう？　なにひとつ、できやしない。あの娘が同意しているのなら、外に出してやることはできない。もう、成人なんだから」

アレックスはうなずいた。

「そうね。でも、あのアパートメントにちょっと寄りたい。ひとりで行かせてくれない？　あなたがいると、あの娘は口をつぐんでしまうと思う。女のわたしが相手なら、本心を打ち明けやすいわ」

ロマーノは少し考えて、言った。

「ああ、いいよ。だけど、慎重に頼む。あくまでも非公式という形にしないと、娘が苦情を申し立てでもしたときに面倒なことになる。おれたち全員と同じで、きみも脛《すね》に傷持つ身だということを覚えておいてくれ」

「ほんと、みんなと同じね。でも、自分の意思であんなふうに閉じこもっているのかどうか、どうしても直接聞きたい。もし、違うなら、ここで引き下がるわけにはいかないわ」

街のざわめきと強風とが奏でる外の大不協和音とは対照的に、車内はしんと静まり返った。しばらくして、ロマーノは言った。

「きみはたいしたものだな。一緒に仕事ができて、光栄だ」

アレックスは前を向いたまま、にっこりした。

第四十七章

フェスタ公証人の事務所は、前回訪れたときとは様相が一変していた。

書状を手にした七、八人が玄関前で順番待ちの列を作り、強化ガラスで仕切った窓口で、手形担当のインマ・アラーチェが現金を数え、領収印を押している。ガラスドアの内側では何人もの顧客が担当者のデスクを渡り歩いて、必要な手続きを行っていた。フェスタ公証人の姿は、どこにもない。

顔を上げたアラーチェが刑事たちに気づき、眉をひそめてうしろを振り返って唇をすぼめた。

窓口で待っている顧客に断って席を立ち、ガラスドアを出て施錠してから刑事たちの前に来る。

「おはようございます。お見えになることは承知していました。こちらへどうぞ。先生《ノタイオ》は手がふさがっているので、少々お待ちください」

そう言って、先日聴取のときに使った小部屋に向かう。ほかの三人の従業員は顧客の相手をしながら、オフィスを突っ切っていく刑事たちにどことなく敵意のこもった視線を投げかけた。

突然、アラゴーナがロヤコーノを小突いて耳打ちした。

「あれを見てくださいよ」

『あれ』とは、驚くべき変身を遂げた古参のレアを指していた。白髪交じりの髪、皺だらけの肌、引き結んだ薄い唇をして小さな目に眼鏡をかけていた彼女はまるきり別人になっていた。マホガニーレッドに染めた髪をセットし、唇の元の形がわからないほどに口紅をこってり塗り、ファンデーションを分厚く重ねたうえに、眼鏡をコンタクトレンズに替えていた。アラゴーナは例によってゆっくりサングラスをはずして、聞こえよがしに言った。

「ねえ、警部。彼女、自分ではかっこよくなったと思っているんでしょうけど、反吐《へど》が出そうだ」

それから、コンピューターに向かって作業をしている金髪のマリーナに、親しげにウィンクをしてにやりとした。マリーナは気まずそうに笑みを返した。

ロヤコーノは手を振って、ときおり被害者の運転手を務めていたというデ・ルーチャに挨拶した。待ち時間を利用して、もう一度従業員に話を聞くのも悪くない。このあいだの聴取の最中に、二、三、頭に浮かんだ疑問がある。そこで、仕事の切りがついたらレアとデ・ルーチャに来てもらいたいと、アラーチェに頼んだ。

アラーチェはうなずくと、おそらく指示されていたのだろう、足早に立ち去った。

最初に来たのは、デ・ルーチャだった。おどおどして、落ち着きがない。情報を漏らしてはならないと、きっとフェスタと弁護士に脅されたのだ。そう察したロヤコーノは、最初から強く出た。

「フェスタ氏を待つあいだに、あなたや同僚のかたに少し質問をしたい。分署に来てもらうより手っ取り早いし、あなたたちもそのほうがいいんじゃないか」

デ・ルーチャは、警部の言葉に少々変更を加えて繰り返した。手が震えている。

「わたしたちもそのほうがいいんじゃないか？　同感です、警部さん。なんでも、どうぞ」

アラゴーナは天を仰いだ。忘れていた。こいつには、相手の言葉の最後の部分をおうむ返しにする、むかつく癖があったんだ。

「あなたは夫人の運転手をときどきしていたね？」

「夫人の運転手をときどきしていた？　はい。先生の車を使って。奥さんがどこかに行きたいときは、先生はいつもわたしにお供を言いつけました」

「亡くなる前の数日、いつもと違う場所に行かなかったか？　たとえば、それまで行ったことのなかった洋服店とか医者……」

デ・ルーチャは記憶をまさぐった。

「洋服店とか医者……いいえ、ありません。奥さんはいつも同じところに行っていました。習慣を変えないかただった。いくつかの決まった慈善活動に、ドゥオモ通りのスノードームを売っている店、ルッフォーロ男爵夫人のお宅。ヨットクラブに二回お連れしましたが、ここ数ヶ月は行っていません。これで全部です」

ロヤコーノはうなずいた。

「最後にお供をしたのは、いつだった？」

「いつだった？　たしか、十日くらい前です。先週は一度もなかった」

「夫人の様子はどうだった？　落ち着きがない、苛立っているとか、なにかを心配しているとか」

「なにかを心配しているとか？　いいえ、全然。笑顔を絶やさない、やさしいかただった。前にも話したように、聖女でした。怒ったところなんか、一度も見たことがありませんよ。ああ、お気の毒に」

ロヤコーノはため息をついた。目の前で男に泣かれるのは、苦手だ。聞き取りを終了してデ・ルーチャを解放し、レアを寄越してもらった。

レアの変身は顔だけではなく全身に及んでいたが、最善を尽くしたあげくに最悪の結果に終わっていた。セックスアピールを意図したタイトな服はたるんだ腹をソーセージに見せる効果しかなく、極度に高いハイヒールを履いてのよちよち歩きは噴飯ものだ。

アラゴーナは笑い出し、咳払いをしておざなりにごまかしたが、ロヤコーノは努めて真顔を保った。レアはじろりと睨んで、憎々しげに抗議した。

「なによ、あんたたちまで。失礼ね。あっちでも陰でさんざん笑われて、うんざり。だけど、どう思われてもかまうもんですか。女らしさをずっと隠してきたけれど、もう遠慮しないことにしたの」

ロヤコーノは腕を大きく広げた。

「なんでも、お好きなように。止めはしませんよ。こちらは、事務所でのあなたの立場に関係したことを、いくつか聞きたいだけです」

レアは肩をそびやかした。

「わたしはここの最古参で、職員のなかで一番信頼されているんですよ。いつだって完璧に仕事をこなしているし、疑われるなんて……」

警部は手を上げて制止した。

「ちょっと待ってくださいよ。疑っているって、誰が言いました？　側近のあなたなら、フェスタ氏の事務所内外での行動を教えてくれるんじゃないかと、思ったんですよ。たとえば……」

とたんに、レアの声がヒステリックになった。

「事務所に関することを、先生の陰でぺらぺらしゃべると思うの？　見くびらないで。わたしは先生がなにより大切なのよ。自分の評判よりも大切なくらいだわ！」

ロヤコーノは懸命になだめた。

「誤解しないでくださいよ。こっちが聞きたいのは、たとえばこういうことです。フェスタ氏のコンピューターにアクセスしたことがあるか、事務所以外のところで仕事を行う場合があるか、行う場合は誰が同行するか。これだけですよ」

レアは猜疑心《さいぎしん》を露わにして、険しい目でロヤコーノを見つめた。

「言うまでもなく、長く勤めているわたしとデ・ルーチャは、デジタルでもハードコピーでも、事務所の書類全部にアクセスできるわよ。新入りのランツァは、インターネットに保存されている書類のみ。あの娘はとろくて、それしか理解できませんからね。事務所の外で行う重要な仕事には無縁なのよ」

アラゴーナは、自分に好意を示した娘が『とろい』と評されて、気分を害した。

「ふうん、そうかい。それで、重要な仕事って？」

レアはアラゴーナに目もくれず、つんとして答えた。

「公正証書の作成よ。手書きで証書を作成して、受領した年月日と時刻を付記し、専用台帳に登録するの。遺言書が多いけれど、ほかにもいろいろあるわよ。とにかく、どんな証書でも、作成の際は必ず公証人が立ち会わなければならない。作成の担当は、わたしひとり。信頼されている証拠だわ」

ロヤコーノは興味を持った。

「作成するときは、どういうふうにするんです？　フェスタ氏が顧客をここに呼び、あなたに書類を作成させるんですか」

レアは鼻を鳴らした。

「それだけですむわけが、ないじゃない。顧客が死の床についているときや非常に高齢の場合もあるでしょ。そうしたときは、こちらから出向くわ。同行するのは、いつもわたし。先生とふたりきりで行くの」

最後の部分を、ことさら思わせぶりに言った。アラゴーナは辟易《へきえき》して、ロヤコーノを見やった。警部は重ねて尋ねた。

「つまり、その専用台帳というのは記録帳の一種で、時系列に従って書類が記録されているということですか」

レアは安物の派手なイヤリングを揺らして、重々しくうなずいた。

「そうよ。さて、あっちで問題が起きないうちに仕事に戻らないと。先生の手が空いたらすぐに、誰かを呼びに来させます」

アラゴーナはレアのうしろ姿を見送ったあと、ロヤコーノに話しかけた。

「ねえ、警部。あの女、頭が空っぽじゃなければ最強の悪女になったんじゃないかな。フェスタの妻の後釜に座ろうって魂胆ですよ、きっと。いやはや、あんな不細工のくせして」

ロヤコーノは相槌を打った。

「たしかに、そういう魂胆みたいだな。有益な情報を持っていたとしても、愛するフェスタの不利になると思ったら、絶対に漏らさないだろう」

数分後、デ・ルーチャが戸口から顔を出した。

「フェスタ先生がお会いになります。こちらへどうぞ」

第四十八章

広々したプライベートオフィスに入ったロヤコーノは、フェスタの変わりように驚いた。苦悩と悲嘆にさいなまれて生気を失った目の前の老人に、週末旅行を心ゆくまで楽しんで日焼けした、上機嫌で潑溂《はつらつ》とした男の面影は微塵もない。今後はなにもかもがこれまでと違ってしまうだろう。

だからといって、フェスタの容疑が薄くなったわけではない。ロヤコーノは長年捜査に携わるうちに、自ら犯した罪によって深く心が傷ついた犯人を何人も見てきた。闇を行く片道の旅に出た被害者に魂の一部を持ち去られ、残りの人生を悔恨のうちに過ごす加害者は、けっこう多い。

フェスタは憔悴しきっていた。目の下に黒々と隈が浮き、ここ数日でできたのか、以前は気づかなかった皺が土気色の肌に目立った。髪はぼさぼさで、ボタンをはずした襟元にネクタイをお義理に巻きつけていた。洋服ダンスから無造作に取り出したものをずっと着続けているのか、上着は皺だらけだ。

ロヤコーノと視線が合うと、フェスタは悲しげに眉を寄せた。

「これはどうも、警部。どうぞ、そちらへ。ご足労いただいて申し訳ない。ピラース検事補の配慮に感謝しますよ。分署に出向いたら、マスコミに大騒ぎされて不愉快な思いをしなくちゃならない。なにしろ、わたしを『最重要容疑者』と書きたくてうずうずしているからね」手をわななかせて、頬をさする。「失礼。ずっと眠っていないもので。眠る気になれないんだ。怖くて……どんな夢を見るかと思うと怖くて。それに、目覚めてどっと記憶がよみがえる瞬間も怖い。あのとてつもない悲しさや苦しさをもう一度味わうのは、とても……」

アラゴーナはフェスタに同情したのだろう、サングラスをはずした。ロヤコーノは訊いた。

「なぜ、聴取に同意したんですか。気が変わった理由をお聞かせ願いたい」

フェスタは質問の意味が理解できないかのように、警部を見つめた。それから、受話器を取った。

「コーヒーを飲まないと。あなたがたもどうです？　この三日間、コーヒーしか喉を通らない有様でね」

ロヤコーノとアラゴーナがうなずくと、フェスタは弱々しい声でコーヒーを頼み、先ほどの質問に答えた。

「こういうことですよ。わたしは犯人ではない。つまり……あんなひどいことなどしていない。だが、あいにくそれを証明する手段がない。そこで正直に事情を話せば、苦境を脱する手助けをしてくれるんじゃないかと思って。それで……」

アラゴーナが促した。

「それで？」

「それで、あの日一緒にいた女性と話し合った。彼女を巻き込みたくなかったが、背に腹は代えられない。そうしたら、警察に話したほうがいい、いや、話すべきだと、彼女は勧めた。それに、ずっと一緒にいた自分の名を明かすべきだという意見だった」

　レアが盆にコーヒーカップ三個に砂糖壺を載せて入ってきた。高いヒールの上で危うげにバランスを取って歩いてくると、媚《こ》びるように微笑んだ。だが、フェスタは彼女に目もくれずに言った。

「ありがとう。あとは自分たちでするから、もういい」

　ふくれっ面で立ち去るレアを、アラゴーナは顔をしかめて見送った。ロヤコーノは聴取を再開した。

「では、月曜の午前中に供述した内容に間違いはないということですか」

　フェスタはきっぱりと言った。

「ええ。だって、事実ですからね。わたしは土曜の朝、カプリの会合に行くとチェチーリアに偽って、実際はソレントへ向かった。妻はこうした堅苦しい付き合いを嫌っていたので、絶対に来たがらないと確信していました。連れの女性を迎えにいき、それから前もって鍵を借りておいた友人の別荘に行った。友人は裕福なカナダ人の実業家で、こちらへはたまにしか来ないんです。そして、月曜の朝に帰途につくまで、一歩も別荘の外に出なかった」

　アラゴーナはせっせとメモを取って、言った。

「じゃあ、あとで友人の名前と別荘の住所を教えてもらおう。それで、連れの女性の名前は？」

いよいよだ、とフェスタはコーヒーを飲んで間を置いた。それから、ため息をついて答えた。

「イオランダ・ルッソです」

ロヤコーノはうなずいた。

「しばらく前から、親しく付き合っている女性ですね？　最近、市内の有名な社交クラブに公然と連れていった女性でしょう？」

フェスタは怒りで目をぎらつかせたが、一瞬ののちには再び悄然とした。

「ルッフォーロ男爵夫人から聞いたんですね？　わたしがこんな羽目に陥ったのを、あの性悪ババアは小躍りして喜んでいるに違いない。以前からわたしを毛嫌いし、市のブルジョワ階級に属するお高く留まった自堕落な連中も彼女に倣《なら》っている。男爵夫人は気持ちを隠さないだけましですが」

ロヤコーノは、感想は述べずにおいた。

「では、その女性と同一人物なんですね」

フェスタは力なくうなずいた。

「ええ、そうです。警部さん、わたしは貧しい家に生まれましてね。バジリカータ州の農村部出身で、両親は農業に従事していた。わたしに教育を受けさせるために、両親は身を粉にして働いた。あげくに、父はある雨の夜、ずぶ濡れになって心臓発作を起こし、亡くなった。勉学に励んで手に職をつけることが、父と同じ最期を迎えないための唯一のチャンスだってことを、わたしは片時も忘れたことがない。そして、チェチーリアはこのチャンスをつかむためになくてはならない存在だった」

これも書く必要があるのだろうかと、アラゴーナはメモを取る手を止めた。ロヤコーノは目顔で筆記を促した。

「妻は美人ではなかった。でも、わたしに必要なものをすべて与えてくれた。妻の持っていた金や人脈という意味ではありませんよ。安らぎです。妻は安らぎを与えてくれた。妻がいたから、自分を向上させることに集中して、優秀な成績を収めることができたんです。アンナ・ルッフォーロだか誰だかになにを聞かされたのか、見当がつきますよ。仕事があるのは、チェチーリアの人脈のおかげだと言っていたでしょう？　それは最初のうちだけで、あとは自分の力だ。わたしが優秀だから、第一人者だから、仕事が来る。優秀で口が堅い。それが、この業界で成功する絶対条件なんですよ」

ロヤコーノは思案した。

「あなた、敵はいませんか。誰か、こうした……」

フェスタは、警部の質問をさえぎった。

「いません。むろん、それは考えましたよ。よく考えてみた。ドアについても……チェチーリアは、知らない人には決してドアを開けない。とにかく、仕事関係の知人のなかに、こんなことをする動機のある人はいませんよ。公証人は顧客の信任を受け、その利益を守るのが仕事です。司法官でも弁護士でもないのだから、顧客と敵対する、または顧客に不利益をもたらすことはあり得ない」

アラゴーナが口を挟んだ。

「奥さんは、知らない人には決してドアを開けない。となると、どういうことだったのかな？　誰かが鍵を持っていたとか？」

こいつはまだマヤのパートナーを疑っているな、とロヤコーノは思った。たしかに、彼ならマヤから簡単に鍵を手に入れることができる。

「もちろん、その可能性はある。わたしにわかっているのは、あの晩、チェチーリアはふだんと変わらず落ち着いていたというだけで。十時近くに電話をして……ああ、なんてことを……」

フェスタの声が次第に小さくなって、泣き出すかに思えた。しかし、彼は顔を手で覆って先を続けた。

「わたしは妻に嘘をついた。いつも嘘をついているうちに、それが習慣になってしまった。そして、妻はわたしを信じるふりをした。ひょっとしたら、ほんとうに信じていたのかもしれない。妻は賢い女だった。夫が自分を捨てることはあり得ないと確信していたのか、あるいはそう期待していたのか、騙されていることにしたんでしょう。わたしの出まかせを、疑う素振りをまったく見せずに聞いていました」疲れ果てた目をロヤコーノに据えた。「あの晩電話で妻にこう言いました。『いま、カプリだよ。すべて予定どおりに運んでいる。死ぬほど退屈だから、来ないでよかったね』」

「それで、奥さんはなんと？」

「こう言っていました。とくに変わったことはなく、早く寝ようと思って着替えをすませた。風がすさまじく吹き荒れているので、よろい戸も全部閉めた。そんなことをしたのは初めてですよ。よほど風が怖かったんでしょう。管理人にどこかのよろい戸を修理してもらったとも、話していました。わたしは……神よ、お赦しください……おしゃべりをしたくなくて、そそくさと電話を切った。もし、知っていたら……せめて想像がついたなら……でも、長電話をすると彼女が……イオランダが不機嫌になるので早く切り上げたかった。とにかく、妻は寝ようとしているところだった。来客の予定があったのなら、必ず話したはずです」

「ということは？」アラゴーナが訊いた。

「二つにひとつじゃないですか。ガウン姿でドアを開けるほどよく知っている人物が来た。そうでなければ、開けるはずがない。あるいは鍵を手に入れた何者かがドアを開けて忍び込み、妻と鉢合わせした」

ロヤコーノが口を挟んだ。

「フェスタさん、どうしても必要なので、立ち入った質問をしますよ。ルッソさんとはどんな関係です？　ふたりの将来について、なにか計画があるんですか？　その場合、奥さんはそれをご存じだったんでしょうか？」

質問は、沈黙で迎えられた。フェスタは指先を見つめ、下唇を噛みしめてじっと考え込んだ。

あまりに長く沈黙が続くので警部があきらめかけたとき、フェスタが口を開いた。

「いままで何度も……女と関係を持ちました。恥ずかしい話だが、チェチーリアの友人の何人かとも。つい、自分を抑えきれなくなってしまって。でも、今回は勝手が違った。イオランダは……これまでの女と違って、隠れた存在でいることを承知しなかった。彼女はなにもかも独占しないと気がすまない。それを悟ったときは手遅れだった。おまけに……もうあと戻りができない事情があって、別れるわけにはいかないんです。チェチーリアに、打ち明けるつもりだった。イオランダの要求をかわしきれなくなって、決着をつける決心をしたところだった」

「週末の二日間、別々に行動しませんでしたか？　ずっと一緒にいましたか？」

質問の意味するところを悟って、フェスタはせわしく瞬《まばた》きした。

「イオランダを疑っているんですか？　まさか……冗談じゃない。あり得ませんよ。ずっと一緒に別荘にこもっていました。必要なものは全部持っていって、外食もしなかった」

ロヤコーノとアラゴーナは顔を見合わせた。フェスタの苦境は、火を見るより明らかだ。彼のアリバイは自身の言葉のみで、証明することは不可能だ。このままでは、愛人のイオランダ・ルッソとともに最重要容疑者とみなされ続ける。フェスタ夫人、つまりチェチーリア・デ・サンティスの死亡によって利益を得たのは、自由と莫大な財産を手に入れたこのふたりしかいない。

そこで、ロヤコーノは訊いた。

「あなたがたの資産はどのような形になっていますか。つまり、奥さんが亡くなって……」

「訊かれると思っていましたよ。財産は全部、彼女の名義です。税金対策のために、ふたりの財産はすべて妻名義にしてある」

彼の返答は、ロヤコーノの推測を裏づけた。

あとひとつ確認したい事項があるが、情報科学研究所の正式な報告書が来ておらず、またフェスタに警戒されたくないという思いもあって、ロヤコーノは細心の注意を払って言葉を選んだ。

「奥さんと旅行に行くつもりだったそうですね。遠方への旅行を計画され、オンラインの旅行代理店に資料を請求なさった。これについて、お聞かせ願いたい」

フェスタは訝《いぶか》しげな顔をした。

「そう言えば、ずいぶん前に妻に旅行をせがまれたな。夫婦仲を修復したかったのかもしれない。でも、ちょうどそのころ、厄介で重大な案件を二件抱えていて身動きが取れなかった。資料を請求したかもしれないが、実際に旅に出ようと思った覚えはありませんね」

これ以上深追いするわけにはいかなかった。正式な報告書が来た時点で、精査することにした。

そこで、住所や電話番号を始めとした、愛人についての情報をできる限り聞き出した。最後に、捜査の進展に必要な情報の入手に協力するよう求めたのに対し、フェスタは即答した。

「もちろん、協力は惜しみません。当たり前じゃありませんか。警察だけが頼みの綱なんだ」

第四十九章

アレックス・ディ・ナルドは共同玄関の隅で、ドアの陰に隠れていた。

風が弱まったにもかかわらずコートの襟を立ててサングラスをかけ、同僚のアラゴーナが愛してやまないB級映画の秘密捜査官や私立探偵そこのけの恰好をして、上を見つめてじっと待っていた。

それもこれも、近隣の出来事をひとつも見逃すまいと上階の窓辺で監視している、口やかましい老婆を窺うためだ。

窓辺の肘掛椅子に陣取ったガルダショーネは、いずれはトイレカバーにでもなるドイリーに片目を、もう片方をこの玄関に据え、気の毒なお手伝いを『あばずれ』と呼んでこき使っているに決まっている。あんな性根の悪い老婆のことなど気にせずに、なかに入ってしまうこともできた。

だが、刑事が建物に入っていくところを見れば、ガルダショーネは得意満面になるだろう。あたしの鋭い観察眼のおかげで、犯行がばれたのよ、と鼻をうごめかすに違いない。アレックスはそれが卑劣な行為に褒美を与えるような気がして、いやだった。ヌンツィア・エスポジートは、追い詰められた動物そっくりの怯えた目をして、作り笑いをしていた。建築家はわいせつな好色オヤジだし、ヌンツィアの母親は惨めでさもしい。そうした事実を自分の目でたしかめたいま、誰が善で、誰が悪であるかは明らかだった。

ガルダショーネが生理的欲求に駆られて早く席をはずさないものかと何度も見上げる傍ら、アレックスはロマーノのことを考えた。彼は逆上して理性を失うことが度々あり、それが原因で前任署から放逐されたと、ポジリッポ署の女刑事から聞いたことがある。先ほどがまさにそうだったが、あの状況では無理もない気がする。自分だって、初めてのことではないが、引き金にかけた指がむずむずした。彼とはいいコンビになるだろう。ただし、現実の世界ではなく、『リーサル・ウェポン』のような映画のなかでだが。そう考えると笑いが込み上げてきた。

なにはともあれ、ひとりでヌンツィアに会いにくることを了承してくれたのは、ありがたい。もう少し話を聞いて、詳しい事情を知りたかった。意に反してアパートメントに閉じ込められていることは、間違いない。どんな形で強制されているのかがわかれば、または本人が助けを求めてくれれば、自由の身にしてやる方法が見つかるだろう。

ふと気がつくと、ガルダショーネの姿が消えている。長いあいだ変化がなかったので、つい油断していた。アレックスは慌てて、ヌンツィアの住む建物のなかへ入った。最初の関門は突破した。

階段を上り、ドアをノックする。少し間を置いて、娘の声が聞こえた。

「誰?」

「ディ・ナルド刑事よ。でも、警官として来たのではないの。なかに入れてくれない?」

しばらく沈黙が続いた。同じ階の不動産代理店のドアは半開きだ。好奇心を起こした従業員になんの用かと訊かれても、訪問を正当化する説明はできない。アレックスの胸は不安で高鳴った。

娘はドア越しに質問した。

「どんな用？　なにか忘れたの？」

思ったとおりだ。ヌンツィアは時間稼ぎをしている。おそらく、鍵を持っていなくてドアを開けられないのだろう。それを確認したかった。

「いいえ、忘れ物じゃないわ。ちょっと話をしたいのよ」

少し間を置いて、震える声で返事があった。

「でも……開けたくない。そこで話して」

アレックスは娘が不憫《ふびん》になった。

「あなた、閉じ込められているのね？　外に出してもらえないんでしょう？　ドアを開けたくても、開けられないのよね。わたしには、わかる。どんな状況だか、わかっているわ。あなたの実家に行ってきたのよ。監禁されているなら、助けてあげる。わかる？」

かすかに声が聞こえた。ため息？　すすり泣き？　返事がないのであきらめかけたとき、呼びかける声がした。

「あんた、ひとり？　このあいだの男の刑事は？　いま、そこにいるの？」

アレックスは急いで答えた。

「いいえ。わたしひとりよ。さっき、話したでしょ。警官として来たのではないの。理解したいの。理解したいだけ」

『理解したいだけ』——自分自身に言い聞かせるように、つぶやいた。

驚いたことに、開錠する音とともにドアが開いた。

室内は前回訪れたときとまったく様子が違っていた。きょうは誰も訪れてくる予定がないらしい。ソファの上にはページを開いたままのゴシップ誌とファッション誌、コーヒーテーブルには飲みかけのコーラらしき黒い液体の入ったグラスとポテトチップスの袋。床にポテトチップスのかけらが散らばっている。天井に埋め込まれたスピーカーから、六〇年代のとろけるような音色のジャズが流れていた。

ヌンツィアは短いガウンを着て、ウエストでベルトを結んでいた。素足で髪はくしゃくしゃ、化粧はしていない。ほれぼれするほどきれいで、年相応に見えた。母親と似ていなくはないが、今朝会った醜い中年女とどうしてこうも差があるのだろう。

ふたりは間近で見つめ合った。素足であっても、彼女の目はアレックスよりも高いところにある。娘にはドアを開けることができないと思い込んでいたのに、こうして向かい合うことになり、アレックスはなにを話せばいいのかわからなくなった。

「押しかけてきて、ごめんね。邪魔をするつもりはなかったのよ。ただ——あなたが……」

ヌンツィアはひらひらと手を動かした。

「この音楽は、彼の趣味。こんなの、全然わかんない。ほんとうはティツィアーノ・フェッロが好きだけど、ここにはこんなのしかないから、音楽を聴きたかったらこれを聴くしかないの」

メロディーに合わせて体を揺すりながらソファに行き、優雅に腰を下ろすと足を乗せて横座りになった。それから、ポテトチップスの袋に手を伸ばす。

意外な展開にアレックスは当惑し、自分はここでなにをしているのだろうと自問した。この娘が監禁されていないのは、明らかだ。

「悪かったわ。来なければよかった。ごめんなさい。てっきり……」

ヌンツィアは真剣なまなざしを向けた。

「刑事さんがなにを考えていたのか、わかるわ。わかるに決まっているじゃない。だから、彼にも電話でそれを伝えた。そうしたら、警察が来たときには必ずいるようにすると言って、駆けつけてきたの。あたしが外に出してもらえない、監禁されていると思ったんでしょう？　そうよね？」

アレックスがうなずくと、彼女は先を続けた。

「刑事さんのほうがよく知っているだろうけど、見かけと実際が違うことって、よくあるわ。でも、そうじゃないときもある。あたしはほんとうに外に出ることができないの」

どういう意味だろう。からかわれているのだろうか。アレックスはドアに目をやって、言った。

「でも、さっきドアを開けたじゃないの」

ヌンツィアは答える代わりに立ち上がって、カーテンの隙間から外を覗いた。

「やっぱり、いる。いつも、ああやって窓のそばにいるのよ。あたしもだけど。そして、お互いに覗き見するってわけ。婆さんはあたしを、あたしは婆さんをね。婆さんはときどき口を開けて寝ていて、入れ歯を落っことすのよ。ものすごく気持ち悪いんだから」

アレックスのほうを向く。

「彼はあたしに夢中になったの。何ヶ月か前、実家のバッソの前をたまたま車で通ったときに。ものすごく大きな車に乗って、近くにある買ったばかりの古い建物を見に行く途中だった。高級なレジデンシャル・ホテルにするんだって。バカみたい。だって、あんな冴えないところに高級ホテルを作ったって、誰も泊まるわけないじゃない」

ソファに戻って、ポテトチップスをつまむ。

「こういうのは、あまり食べてはいけないの。ママみたいになっちゃうから。ママを見たでしょ？」

口を覆って、くすくす笑う。これまで見たなかで一番の美人だとアレックスは思った。

「それで迷ったので道を聞こうとして、車を止めて窓を開けたの。そのとき、あたしはバッソの外で友だちを待っていた。彼はあたしをひと目見たとたんに、なにもかも忘れて夢中になったんだって。次の日から、毎日訪ねてきたわ。歩いてくるときもタクシーのときもあったし、誰かと一緒のときもあった」

アレックスは肘掛椅子に腰を下ろした。

「あなたはどうだったの？　それをどう思っていたの？」

「別になんとも思わなかった。二年くらい前から、しょっちゅう男の人につきまとわれていたもの。兄さんたちにもね。でも、彼はほかの人たちと違って、やさしかった。あたしや家族にプレゼントをくれたわ。イヤリングやブレスレットとかいろいろなものをくれた。そしてある日、北部の工事現場を泊まりがけで見にいくときにあたしも連れていきたいと、パパに頼んだ。パパはすぐに承諾したわ」

ヌンツィアはまったく屈託がない。天気の話でもしているみたいだ。

「あんな年寄りだから、あれの最中に心臓麻痺《まひ》を起こしたらどうしようと思った。でも、大丈夫だった。洋服を脱いだあたしを初めて見たときは、目玉が飛び出しそうになっていたけどね」

おかしくてたまらないのか、ほがらかに笑う。ふと思いついたようにいきなり立ち上がって、ガウンの前を広げた。下にはなにも着ていなかった。

「ねえ、刑事さん。女どうしなんだから、正直に言って。あたし、どう？」

アレックスは息を飲んだ。ふくよかで張りのある乳房、平らな腹部、長い脚、わずかに見える陰部のふくらみ。非の打ち所がない。

「きれいよ。ものすごくすてき」

ヌンツィアは高らかに笑ってくるりと回転し、ベルトを結んだ。

「そうでしょう？　彼もいつもそう言う。だから、外に行かせたがらないのよ。あたしを独り占めにしたいの。ほかの人に見せたくないんだって。そうしないと、糞にたかるハエみたいに、男の人たちがこのあたりに群がるようになるから。外に出ないでくれって言われたから、いいわよって約束したのよ。それに、誰かが奥さんに告げ口することを、心配しているのかもしれない。奥さんを一度だけ見たことがあるのよ。すごく興味があったから、彼の家の近くまで行って、見てきたの。もう、ぶったまげ。彼より三歳若いそうだけど、ずっと老けていた」

「結婚しているとわかっていて……どうして、関係を続けているの？」

ヌンツィアは真顔になって、小さな声で言った。

「この部屋を見てよ。あたしが前に住んでいたところを、見たでしょう？　あたしのママやあの界隈を。つまんないこと訊かないで」

「だけど、あの人は年寄りで、あなたは……あなたはこんなに若いのよ！」

「だから？　あたしは、どんなところに住むか、どんなふうに扱われるかがだいじなの。それとも、朝から晩まであたしをひっぱたいて、子どもを十人も産ませ、ネズミがうようよいるバッソに住まわせるようなやつでも、若い男のほうがいいって言うの？　彼はいい人よ。やさしくて、たくさんプレゼントをくれる。家族にもよくしてくれる。それに、あっちのほうはすぐに終わって寝ちゃうから、なにがあったのかわからないくらい。ほかのことを考えていれば、へっちゃらだわ。いろいろしてもらっていることを考えれば、安いものよ」

アレックスは耳を疑った。

「自由になりたくないの？　外出もできないで、閉じこもっているんでしょう？　外の空気が恋しくならない？」

　ヌンツィアは思案した。

「うん、たまにそう思うわよ。だけど、それは時間の問題だもの。あたしがなにをしたいか、わかる？　ママがいいことを教えてくれたの」

「どんなこと？」

「ここをあたしの名義にしてもらうの。いまは借りているけれど、そのうちに買い取ってあたしの名義にしてもらう。それから銀行口座を開いて、まとまったお金を振り込ませるの。そうなったらもう、実家の近所でよく言う『豚を手に入れた』ことになる。だけど、そうなるまでは彼の言いなりになって、満足させておかないとね。だから、あたしを独り占めしたい、奥さんが怖いという理由で、外に出したくないなら、それはそれで全然かまわない。ここにはテレビもラジオも、食べるものもある。不満はないわ」

「よくわかったわ。ごめんなさい、最初はわからなかったの。でも、いまはもう理解できた。このあいだ……同僚と来たときはあなたが怯えていて、追い詰められたような目をしている気がした。それで、助けが必要なんじゃないかと思ったの」

「刑事さんは間違っていないわよ。ほんとうに怯えていたもの。だけどそれは、バッソに送り返されて、前の惨めな生活に戻るのが怖かったから。向かいのお節介な婆さんのせいで、警察が首を突っ込んできたでしょ。そうしたら、リスクが大きすぎるって、彼は思うかもしれない。実際、刑事さんたちが帰ったあと、ガタガタ震えていたもの。男の刑事さんに脅されたのが、よっぽど効いたのね。だけど、一生懸命なだめて、バッソに送り返されずにすんだ。言いくるめるのは、けっこう得意なの」

口に手を当てて笑うヌンツィアには、年齢にふさわしい若々しさが戻っていた。

アレックスは立ち上がった。一刻も早くここを出ていきたかった。

「帰るわ。名刺を置いていくから、必要なときは連絡して。携帯の番号も載っているわ」

ヌンツィアは軽やかに立ち上がり、アレックスの前に来て唇にキスをした。

「もしよかったら、またいつか会いにきて。彼はめったに来ないし、来るとしても必ず昼間よ。夜はいつもひとりなの。ピッツァを持ってきて。大好きなの」

第五十章

なんだろう?

ロヤコーノの心のなかで、波に揺れる船の甲板の留め忘れた備品みたいに、なにかが転がりまわっていた。それは意識の奥深くに潜り込んで正体を隠し、ロヤコーノを苛立たせた。

聞いたことか? 見たことか? 誰かが話した、もしくは話さなかったことか?

パスタをつつきながら、集中しようと努めた。アラゴーナはそんな上司をちらちら見ながら、しゃべり続ける。フェスタの愛人でチェチーリア殺しの重要な鍵と思われる、謎に包まれた会計士イオランダ・ルッソの話を聞くことになっており、その前にトラットリアで昼食をとっているところだ。

アラゴーナ一等巡査が推理を披露する。

「……要するに、やつらには盗みの心得があるんだな。そんじょそこらのケチな泥棒と違って、イタリア人のプロが赤面するくらい、鮮やかにやってのける。だから、こうじゃないですか。複製した鍵を使って室内に入り、手始めに銀器を盗んだところへ被害者が来たために計画が狂った」

ロヤコーノは即座に反論した。

「前もって鍵を複製するほど綿密に計画を立ててるいっぽうで、日曜の夜は家人が在宅していて寝支度をしている可能性は考えなかったのか？　複製した鍵を持っているなら、深夜にそっとドアを開けて忍び込めば、嵐と重なって物音を聞かれたり、目撃されたりする心配がなくて、ずっと簡単だ。なぜ夜の早い時刻を選ぶ。だめだな。違うよ」

物盗り説に固執するアラゴーナは警部に反論されてむくれたが、さりとて論破するに足る材料は持ち合わせていなかった。

「うーん。じゃあ、ごろつきかヤク中か、酔っ払い。こうした連中は酒やクスリでひと仕事の前の景気づけをするから、ろくに頭が働かない。被害者と鉢合わせして、手近にあったスノードームで殺したんですよ。だって、確たる証拠って、盗まれた銀器だけでしょ？」

この点は、認めるほかなかった。心のなかで転がりまわっているものの正体は、依然として不明だ。

少なくとも、いまのところは。


イオランダ・ルッソは、銀行やオフィスの集まった地区に事務所を構えていた。狭いながらも、ナポリが金融の中枢でもあることを思い出させる唯一の地区である。大きなビルの広々としたロビーは、昼下がりとあって閑散としていた。

案内係を置いていないので、真鍮《しんちゅう》のプレートに記された十余りのなかから目指す事務所の階と部屋番号を探し当てた。

事務所のドアを開けたのは、当のイオランダだった。

「こんにちは。どうぞ。職員は昼休み中なんです。みんなに知られたくないから、この時間に来てもらったのよ」

そう言って奥へ向かう彼女の尻を、アラゴーナは鼻の下を長くして見つめた。

イオランダ・ルッソは人目を引く女だった。豊かに波打つ赤毛、鋭い緑色の瞳。背が高く、ミニスカートから伸びた脚はすらりと長い。自分が美しいことを自覚し、それを隠そうとしなかった。攻撃的な性格でもあり、これも隠そうとしなかった。

「アルトゥーロと話をしたんでしょ。だから、わたしたちがこの週末にどこでなにをしていたか、ご存じね。誰とも会わなかったことも、証人がいないことも」

アラゴーナは椅子の肘掛に腕を置いてポーズを取り、恰好をつけるときの常で低く太い声で訊いた。

「なんでまた、誰とも会わなかった？」

「事情が飲み込めていないみたいね。相手は地位も名声もある既婚の男で、おまけに妻にはカプリの会合に行くと偽って、わたしと週末旅行に出かけたのよ。そうしたら、広場でアイスクリームを食べるわけにいかないでしょ。あなたにはそうした機会がないでしょうけど、これが常識なの」

アラゴーナはひっぱたかれたかのように、目をぱちくりさせた。ロヤコーノが質問を代わった。

「フェスタ氏とはいつ知り合ったんです？」

「五年前だけど、デートをするようになったのは一年ちょっと前よ。つまり、男と女の関係になったのは」

ルッソの率直な態度が、警部はありがたかった。体裁を取り繕った話で時間を無駄にせず、腹を割って話すつもりなのだろう。

「夫人のチェチーリア・デ・サンティスと面識は？」

「社交の場で、二度顔を合わせたことがあるわ。一度はサン・カルロ劇場で、あとは去年のクリスマスに彼女が企画したチャリティー・オークションのとき。アルトゥーロったらすっかりびびっちゃって、絶対に行かないでくれって泣きついてきたのよ。だから、一歩たりとも足を踏み入れないって約束して安心させたけど、ぎりぎりになって気が変わったの。彼女があんなに芯が強いとは、思いもしなかった」

アラゴーナが訊く。

「ちょっと、待った。夫人は、おたくと亭主の関係を知っていたってこと？」

ルッソは平然とアラゴーナを見返した。

「当たり前でしょ。誰でも知っているわよ。ずっと前から上流階級のゴシップ好きの話題になっていたし、それはいまも変わらないわ。彼女の耳に入らないわけがない。何ヶ月も前から知っていたに決まっている」

アラゴーナは膝を乗り出した。

「それで？　夫人が文句を言って、喧嘩になったとか？」

ルッソは肉食獣を思わせる完璧な歯並びを見せて、高らかに笑った。

「まさか。それじゃあ、負けを認めるも同然じゃない。彼女はそんなおバカさんじゃなかったわよ。こっちとしては、そうしてくれたほうがありがたかったけどね。とにかく、喧嘩にはならなかった。それどころか、あの悪趣味なスノードームを目の玉の飛び出るような値段で買ってあげたお礼を言われたわ」

熱心に耳を傾けていたロヤコーノが、口を挟んだ。

「あなたとフェスタ氏は、ふたりの関係が夫人にばれていることを知っていた。こうした場合、ふつうはどう解決するものなんでしょうね。あなたとフェスタ氏はどうするつもりだったんです？」

ルッソは立ち上がって、窓の前に行った。窓の外では、またもや不穏な黒雲が重く垂れ込めていた。

「警部さんは、この街のことをご存じ？　ここには、実際には三つの世界があるのよ。ひとつは、ほんの数千人しか住んでいない、もっとも重要な世界。もうひとつは定職に就き、海辺のバカンスの費用をひねり出すために給料をやり繰りして暮らす人々の世界。残りのひとつは、百万人以上のその日暮らしの人々が、必死に生き延びようとしている世界」

大きな雨粒がひとつ、窓ガラスに当たって滑り落ちていった。

「ひとつ目の世界には容易に入れない。入るためには、能力の有無は関係ないの。実際、この世界の住民の大多数は愚鈍かつ浅はかな能無しで、何世代ものあいだのうのうと過ごしてきたから、いざ問題が起きるとおろおろするばかりで、なにもできない。だけど、お金を持っている。巨万の富を持っていて、どんなことがあっても手放さない」

ロヤコーノとアラゴーナは、ヨットクラブでのルッフォーロ男爵夫人の言葉を思い出した。ルッソとはいわば垣根の内と外にいるが、言っていることは同じだ。

「わたしもアルトゥーロも、ひとつ目の世界に生まれてこなかった。そこに入るための血縁関係や社会的地位も権力もない。でも、あの人たちよりずっと優秀だわ。比較にならないくらい、有能なのよ。自分たちに問題が起きたときは、それを分析して吟味し、解決することができる。したがって、あの人たちの問題も解決できるし、事実そうしてきた」胸の上で腕を組んで、くるりと刑事たちに向き直った。「だから、彼らはわたしたちを利用する。わたしたちがいなければ、困るのよ。でも、受け入れようとはしない。アルトゥーロの奥さんのチェチーリアは、自分が強い立場にいることをよくわかっていて、それをうまく利用したわ。夫とわたしの関係に気づかないふりをして、自分の立場を守ろうとした。でも、彼女はひとつ誤算をしていた」

ルッソが間を置くと、アラゴーナが促した。

「誤算というと?」

「わたし、妊娠しているの。アルトゥーロの子がお腹にいるの」

その言葉は、弾丸のように静寂を切り裂いた。ロヤコーノが質問する。

「夫人はそれを知っていたんですか」

「いいえ。わたしもつい最近、二週間ほど前に知ったばかりだもの。生理はいつも規則的だったから、遅れて二日目に検査をしたの。だから、アルトゥーロとわたししか知らない。どんな顔をするか見たくて、彼のオフィスに行って直接知らせたわ」

「それで?」

ルッソはデスクのうしろへまわって、椅子に座った。

「最初は大喜びしたわ。農家の出なので、子どもは神の恵みという考えで育ってきたのに、奥さんは子どもを産むことができなかったのよ。でもそのあと、あれこれ問題を持ち出してきた。覚悟はしていたけれどね」

「たとえば?」

「たとえば、妻にどうやって説明しよう。先々のことが心配だ。資産は全部、妻名義だ。妻の友人の顧客にどう説明すればいいだろうとか。とにかくなにもかも、奥さん絡み」

静まり返った部屋の窓ガラスに、雨粒がぽつぽつと当たった。

ルッソは緑色の瞳をロヤコーノにひたと据えた。

「警部さん、お互いに本音で話しましょうよ。わたしはフェスタの奥さんが邪魔だった。彼女さえいなければ、欲しいものを手に入れることができる。わたしはフェスタに狙いを定めて、ろくに知り合いもしないうちに彼を虜《とりこ》にしたの。自分の欲しいものがわかっている女は、こうするものなのよ。フェスタもわたしも有能で貪欲な、似た者どうしだわ。フェスタは初めのうちはチェチーリアの社会的な地位を頼っていたけれど、いまは自立している。わたしたちはふたりでやっていける。それを彼に納得させる必要があったけれど、子どもができたおかげで解決したわ。あとは、時間さえあればよかった」

アラゴーナが口を挟んだ。

「なにをする時間？」

ルッソは警部を見て答えた。

「奥さんと話し合う時間よ。彼は奥さんと話し合うつもりだった。あと少し時間があれば、話がついていたのに」

ロヤコーノはいっさい感情を表さずに、ルッソを見つめて言った。

「だが、まだ実行していなかった。その前に、奥さんは亡くなった。正確には、殺された」

「そうね。あなたがたにしてみれば、結論は明らかよね。でも、それは間違っている。わたしたちは殺していない。ソレントの別荘で一緒に過ごしていた。いつもみたいに、おままごとを楽しんでいたのよ。女は男のために料理を作り、男は女に語りかけ、外の世界を忘れて笑い合っていた。わたしたちはフェスタにしたのと同じ質問をした。

ロヤコーノはフェスタにしたのと同じ質問をした。

「なぜ、聴取に同意したんですか。気が変わった理由は？」

「警察は犯人を見つけなければならない。そうでしょう？　聴取に同意しなければ、なにか隠していると疑われる。アルトゥーロの弁護士は、それぞれの話が食い違うことはよくあると言って、反対した。でも、事実を話すなら食い違う道理がないわ」

ロヤコーノはうなずいた。

「そうですね。でも、証拠がない。たしかなのは、夫人が亡くなったという事実だけだ」

「ええ、彼女が亡くなったのは事実ね。先々の面倒がなくなったことは、否定しないわよ。でも、犯人が見つからなければ喜べない。このままでは、アルトゥーロはいつまで経っても奥さんの面影や思い出、一緒に過ごした日々を忘れることができない。最悪だわ。かたや泣き叫んで裏切りを責める女、かたやおだやかな微笑を浮かべたやさしい妻の記憶。思い出に太刀打ちできるわけがないじゃない」

ロヤコーノはうなずいた。

「犯人の見当なり何なり、思い当たることは？」

ルッソはしばし考え込んだ。

「いいえ、まったくないわ。そのへんのごろつきじゃない？　あなたたちを責めるわけじゃないけど、この街は治安が悪くて物騒だもの。それに、彼女が実際にどんな生活を送っていたのか、ほとんど知らないしね。でも、認めるのは悔しいけれど、彼女のことを悪く言う人はひとりもいなかった。これは、あの世界ではすごくまれなのよ。わたしの顧客はみんな、陰口を叩くために来るようなものだもの。でも、彼女についてはなにもなし。あの人はスノードームに無邪気な情熱を注いでいた。将来を占っていたのかしらね。りっぱな人だったわ。わたしは恨みもなにも持っていなかった。人と人が出会えば、いろいろなことが起きる。それだけのことよ」

ふたりが外に出たときは、本降りになっていた。車に駆け込み、ずぶ濡れになることだけはまぬがれた。

アラゴーナはティッシュペーパーを取り出して、儀式を行う司祭を思わせる手つきでサングラスを拭った。

「ルッソが犯人に違いないと思って聴取したのに、結局空振りか。予想とは全然違った。最初に目についた間抜け野郎と関係を持って妊娠したごく平凡な女で、海千山千の公証人をそそのかして人殺しをさせた悪女なんかじゃなかった。振り出しに戻っちまった」

ロヤコーノは濡れた髪を掻き上げた。

「だが、正直ではあった。フェスタを手に入れるためには、デ・サンティスが邪魔だったことを隠さなかった。妊娠していることを、軽視しちゃいけない。そういうときの女は、しょっちゅう考えが変わるからな」

アラゴーナは、警部の言葉の最後の部分を吟味した。

「かもしれないけど、将来のことしか考えていないように見えたな。デ・サンティスと口論したあげくに殺したとも、フェスタをそそのかして殺させたとも思えない。それはともかく、彼女がフェスタの事務所に行って妊娠を告げたところを、見たかったな。フェスタはきっとおたおたして、あれこれ言い訳したんですよ。無理だ、友だちが、顧客が、周囲がどうのこうのって。で、彼女は頭に来て金切り声でわめく。一キロ離れていても聞こえたんじゃないかな。うん、絶対に聞こえた」

アラゴーナは笑って、サングラスを拭き続けた。だから、隣に座っている警部が目を剝いて自分を見つめていることに、最初は気づかなかった。

しばらくしてようやく気づき、サングラスを拭く手を止めた。

「は？　どうしたんです？　おれ、なにか変なことを言ったかな？」

警部の顔に微笑が浮かぶとじわじわ広がって、満面の笑みとなった。

「おい、アラゴーナ、おまえを見くびっていたよ。おまえは天才だ。クソったれの天才さ。とんでもない天才だよ、アラゴーナ！」

アラゴーナはわけがわからずに、きょとんとするばかりだ。

いまや土砂降りとなり、大きな雨粒が次々にフロントガラスに当たって転がりまわる。

だが、ロヤコーノの心のなかで転がりまわっていたものはなくなった。なにもかも、あるべき場所に収まった。

第五十一章

あたかも熱に浮かされたかのようだった。早送りボタンを押されたかのように、その瞬間からふたりの時間は矢のように飛び去った。

ロヤコーノは自説をアラゴーナに披露した。実際に言葉にしていくうちに、パズルのピースが正しい場所に嵌まってすべての疑問に説明がつき、矛盾が解消されることがあらためて確認できた。

一等巡査は高価なプレゼントをもらったかのごとく、喜んだ。

「すっげえ。たまげたな。答えはずっと、目の前にあったのか。よしきた、一気に解決に持ち込もう！」

ロヤコーノは首を横に振った。

「いや、まだだ。いくつか裏付けを取らなくちゃ。さあ、始めるぞ」

ふたりはそれぞれの分担を果たすべく、二手に別れた。

ロヤコーノは科捜研のある旧兵舎を再び訪れた。

待合室で雨のしずくを払っていると、先日の叱責に懲りたのだろう、ビストロッキが息せき切ってやってきて、すぐさま要望を尋ねた。

ロヤコーノはさっそく、気になっていることについて質問した。白衣姿のビストロッキは両手を広げた。

「あいにく、そっちにも指紋はなかったですね。手袋をしていたとみて、間違いありません。そもそも、こうした素材に鮮明な指紋が残っていることはめったにないんです。でも、直接触れるのは……」

講義を聞いている暇はない。ロヤコーノは説明をさえぎった。

「いや、見るだけでけっこう。できますか？」

部屋を出ていったビストロッキは、透明なビニール袋を持って戻った。ラテックスの手袋を嵌めて、慎重に中身を取り出す。

出てきたのも、ビニール袋だった。

「盗まれた銀器は、これに入っていました。ご覧のように、片面が裂けています。盗品を持ち運ぶ際か、ゴミ収集箱に捨てたときにできたんでしょう」

だが、ロヤコーノが興味を引かれたのは別の点だった。袋の表面に文字の入ったロゴのようなものが印刷されている。ビストロッキに言った。

「もう少し、こっちに向けてもらえないかな。そこに印刷されている文字をよく見たい」

ロヤコーノは袋に顔を近づけて、文字を読んだ。

最初の裏付けが取れた。


いっぽう、アラゴーナは歩行者が雨水をかぶるのもおかまいなしに猛スピードで車を飛ばして、フェスタの事務所へ向かっていた。片手でハンドルを繰り、もう片方の手で携帯電話を耳に当てているのは、早急に知りたいことがあるからだった。

オッタヴィアが電話に出た。

「チャオ、アラゴーナ。あとで電話をしようと思っていたところ。お手伝いのパートナー、アドリアン・フローレアについて調べたけど、なにも出てこなかったわ。前科はないし、犯罪者との接触も……」

アラゴーナは鼻を鳴らした。

「やっぱり、そうか。真っ正直なやつだとひと目でわかったけど、はっきりさせておきたくてさ。移民と見れば犯罪者と疑うなんて、ひどい偏見だよ。最低だ！　ところで、情報科学研究所から正式な報告書は来た？」

オッタヴィアは笑った。

「まだよ。あそこはのんびりしているから。なにを知りたいの」

「フェスタの事務所から、なんたらかんたらとかいう旅行代理店に予約のメールが送られたよね？　その日付と時刻が必要なんだ。どうにかならないかな？」

アラゴーナは事務所に到着するまでに、その情報を手に入れることができた。フェスタに面会を求めると、ただちにプライベートオフィスに招かれた。そこで、ロヤコーノ警部の再三にわたる注意を守り、職員の誰とも目を合わせないようにしてデスクのあいだを進んだ。

いったんなかに入ると、ドアがきちんと閉じていることを確認してから、フェスタに質問をした。

フェスタは困惑した。

「うーん、それは極秘情報なんです。守秘義務があるから、おいそれと教えるわけには……」

ロヤコーノが危惧していたとおりフェスタは情報を出し渋ったが、正式な手続きを踏んでいる時間はない。警部と打ち合わせた方法で説得を試みた。

「いまの苦境から脱け出すためには、話すほかないんじゃないかな。亡くなった奥さんのためっていうより、あんた自身のためにさ」

フェスタはしばし思案したのちに受話器を取り、きっぱりした口調でラファエラ・レアをオフィスに呼んだ。

ロヤコーノはタクシーで市内を横断し、自分のみならず、多数の罪なき人々の命を危険にさらす心配のない束の間の平穏を味わった。

降り続ける雨で道路が冠水し、いつもにも増して渋滞が激しい。あとどのくらいで着くかと訊いたのに対し、運転手は肩をすくめただけだった。それでは、とマリネッラに電話をかけてみた。母親と喧嘩をして大荒れに荒れて電話をしてきて以来音沙汰がないので気がかりだが、娘の電話は電源が切られていた。

そこで、ラウラ・ピラースに進捗状況を報告することにした。検事補は、二度目の呼び出し音で出た。

「チャオ！　どうしたの？　進展があった？」

「大ありだ。犯人がわかった」

「ほんとうに？　なにもかも全部話して。細かい点も抜かさずにね」

ロヤコーノは、フェスタの事務所への訪問とルッソの聴取について語り、アラゴーナの何気ない言葉から謎が解け、新たな推理に基づいて裏付けを取っていることを伝えた。

ピラースはたまに短い質問や相槌を挟むほかは黙って耳を傾け、聞き終わると言った。

「びっくりだわ。信じられない。あのアラゴーナが役に立ったなんて、嘘みたい。それで、これからどうするの？」

ロヤコーノは、アラゴーナがフェスタの事務所で取っている裏付けの内容と自身が科捜研で確認した事実を話した。

ピラースが訊く。

「では、これからその店に行って、袋の印刷を確認するのね？　それがうまくいけば、なにもかもつじつまが合うわ。まさに神の恩恵よ。お手柄ね。これで、ピッツォファルコーネ署はただちに閉鎖されるべきだと言っている連中に、ひと泡吹かせてやれる。でも、くれぐれも慎重に進めて、穴のない完璧な自供を引き出して。そうしないと、どんな弁護士でもあっという間にこっちの論理を崩すわよ。状況証拠がいくつかあるだけで、物的証拠は皆無なのだから」

ロヤコーノは反論した。

「状況証拠？　事細かに全部説明したばかりじゃないか。真相はこれしかない！　犯人の正体が判明し、動機にも見当がついている」

「ええ。でも、これだけの証拠では逮捕を認めるわけにいかないわ。消去法は通用しないのよ。証拠や疑いのない事実が必要なのに、現時点ではそのどちらもない。だから自供を取ることが絶対条件だけれど、あなたも承知のとおり、これが一番の難題よ。これについては、わたしはなんの力添えもできない」

ロヤコーノは新たな不安を抱えて目指す店に到着した。タクシーを降りて入口までのほんの数メートルを歩いただけで、水浴びをしたひな鳥みたいな有様になった。女店員が教えてくれたとおりに階段を下りていくと、通路に沿ったショウウィンドウに多数展示されている結婚式の案内状を添えた皿やグラスに交じって、犯罪現場で見たのとそっくりな陳列棚があった。

ロヤコーノはポケットに両手を突っ込み、磨き上げた床に雨水を滴らせてその前に立った。ウクレレを抱えた踊り子が二重ガラスを挟んで微笑みかけてくる。だが、ロヤコーノは笑みを返さなかった。

数分後、裂けていないことを除けば、科捜研が保管している証拠品と瓜二つのビニール袋を持って、ロヤコーノは店をあとにした。

ちょうどそのとき、ポケットのなかで携帯電話が振動した。アラゴーナだった。彼は興奮した口ぶりで、フェスタの事務所で裏付けが取れたことを報告した。

あとは、アラゴーナの言に従って解決に持ち込むのみだ。

それが、ピラースの言ったように一番の難題だった。

第五十二章

裏付けを取り終えると、ふたりは分署に戻った。

パルマ署長の要望に従って全員が参加した作戦会議では、作戦の良し悪しが事件の解決並びに分署の存続を左右するとあって、短時間ながらも熱のこもった議論が交わされた。

ロヤコーノとアラゴーナは、チェチーリア・デ・サンティスを殺した人物の正体を明かし、推理の過程を説明した。容疑の根拠は、科捜研やフェスタの事務所、特選家庭用品店で取った裏付けだ。報告を聞き終えた刑事たちは考え込み、室内はいっとき静まり返った。

ロマーノとディ・ナルドは、起訴に足る証拠がそろっていると主張して即刻逮捕を求めるアラゴーナの意見に同調した。それに対して経験豊富なパルマとピザネッリは、事件解決を焦ったあまりに犯人が大手を振って署を出ていった例をいくつも見てきたので、慎重にことを進めるよう、忠告した。

オッタヴィアが意見を述べる。

「たしかに、その危険はあるわ。でも、集めた証拠を判事に提出したら、捜査を締めくくるのはうちの署ではなくなる。こうして全員が殺人犯の正体を確信しているのに、それでいいの？それに、わたしたちの将来も懸かっているのよ。だから、わたしはロヤコーノとアラゴーナがきっと自供を引き出してくれると信じて、ふたりに任せたい」

ピザネッリはおだやかな口調で、嫌疑がかかっていることを犯人が知って守りを固める危険性を指摘したものの、分署を救う方法はそれしかないことを認めた。


こうした次第で、ロヤコーノとアラゴーナは狭い軒下でわずかながらも雨を避け、向かいの建物を見張ってチェチーリア・デ・サンティス殺しの犯人が出てくるのを待っていた。道路の真ん中にぽつんと吊るされた街灯が、風に揺られながら弱い光を投げかけているだけとあって、周囲は薄暗い。

ふたりとも緊張に身を固くして、ほとんど言葉を交わさなかった。アラゴーナはときおりサングラスをはずして、びしょ濡れのハンカチで拭った。こんな土砂降りでサングラスをかけていてはなにも見えなかろうに、とロヤコーノは内心あきれ返っていた。

ついに、チェチーリア・デ・サンティスを殺した人物が出てきた。戸口で立ち止まって、激しく降る雨と車庫への退避を待っている路上の高級車を恨めしげに見比べる。ため息をついて、黒の革手袋を取り出した。

ふたりの刑事は軒下を出て水を蹴上げて道路を横断し、犯人を両脇から挟んだ。ロヤコーノが話しかける。

「車のなかで、少し話をしよう」

雨をついて車まで走り、アラゴーナが後部座席の中央、ロヤコーノが助手席に座ったところで、犯人は言った。

「少し話をしよう。なにを話すんですか、警部さん？　知っていることは、全部話しましたよ」

ロヤコーノは答えた。

「いや、全部じゃないだろう、デ・ルーチャ。もう、ばれてしまったんだよ。最初に話を聞いたとき、夫人はよろい戸を全部閉めてひとりでこもっていた、と言ったね。だが、あなたがそれを知っているはずがないんだ。夫人はあの夜電話で、よろい戸を全部閉めたとフェスタに話した。午前中に管理人に修理してもらったよろい戸も含めて。フェスタによると、そんなことをしたのは初めてだそうだよ。まだ、ある。フェスタのコンピューターのパスワードを知っているのは、あなたのほかにはレアしかいない。だが、レアはコンピューターの使い方を知らない。このコンピューターを使って予約した旅行は、出発日に旅行者のうち一名の名前が変更可能になっていた。変更されるのは、フェスタの名だった。あなたが夫人と旅行に行くつもりだったんだろう？　まだ、ある。予約メールが送られたのは、三月五日午前十時十三分。フェスタはこの時刻に、レアとともにポジリッポ通りで遺言書を作成していたことが、公正証書台帳で証明された。まだ、ある。盗難を装い、その後ゴミ収集箱に捨てられた銀器の入っていたビニール袋は、もともとあの家にあったのではなく、凶器となったスノードームを入れてきたものだった。夫人のお供でよく行った店で、あのスノードームを買ったんだろう？　店員がしっかり覚えていたよ。夫人に頼まれて買いにきた、と言ったそうだね。なぜ、犯罪現場に指紋が残っていなかったのか。これも理由がわかっている。一日じゅう手形を作成したあとの手は、インクで汚れている。そこで、フェスタの車のウォールナット材のハンドルに染みをつけないよう、運転する際はいつもその革手袋を嵌めているためだ。そして、夫人が日曜日のあの時刻にガウン姿でドアを開けたのは、あなたが夫の部下であると同時に、個人的にもよく知っていたからだ。とまあ、ほぼ全部明らかになったが、なぜ殺したのかがわからない」

沈黙が落ちた。ずんぐりした男は革手袋を嵌めた両手を膝に置いてうつむき、身じろぎひとつしない。濡れた髪が惨めったらしく頭頂部に張りつき、眼鏡の分厚いレンズは白く曇っていた。雨粒が激しくフロントガラスを叩く。

千年もの年月が流れたようにふたりの刑事が感じたとき、デ・ルーチャはようやく顔を上げ、記憶を探るかのように視線を空に据えて、いつものように最後の句を繰り返しながら、語り始めた。

なぜ殺したのかが、わからない。

なぜ殺したのか。もちろん、幾度も自分に訊きました。

幾度も自分に訊きました。殺した瞬間から、幾度も幾度も。

ほんと、なんで殺してしまったんだろう。

わたしが殺したことに、間違いはありませんけどね。わたしの人生は、奥さんが亡くなると同時に終わりました。

あの亭主は、奥さんにふさわしくなかった。全然、ふさわしくなかった。ろくでなしですよ。威張りくさった、中身のないろくでなしです。とにかく無類の女好きで、手当たり次第に口説いて関係を持つ。若い娘に中年女、あげくは同意年齢になったばかりの女の子と、数えきれないほど見てきましたよ。浮気を隠すために利用されていましたからね、全部知っています。あのろくでなし亭主が仕事や家庭をほっぽり出して、あっちの女、こっちの女と遊び歩くのを、嘘八百を並べてごまかしてやっていた。

なにもかも、奥さんのおかげなのに。資格試験に通るまでのお金だって、奥さんが出したんですよ。ご自慢の社会的地位の高い友人たちだって、全部奥さんが紹介したんだ。大勢の顧客も。なにもかも、奥さんのおかげなのに。

わたしは、いわば正面特等席に座っていたんです。全部、見ることができた。全部、知ることができた。長年のあいだに、あいつがどんな男で、奥さんがどれほど素晴らしい人かを目の当たりにしてきた。素晴らしい人だった、と言わなきゃいけないんですよね？　奥さんは亡くなったんだから。奥さんは亡くなった。わたしが殺したから。

あいつは、こう言うんです。リーノ、女房がどこそこへ行きたいそうだ。なるたけ遠回りして、長引かせてくれよ。なんなら、車の調子が悪いふりをするとかして、わたしが帰宅するまで時間を稼いでくれないか。頼むよ――でもって、にやっとしてウィンクをする。ぞっとしたな、あのウィンク。そして、男どうしだからわかるだろう、って付け加える。だけど、こっちは家具付きのしょぼいアパートメントで、読書かテレビ映画の鑑賞。あいつはとびっきりの美人と五つ星ホテルに泊まって、奥さんのおかげで稼いだ金で贅沢三昧。わかるだろう、って言われてもねえ。

でもね、わたしはそれで幸せだった。奥さんと一緒にいることができて、幸せだった。素晴らしい人だったんですよ。奥さんは傷ついていました。うん、とても傷ついていた。あいつはうまくごまかしているつもりだったけど、奥さんは全部お見通しだった。でも、いくら悩んでいても、それを他人には見せなかった。そして友人たちは男にしろ、女にしろ、顔を合わせたとたんに亭主の素行をあげつらうものだから、奥さんは付き合いを避けるようになった。最低な連中ですよ、人が苦しむさまを見て喜ぶなんて。一度なんか、わたしが運転しているときに、奥さんに向かって言ったんですよ。あら、知らないの？　ピンとこないの？　誰々は、おたくのご主人がカプリでこれこれの女といるところを見たそうよ。あら、誰それは、ソレントでその女とは違う人と一緒のところを見たんですって。奥さんは、興味がないわと笑い飛ばし、話題を変えました。でも、心はずたずたに引き裂かれていた。わたしにはわかります。

奥さんといるときは、おしゃべりをしました。おしゃべりをしてくれるのは、奥さんだけでした。ふだんは誰とも話しません。事務所はまさに毒蛇の巣ですからね。女を三人一緒にしておいたら、ガザ地区顔負けの紛争状態になるに決まってるじゃありませんか。関わりを持たないのが一番です。どのみち、わたしは夜遊びなどには興味がなく、静かに暮らすのが好きなんです。おしゃべりをしてくれるのは、奥さんしかいなかった。

一緒にいて、なにをしたかって？　金持ちと貧乏人という違いはあったけれど、ふたりとも孤独だった。少なくとも、なぐさめ合うことはできた。ええ、なぐさめ合っていたんです。いつしか、バニョーリの海辺に行くようになりました。テーブルが二つか三つだけの、バールというかキオスクというか、小さな寂れた店がありましてね。静かだし、奥さんの知り合いに出くわす恐れもない。買い物に行きたいから車を寄越してくれと、奥さんは亭主に頼む。するとあいつは、すぐにわたしを呼び、『リーノ、女房を買い物に連れていってくれ。なるたけ時間をかけるんだぞ』と言いつけて、例のウィンクをする。奥さんは笑っていましたよ。このときだけはわたしが主人に嘘をつくのよ、って。

店では、ずっと話をしていました。奥さんはいつも紅茶を飲みました。夏はアイスティー、冬はホットで。わたしがごちそうした。どうしても、そうしたかったんです。男は恋人に飲み物をおごるものでしょう？　たとえ、恋人が金持ちで、自分はからっけつでも。

あいつは金に困らないし、男前で魅力的だった。でも、まったく温かみがない。奥さんを骨までしゃぶることしか考えない。わたしは、奥さんに紅茶の代金さえも払わせようとしないのに。話しているときは、いつも手を握り合っていました。初めて手を握ったときのことをよく覚えています。奥さんのほうから握ってきたんですよ。わたしには、そんな度胸はありません。なんで我慢しているのか、と何度も訊きました。そうすると、悲しそうに『夫ですもの』って答えるんです。夫の行状は自分のせいだと思っていたんじゃないでしょうか。子どもができなかったし、自分がきれいじゃないせいだって。だけど、奥さんはとてもきれいでしたよ。刑事さんは奥さんと会ったことも、海を眺めているところやふいに笑うところを見たこともないでしょう。ものすごく、きれいでしたよ。

この一年は、奥さんにとって地獄だった。あの赤毛女のせいです。彼女はこれまでの愛人とは違っていた。いつもは、豪華な食事にすてきなホテル、翌朝は、胸糞の悪いウィンクをしてわたしに金とメッセージカードを渡して買いにいかせたバラの花束。そして、さっさと別れる。でも、あの赤毛女は違っていた。

あの女が仕事の話で初めて事務所に来たときに、ひと目でわかりましたよ。押しの強い、厚かましい女だって。フェスタは例によって鼻の下を長くし、女はごくふつうに笑みを返していましたが、わたしには猛獣が獲物を見つけたときの顔に見えましたね。だから、関係が続いても驚かなかった。

誰もかれもが先を争ってご注進に及ぶから、奥さんはすぐに気がつきました、気の毒に。そのうちに別れると思い込もうとしていましたよ。でも、そうは問屋が卸さなかった。

あの女は、どうあっても妻の座を手に入れようと固く決心していたんでしょう。以前のフェスタは、ひとときの情事を楽しんだあとは必ず奥さんのもとに戻っていました。ほかの女はただの暇つぶし、ちょっとしたお遊びの相手で、まだ老け込んじゃいないと自分にも他人にも思わせるための道具だった。いっぽう、奥さんはフェスタの心のよりどころだった。懐に飛び込んで、自分の弱みをさらけ出して甘えることのできる、母親みたいな存在だった。奥さんのほうは、亭主をふたりのあいだに授からなかった子どもみたいに感じていた。ほんとうの母親になった気がしていたのかもしれません。そして、子どもは母親を決して捨てない、と信じていたんじゃないかな。

　でもあの赤毛女は、お遊びの相手として扱われることに甘んじなかった。フェスタを欲しがった。フェスタのすべてを欲しがった。フェスタの社会的地位、金、知識が必要だった。フェスタはついに、自分の同類と出会ったってわけです。それも、自分より性質《たち》の悪い同類と。

　あの赤毛は悪賢くてね。フェスタをうまく操縦して、フェスタや気の毒な奥さんがどれほど恥をかこうがおかまいなしに、少しずつ自分の存在を表に出していった。まあ、女がこれほど強くなにかを望んだら、誰も手の打ちようがないんじゃないですか。

　ある日、奥さんに呼ばれていくと、泣きはらした目をしていました。前の晩、フェスタがなんの連絡もなく帰宅しなかったので電話をかけたところ、ほっといてくれと言われたそうです。そして、女の笑い声が聞こえたって。いつも行く海辺の店で、すっかり落ち込んで打ち明けたので、一生懸命なぐさめました。そうしたら、こう言ったんです。『あなたみたいな人を見つければよかった。自分と同じ世界の人たちが大嫌いだったから、違う世界にいる人を探したの。あなたみたいな人を見つければよかった』

そのときですよ、真剣に考え始めたのは。前は、夢にも思わなかった。奥さんは雲の上の人です。わたしみたいな男に目を留めることがあるなんて、夢にも思わなかった。でも、言った。そうでしょ？『あなたみたいな人を見つければよかった』たしかに、言った。だったら？

いつの日か遠くへ行ってしまいたいって、奥さんはよく言っていました。『ヤシの木と白い砂浜のある遠くの海へ行きたいわ。店員や美容院のシャンプー係がいかにもあこがれそうな場所よね。でも、わたしはそもそもシャンプー係なのかもしれない』奥さんはそう言って、笑った。そこで、いつか連れていってあげますよと言ったら、『だったら、昔アフリカから奴隷をアメリカに連れていったときみたいに、船倉に入っていかなくちゃね』と言ってまた笑いました。笑っているときの奥さんは、刑事さんには想像がつかないくらい、きれいでした。

そうこうするうちに、赤毛が事務所に押しかけてきたんです。フェスタのプライベートオフィスに入ってドアを閉めると、金切り声でわめき立てた。外まで聞こえてきましたよ。レアの顔といったら、見ものだったな。刑事さんも気づいたでしょうけど、フェスタみたいな男が興味を示すわけがないのに、熱を上げてますからね。それはともかく、こうわめいていましたよ。赤ん坊が生まれてくるのだから、これまでのような日陰の存在でいたくない。よぼよぼの奥さんが与えてくれなかった子どもを、あたしが与えてあげるのよ。よぼよぼの奥さん――頭の空っぽなインマときたら、吹き出したんですよ。腹が立ったのなんのって。世界一素晴らしい女性が、一物をズボンにしまっておけない亭主のせいでバカ女に嘲笑されるなんて、あんまりだ。

そのとき、決心したんです。少しずつ貯めた金はあったけれど、旅行の費用にはとても足りない。そこで、やむなく事務所の手形用口座から流用しました。手形は額面が大きいので口座には常に大金が入っています。一ヶ月くらい誰も気づかないだろうし、どうせそのころには遠くの砂浜にいる。ついに、幸せを手に入れてね。バニョーリの汚い浜で錆びたテーブルについていても幸せなくらいだ。きっと天国にいる気がしただろうな。

旅行者の名を差し替える期限を確認したうえで、フェスタの名で予約をしました。時間はたっぷりあった。あとは、奥さんに話すだけだった。

そのための好機、つまりフェスタが赤毛と過ごす週末を待ちました。そして、その土曜になるとふたりを送っていった。月曜まで戻らないことは承知していました。慎重に準備して、おだやかだがきっぱりした口調で奥さんに話すことにした。難しい選択ですよね、奥さんには。でも、選択しなくちゃならない。そうでしょう？　わたしたちだって、ささやかな幸せを手に入れる権利がある。そのためにはこの方法しかない。わたしたちだって、ささやかな幸せを手に入れる権利がある。

誠意のしるしにプレゼントを持っていこうと思い立ち、ドゥオモ通りにある店に行きました。いつも、奥さんのお供で行っていた店です。奥さんはスノードームが大好きで、〝ブー・ド・ネージュ〟と呼んでいた。一度、なんでそんなに好きなのかと訊いたんですよ。そうしたら、見つめていると現実には起こり得ない未来が頭に浮かび、それがほんとうのことのように思えてくるんですって。きれいだったな、微笑んでいるときの奥さんは。これ、さっきも言いましたっけ？

あのスノードームはね、奥さんを連れていきたい場所に似ているから選んだんです。そうやって、気持ちを伝えるつもりだった。奥さんだって、いつまでも自分を騙して、現実から目を背けているわけにはいかない。赤毛の愛人は亭主の子を身ごもっているんだから、亭主がいずれ去っていくのは、明らかじゃありませんか。

だったら、先手を打って出ていくほうがいい。奥さんの面倒はわたしが見るんだから、財産なんか全部亭主にやってしまえばいい。仕事を探すなり何なりして、どうにかするつもりでした。

奥さんは、すごく心配そうな顔をして、すぐにドアを開けてくれた。強風が吹き荒れ、波しぶきが五階まで達するほどだったから家にこもっていたんですよ。でも、すぐにドアを開けてくれた。そして真っ先に、夫になにかあったのかと訊いた。あのろくでなしのことを訊いた。幸先が悪いでしょ？　あの言葉を聞いたときに悟って、あきらめればよかった。そうすれば、奥さんはいまも生きていたし、わたしも自由の身でいられた。でも、自由の身でいても、なにをすればいいんだろう？

わたしは、こう答えた。ご主人は元気ですよ、わたしたちふたりを合わせたよりも元気なくらいです。例によって、ソレントの別荘に赤毛女とこもって、素っ裸でシャンペンを飲んでいます。赤毛女と生まれてくる赤ん坊、そしてあなたの金で作る幸せな家族の未来を想像しているんでしょうよ。きつい言い方ですが、目を覚まして現状を理解してもらいたかったんです。

奥さんは黙って聞いていました。強風と波しぶきが、なかに入れてくれと激しく窓を叩き、まるで映画の一シーンみたいだった。その音に負けまいと、わたしは声を張り上げた。

一緒に遠くへ行きましょう。わたしたちにも幸せになる権利がある。旅行の予約をしました。なにも持っていく必要はありません、身ひとつで来てください。わたしが全部面倒を見ます。奥さんは棚に飾ってあるスノードームに目を走らせた。あれを、見たでしょう？　国ごとに分けて並べた、百個はありそうなスノードームを。お祭りでジプシーが使う水晶玉みたいに、想像上の未来が詰まったスノードームを。

そうしたら奥さんは、主人がいなければ心にも未来にも幸せはない、と答えた。昔もいまも、愛している。主人はいつもわたしのもとに帰ってきた。今度も必ず帰ってくる。そうしたら、わたしは受け入れるわ。赤ん坊も一緒に。最後はお金で解決します。これまでもそうしてきたもの。気の毒だけど、どこにも行かないわ。お断りよ。

そして、背を向けた。

奥さんの言葉のせいだろうか、気の毒がったからだろうか、背を向けたからだろうか。ゴミみたいに捨てられた気がした。奥さんは背を向けた。背を向けて、歩み去ろうとした。わたしはゴミなのか？　ほんの少しの思いやりや、涙の一滴にも値しないのか？　かわいそうに、と嘆息もついてもらえないのか？

このとき湧きあがった激しい怒りは覚えているが、なにを考えていたのか思い出せないし、殺したことも覚えていない。でも、殺したことは間違いありません。

わたしは車に常備してある革手袋を嵌めたまま、ビニール袋と買ってきたばかりのスノードームを持って部屋の真ん中に立っていた。そして、奥さんは背を向けてドアのほうへ歩きだした。

立ち止まってもらいたかったのかもしれない。幻想の詰まったスノードームを持っていたくなかったのかもしれない。どうだったのかなあ。とにかく、それを投げつけた。いつものように枕に顔を埋めて泣くために、寝室へと歩み去る奥さんに向かって。

息絶えて倒れている奥さんを、どのくらい見つめていたのか覚えていません。それから急に怖くなって、どうしたものかと慌てて考え、目についた銀器をいくつか袋に放り込んで逃げ出し、ゴミ収集箱にそっくりそのまま捨てました。あとは低い塀《ムレット》に腰かけて、大波にさらわれてあの遠くの島まで流れていくことを願っていた。

そうすれば砂浜で奥さんに会えるような気がした。微笑んで待っている奥さんに会えるような気がした。

微笑んでいるときの奥さんは、とてもきれいだった。最高に。

奥さんはきれいだったって、もう話しましたっけ？

第五十三章

サンティッシマ・アヌンチアータ教区司祭のレオナルド修道士は、これ見よがしにため息をついた。

「なあ、テオドーロ、わたしたちは修道士なんだよ。それがわからないのかい？　毎日毎日、レストランにもない料理の名を並べ立てて、昼飯はなにがいいかと訊きなさんな。おまえさんの作りたいものを作るがいい。ただし、倹約を忘れんように。われわれの懐が寂しいのは、承知だろう」

　テオドーロ修道士は、毛の一本もない頭を掻いた。

「修道士はなにも食ってはいけないとでも？　規則はちゃんと尊重しているさ、レオナルド。食べていいもの、いけないもの、なるたけ肉を避けること、そしてできるだけ倹約すること。全部、承知している。だけど、たまにレンズ豆を出したって罰は当たらないだろう」

　身長一メートル五十センチ余のレオナルドが、がくりと肩を落とすとますます小さく見えた。修道院のコックと口論するのは、最悪だ。とりわけ、告解に訪れた信者が待っているいまは。

「そうか、では任せるよ、テオドーロ。わたしは告解を聴きにいかねばならん。そうそう、おまえさんも畑や台所にばかりいないで、たまには手伝ったらどうだね。でないと、待ちくたびれた信者が過去の罪の告白をする代わりに、新たな罪を犯しにいってしまうぞ」

　レオナルドとは対照的な腹の出た大男のテオドーロは、顔を赤らめた。

「あのな、告解を聴くのは……できればやりたくないんだ。何度も話し合ったじゃないか。なんだか、どぎまぎしてしまうんだよ。他人の家の一番暗い部屋を覗き見しているみたいで」

　小柄な修道士は法衣をまとう手を止め、眉を寄せて相手を見つめた。

「テオドーロ、よもや本気ではないだろうね。それは重大な罪だぞ。聴罪は司祭の誓約のひとつであり、神聖な義務ではないか。たしかに聴く側にしてみれば容易なことではないし、誰だって気が重くなる。だが、聴罪をしなかったらどうなる？　悩める魂を、誰がなぐさめるのだね？　信者が心の安らぎを得る手伝いを、誰がするのだね？　二度とそんなことは言わないでおくれ！」

テオドーロはしょんぼりして、うつむいた。

「たしかにそれは正論だけど、やっぱり勘弁してもらいたい。ほかのことなら、なんでもするよ。それに、ピエトロやロベルト、サムエルがいるじゃないか。どうしてもというときは手伝うけど、できることなら……」

レオナルドは、大きな図体に繊細な心を宿したこの男が気の毒になった。

「わかったよ、テオドーロ。心配するな。おまえさんの気持ちはよくわかった。なるたけやらないですむようにしよう。さて、行かなくては。昼飯は、おまえさんに任せる。いつもみたいに、うまいものを頼むよ。魂のみならず胃袋のためにも修道士になってよかったと、みなが思えるように」

広々とした教会の内部は、ひんやりしていた。外の猛烈な雨音はかすかに聞こえるのみで、巨大なステンドグラスからは灰色の光が射し込んでいた。レオナルドは、熟練した目で礼拝席を見渡した。毎日、午後になるとロザリオの祈りを少々唱えにきて暇つぶしをする、老女三人組。ギター二台を携えて日曜日の歌の練習にきた、若者グループ。祭壇からもっとも離れたところに設けられた告解所の近くで待つ、四人の信者。

レオナルドはスカーフをかぶった老女にウィンクをし、『ラウダート・シ』を練習する若者グループのところで足を止めてその努力を称え、しまいに告解を待つ人々のもとへ向かった。ため息が出た。テオドーロの言葉はあながち間違いとは言いきれない。各人が抱える苦悩や心の闇を受け止めるのを、重荷に感じるときもある。だが幸いにも、告解に来るのは顔見知りが多く、きょうも四人のうち三人がそうだった。ひとりは寡婦。いまだ捨てきれない性欲がみだらな夢を引き起こし、目が覚めた瞬間に深く恥じ入るという状態が何年も続いている。もうひとりは難しい思春期を過ごしている少年。信心深いが、ときに衝動に駆られて小動物の虐待や、落書きをしてしまう。三人目は、人妻。夫に隠れて、息子のほんとうの父親でもある隣人と不倫関係を続けている。ちょこっと祈りを捧げて魂を浄めては、また同じ軽微な罪を繰り返す、懲りない罪人《つみびと》たちである。

四人目は新顔だった。母親の服を着た幼児さながらに、ぶかぶかの法衣を引きずるようにして告解所へ向かうレオナルドは、ジョルジョ・ピザネッリを思い浮かべた。ひざまずいて祈りを捧げている男の姿勢か、あるいは苦悩に満ちた表情が、親友を連想させたのだろう。

寡婦と少年の告解を聴くあいだも、レオナルドはピザネッリのことが頭から離れなかった。妻が自殺をしたあと、ピザネッリは次第に生きる意欲を失い、周囲の人々と疎遠になっていった。実の息子と電話で話す回数さえ減り、たまに話しても会話が続かなくなった。ろくに思い出しもしなくなった人に近況を尋ねるなんてばつが悪くてね、とジョルジョは打ち明けたものだ。それに、病気のことも心配だ。いくら治療を勧めても突っぱねるのだから、始末が悪い。

レオナルドはジョルジョが大好きだった。親友が信仰に安らぎを求めようとしないのは痛恨の極みだが、むろん強要はできない。自分だったら、もう一度生きる意欲を奮い起こすか、すべてを捨て去るか、どちらかにする。〝偽装自殺〟の捜査への執念に負のエネルギーを与えられ、絶望しながらも意固地になって生きている親友のいまの状態は、どこか間違っている気がした。

新顔の男は深く息をついてひざまずき、告解を始めた。「神父さま、わたしは罪を犯しました。お赦しください」

男は何年も独り暮らしを続けており、数週間前まで仕事一筋で生きてきたがいまは退職し、友人も親戚もおらず、人付き合いはまったくないと言う。レオナルドは先ほどよりもっと強くジョルジョを思い出し、胸が疼《うず》いた。男は悲劇的な恋愛についても語った。職場の同僚と長年愛し合っていましたが、彼女には夫がいるので一緒になることはできませんでした。おまけに、彼女が突然亡くなってしまい、心に大きな穴が開きました。

大きな過ちを犯したことはありません。少なくとも、一般的な意味では。でも、最近は死にたいという思いを強く感じるのです。敬虔なクリスチャンですから、こうした思いを持つのが重大な罪であることは承知しています。自ら命を絶つ勇気などないし、そもそもこの命は自分のものではありませんしね。でも、神父さま、強く死を願い、神に祈りを捧げるたびに、神に祝福された一日を迎えるたびに、死を乞うことは神の意志に背く行為なのでしょうか？

ガスにしよう。レオナルドは決心した。この男には、ガスがいい。独り暮らしで、家には誰もいない。近所との交流はなく、会いにくる友人も電話をかけてくる人もいない。窓をきっちり閉めておけば、手遅れになるまで気づかれまい。

ジョルジョ、ジョルジョ、哀れな友よ。これがどれほど大きな恩恵であるか、おまえさんは理解できないのか？　沈黙と闇のなかで生き、思い出のひとつひとつが胸を刺す。こうした苦しい人生を終わらせたいと願う者が、重荷を取り除いてくれる人物と出会ったのだ。気の毒な人々が大罪を犯して魂を汚さぬように手を貸すことがいかに難しいか、わからないのか？　この究極の慈悲を施す者が彼らに天国を与えていることが、わからないのか？

新顔の男が孤独な身を悲しんで涙にくれるあいだ、レオナルドは天国の入口に立った自身を列を作って迎える天使たちのコーラスに思いを馳せた。わたしがやさしく寄り添って天国へ送った天使たち。最後の一歩を踏み出す勇気のなかった天使たち。地上に聖なる人のいたことを、口々に主に伝えることだろう。

レオナルドは低い声で赦罪を宣言し、法衣からペンと紙を取り出した。

「我が子よ、住所を教えておくれ。いくらかでも孤独が紛れるように、ときおり訪ねていきますよ」

第五十四章

オッタヴィアがそれを思いついたのは、昼を過ぎたころだった。

電話が引きも切らず鳴り、全国ネットのテレビ局のバンが多数駆けつけて正面玄関前を占領し、通行を妨げられた車のクラクションが雨のなかに響き渡るという大混乱が朝から続いていた。警備のグイーダ巡査は、大きなテレビカメラを担いだカメラマンを連れて右往左往する報道陣の整理で、大忙しだ。

加えて、県警本部は記者会見への出席をパルマ署長に要請してきた。犯人割り出しから逮捕に至るまでを発表せよ、とのことだった。頼み込んでそいつは勘弁してもらったよ、と署長は刑事部屋で語った。この成功は、わたしにはもったいない優秀な部下たちが結束した結果だ。記者会見は、慣れている者に任せておけばいい。なにも脚光を浴びたくて、仕事をしているわけじゃない。われわれは警官なんだ。

事件を直接担当したロヤコーノとアラゴーナの名は、内部報告書を除いては伏せておくことで、全員の意見が一致した。共同作業の成果という形にしておけば、分署の評価を上げる役に立つ。これでも分署を閉鎖するのか見ていようぜ、とアラゴーナは苦々しげに吐き捨てた。もっとも、テレビカメラの前に立ったら楽しかったろうな、と内心では残念がっていた。つまるところ、ロヤコーノは彼の何気ない言葉から、従業員たちがルッソの妊娠を知った可能性があることに思い当たり、被害者との駆け落ちを目論んだデ・ルーチャにたどり着いたのだから。

デ・ルーチャは自供書に署名をしたあと、弁護士を指名しなかったので公選弁護人があてがわれた。彼は自分自身の行く末にいっさい興味を示さなかった。フェスタには、パルマが犯人逮捕を報告した。フェスタは犯人の正体を知って驚愕し、また妻に起きた悲劇になにがしかの責任を感じているようだった。

午後一時近くになっても相変わらず鳴り続ける電話をむっつり眺めて、オッタヴィアは提案した。

「今晩、みんなでピッツァでも食べにいかない？　固定にしろ、携帯にしろ、電話の鳴らない店へ行きたいわ」

雨に濡れる窓の前に立っていたパルマが、声を上げた。

「いいねえ！　名案だ。言うまでもなく、わたしのおごりだ！」

ロマーノとピザネッリがうなずき、ディ・ナルドが言う。

「わたしも賛成」

ロヤコーノが言った。

「ぴったりの店を知っている。予約しておくよ」

アラゴーナが吹き出した。

「なんだよ、それ！　おれたちのなかで一番のよそ者が、ぴったりの店を知っている？　こっちは立つ瀬がないじゃないか」

レティツィアの店では、衝立《ついたて》でほかの席と仕切ったテーブルが用意されていた。パルマは誰を連れてきてもよいと言ったが、全員が単独で現れた。

これなら刑事部屋にピッツァを配達してもらっても同じだ、警官とはなんとわびしく孤独なものよ、とアラゴーナは嘆いた。アメリカのテレビドラマの台詞を借りたとおぼしき言い種は「バカ野郎！」のコーラスを引き起こした。オッタヴィアは、夫を連れてこなかった理由をパルマに訊かれると、誘わなかったと正直に言うのははばかられ、頬を赤らめて答えた。家で息子と一緒にいたいそうです。

レティツィアは細やかな気配りをして、刑事たちを存分にもてなした。ギターを弾いて方言で歌う声に刑事たちは聞き惚れ、拍手喝采《かっさい》を送った。ロヤコーノは、彼女が自分を見る目つきを一度ならず冷やかされ、毎晩夕飯を食べにきているうちに友人関係になったことを話した。

「これを毎晩食っているのに、体重百五十キロにならないのか？」ピザネッリはあきれ返り、パンをもうひと切れラグーに浸した。

「なんでさっさとベッドに誘わないんです、警部？」アラゴーナはほかの客の相手をしているレティツィアの豊かな胸に見とれながら遠慮のない質問をぶつけて、ロマーノに小突かれた。

「なんだよ？　なにがいけない？　彼女は親切で料理がうまいうえに超美人で、警部に首ったけじゃないか。ロヤコーノ警部は司祭じゃなくて警官なんだしさ！」

ロヤコーノが反論する。

「友情は美しいものだぞ、アラゴーナ。壊してはいけない」

ディ・ナルドがぼそぼそと言う。

「セックスをしたって、友情は壊れないわ。セックスは、コミュニケーションの一種よ」

ロヤコーノはふと、ラウラ・ピラースを思い浮かべた。コミュニケーションの一種か。そう言えば、マリネッラはここ数日電話に出ない。しかたない、あした妻に電話をして様子を聞こう。なにも起きていなければいいのだが。

最高の料理とうまいワイン、音楽と三拍子そろった打ち上げは和気あいあいと進行し、予想外の大成功を収めた。

ほろ酔い加減のアラゴーナが立ち上がる。

「おれたちはまだ、『ピッツォファルコーネ署のろくでなし』と呼ばれるんだろうか？　いや、そう呼ばれたほうがいいや。なんか、かっこいい。ついでに、仲間内ではあだ名で呼ぶことにしよう。タフな警官ぽくっておもしろい。ロヤコーノ警部は中国人《チネーゼ》で、ロマーノは……」ロマーノの背中を叩く。「ハルクだ！」

ロマーノがじろりと睨む。

「やめとけ。さもないと、『あほんだら』と呼ぶぞ」

みなが腹を抱えて笑っているところへ、ラウラ・ピラースが店に入ってきて男性客全員の注目を集めた。明るいブルーのジーンズにブーツ、白のブラウスの上にブルーのレインコートというスポーティーな装いに加えて髪をポニーテールにしているために、いっそう若々しく見える。

「チャオ！　邪魔だったかしら」

パルマは即座に席を立って、彼女の前へ行った。

「大歓迎ですよ、検事補！　さあ、こちらへ。いまなにか持ってきてもらいます」

「食事はすませたから、ご心配なく。ワインを一杯、いただこうかな」

レーダーでも備えているのか、レティツィアがふいに現れた。長身でグラマーな店主と小柄でセクシーなサルデーニャ人の検事補は笑顔で向かい合った。ふたりのあいだに散った火花を感じ取ったのは、オッタヴィアただひとりだった。初めて顔を合わせたふたりだが、互いについてはロヤコーノから聞いて知っている。

レティツィアは言った。

「ご注文は、シニョーラ？」

「いいえ、すぐ帰るのでけっこうよ」刑事たちのほうを向く。「話しておきたいことがあって、寄ったのよ。きょうの午後、今回の事件についての内輪の会議が県警本部で開かれ、ピッツォファルコーネ署の存続と、いまのメンバーを維持することが決まったの。パルマ署長、正式な通達は数日以内に届きます。よかったわね。わたしもうれしいわ」

大きな拍手が起こり、ほかの客が何事かと顔を振り向けた。

打ち上げは終了し、挨拶を交わして散会となった。彼らは友人どうしではないし、これから先もそうならないかもしれない。だが、連帯感が生まれたことは間違いない。

店を出るなり、ピラースはロヤコーノに言った。

「車で来たから、送っていくわ」

レティツィアはまだ店にいる客の相手をするふりを装って、ふたりの様子を窺った。帰りしなに頬にキスをされたときはうれしかったが、こうして小柄ながら胸の大きな、うるんだ瞳の女と話しているのを見ると、胸が締めつけられた。

ロヤコーノは、あたりを見まわした。難攻不落で知られる垂涎《すいぜん》の的、ピラース検事補と夜に連れ立って帰るところを見られたら、みんなに、とりわけアラゴーナにさんざん冷やかされる。周囲に誰もいないことを確認して、うなずいた。そしてレティツィアの心を引き裂いたことを知る由《よし》もなく、ピラースと歩み去った。レティツィアはそのうしろ姿を見送って固く心に誓った。女の闘いが始まるのなら、一歩も引くものか。

黙りがちなふたりを乗せて、車は雨のなかを進んだ。アラゴーナの運転に三日間付き合ったロヤコーノには、ピラースの交通規則を守った滑らかな運転がじつに快かった。同時に、ギアを入れ替えるたびに腿に軽く触れるピラースの手を、意識しないではいられなかった。

雨に煙る街灯に照らされる彼女の横顔を、ロヤコーノはちらちら眺めた。忘れていた過去のなかから再発見したみたいに、目新しくもあり、どこかなつかしくもある。

ピラースは、一瞬道路から目を離してロヤコーノに向けた。

「どうかした？　なんで、見ているの？」

ロヤコーノは、家に着いたときのことで頭がいっぱいで、返事をしなかった。上がっていくように勧めるべきだろうか、彼女はなんと答えるだろうか。キスをしてもいいものか。それに独り暮らしとあって冷蔵庫には余り物しか入っていないし、洗濯物が散乱している。でも、幸い白ワインが一本冷えている。

ちょうど雨が激しくなってきたときに、ついに到着した。

「玄関まで行くわ。傘を持っていないんでしょう」ラウラはそう言ってロヤコーノの心配を先延ばしにした。ふたりは笑いながら次々に水たまりを飛び越えて、道路を横断した。

共同玄関に入ったときも、理由もなく笑い続けていた。だから、階段の下にたたずんでいる黒い人影に気づかなかった。

人影は、蛍光灯の投げかける明かりの下に進み出た。

そして、アーモンド形の目でロヤコーノを見つめた。

「チャオ、パパ」

解説

吉野　仁

イタリア人作家マウリツィオ・デ・ジョバンニによる警察小説シリーズの第一作『P分署捜査班　集結』の登場だ。〈P分署〉を略さずにいうと、〈ピッツォファルコーネ署〉。二〇一三年に刊行されたこの作品はシリーズ化され、現在までのところ八作が発表されている。二十一世紀の〈87分署〉を意図して書かれたシリーズである。

長年の海外ミステリのファンであればご存じだろうが、〈87分署〉とは、アメリカ人作家エド・マクベインにより、一九五六年から二〇〇五年まで、およそ半世紀にわたって書き継がれた大河警察小説のことだ。ひとつの警察署を舞台に、多発する事件の捜査活動を丹念に追うと同時に、働く刑事たちの横顔やその人生を生き生きと描き出したシリーズである。世界中で人気を博し、警察小説のひとつの原型として確立され、そのスタイルを受け継いだ作品が数多く生まれた。スウェーデンの夫婦作家マイ・シューヴァルとペール・ヴァールーによる〈マルティン・ベック〉シリーズを筆頭として、影響下にある警察小説は枚挙にいとまがない。〈87分署〉は、ニューヨークをそのままモデルにしたアイソラという架空の街を舞台にしているが、Isolaとはイタリア語で島のこと。マクベイン自身、イタリア系アメリカ人だ。

その〈87分署〉スタイルによる警察小説が、ここではイタリアのナポリを舞台に展開していく。おそらく大半の日本人がイメージするのは、風光明媚な観光地としての港湾都市ナポリにちがいない。とくに世界遺産に登録された歴史地区は、大聖堂、教会、古城など、名だたる建造物がそびえたち、世界中から多くの人々が訪れている。海に面している一方で、丘へ登るケーブルカーが四線通っているなど、交通や地形の面でも興味深い。そのほかピザの発祥地であり、海の幸に恵まれていることなどあわせて、食文化も充実している街だ。まさに「ナポリを見てから死ね」である。

もちろん、多くの人たちが暮らす大都会でもある。ローマ、ミラノに次ぐイタリア第三の都市であるナポリは、南イタリアにおける政治と経済の中心地として中世から栄えてきた。現在、都市圏の人口は約三〇〇万人。とうぜん日々さまざまな犯罪や事件が起こっているだろう。また、イタリア四大犯罪組織のひとつ、カモッラがこの地を拠点に暗躍しており、ゴミ回収処理業を牛耳っていることなどで知られる。

本作に登場するピッツォファルコーネ署は、ナポリのもっとも治安の悪い地域を管轄としている分署である。警察署そのものは架空の存在だが、ナポリの旧市街には〈ピッツォファルコーネの丘〉と呼ばれる場所が実在する。ナポリ王宮の正面には、プレビシート広場を挟んでサン・フランチェスコ・ディ・パオラ聖堂があり、その聖堂の裏手がピッツォファルコーネの丘なのだ。この分署が管轄しているのは、スペイン地区の一部から海岸通りまでだという。そこには大きく分けて四つの階層の人が暮らしている。貧困層、ホワイトカラーの中産階級、アッパーミドル、そして裕福な人たち。すなわちイタリアの都市に見られる階層社会の縮図がここに描き出されるということだ。おそらく治安の悪いスペイン地区あたりは貧しい人たちが多く、海岸通りになると富裕層が暮らす高級住宅が集まっているのだろう。

このシリーズ最大の特徴は、なによりも〈P分署捜査班〉の個性豊かな警察官たちで、いわゆるはみだし刑事が集められた形となっている。そもそもピッツォファルコーネ署の捜査班には四人の刑事がいたが、押収したコカインを横領し密売したことで逮捕されてしまい、その責任を問われて当時の署長は辞職に追い込まれ、署は閉鎖されようとしていた。だが、上層部は市内の大規模な四つの分署に要請し、新署長を招き入れたほか、捜査畑の人員を転任させることで分署を存続させようとした。そこで新たに着任したのが、ジュゼッペ・ロヤコーノ警部を筆頭に、フランチェスコ・ロマーノ巡査長、アレッサンドラ・ディ・ナルド巡査長補、マルコ・アラゴーナ一等巡査といった面々。それぞれに優れた警察官でありながら、みなかつて勤めていた署で問題児として知られた連中ばかりだった。さらに新署長となったルイージ・パルマに、長年、P分署に勤める古株のジョルジョ・ピザネッリ副署長と、コンピューターが得意なオッタヴィア・カラブレーゼ副巡査部長をあわせた七名が中心となって事件捜査を進めていく。

まず、ロヤコーノ警部は、『クロコダイル事件』での活躍で名をあげたものの、一方でマフィアに情報を流したという真偽不明の汚点を背負う刑事である。別居中の妻と娘がいる。あだ名が中国人《チネーゼ》なのは、普段からまったく表情を変えないため東洋人のように見える外見からきたものだ（容姿は〈87分署〉シリーズのキャレラ刑事を彷彿《ほうふつ》させる）。陰でハルクとあだ名されるロマーノ巡査長は、ひとたび激昂すると自制心を失い、暴力沙汰を起こすことが何度もあって問題視されていた。ディ・ナルド巡査長補は、無口で大人しい女性だが銃器を好み、射撃試験では最高点をたたき出すほどの腕前だ。しかし、前任の分署内で自分の銃を発砲し、騒ぎになった過去がある。アラゴーナ一等巡査は、かっこうつけた若造で車の運転が荒っぽいスピード狂、人工日焼けの肌を見せつけ、いつもサングラスをかけたりはずしたりしている。彼らは〈ピッツォファルコーネ署のろくでなし刑事〉たちと呼ばれることとなる。

章ごとに視点人物は移り変わり、事件の捜査模様だけではなく、刑事それぞれの個人的な生活や悩みが次第に浮き彫りになっていく。そのうちシリーズの中心となっているのは、ロヤコーノ警部である。じつは本作のまえに発表された *Il metodo del coccodrillo*（英題：*The Crocodile*）で初登場。作中で何度か語られる『クロコダイル事件』の物語だ。つまり本作『集結』は〈P分署捜査班〉シリーズとしては第一作だが、〈ロヤコーノ警部〉シリーズとしてみると第二作と数えることができる。*Il metodo del coccodrillo* は、ロヤコーノがP分署に赴任する以前の物語で、本作と共通する登場人物はロヤコーノのほかにラウラ・ピラース検事補とパルマ署長のみなので、いわば〈P分署捜査班〉シリーズにとって前日譚のような作品なのだ。

さて、問題児ばかりが集まった〈P分署捜査班〉が扱う最初の大きな事件は、公証人の妻殺しである。海岸通りにある超高級住宅街に住んでいた女性が遺体となって発見された。第一発見者はお手伝いで、殺人に使われた凶器は彼女が趣味で大量に集めていたスノードームのひとつだった。ロヤコーノ警部たちは、さっそく夫であるフェスタに伝えるため公証人事務所へ向かったが、そのとき本人はおらず連絡がとれなかった。カプリで行われた会合のため出張していたのだ。やがてフェスタが現れた。妻が殺された事件のことを伝えると、じつは行き先に関して嘘をついていたと告白する……。

異様な凶器、不審な夫婦関係など、捜査当初から事件の怪しげな面が現れてくる。そもそも本作は第一章の書き出しから風変わりだ。正体不明の人物から「あなた」にむけた詩的な告白であり、とても謎めいている内容である。ほかにも、自宅の窓から向かいの家を観察するのが趣味の老女による通報の場面をはじめ、さまざまな視点から語られていくのも本作の特徴といっていい。一連の警察捜査の行方を追いながら、都市に暮らす人たちのさまざまな問題――老い、孤独、自殺、格差、貧困といった負の側面が浮き彫りになっていくのだ。

また、スノードームという飾り物を物語のテーマとしているのも本作の興味深いところである。とてもロマンチックな要素が感じられる飾り物が凶器になることで、事件に独特な色合いが生まれる。「イタリアは愛と情熱の国」というのも単なる型どおりのイメージかもしれないが、このイタリア人による警察小説の背後には、独特の感性や歪んだ情熱が潜んでいるように思う。英米仏の作品とは趣の異なる感覚だ。もしかするとシリーズを追うごとにこうした特徴が明らかになっていくかもしれない。

作者のマウリツィオ・デ・ジョバンニは、一九五八年にナポリで生まれた。ナポリ銀行で副支店長まで務めた銀行員だったが、二〇〇五年に、ある文学コンテストで優勝したことがきっかけで作家となり、二〇〇六年 *Le lacrime del pagliaccio*（別題：*Il senso del dolore*）で本格的にデビューを果たした。〈リチャルディ警視〉シリーズの第一作だ。これは、ムッソリーニ首相による独裁政治の時代、三〇年代初頭のナポリを舞台に、ナポリ王立警察本部の刑事リチャルディを主人公にしたものである。このシリーズは、現在まで十二作発表されている。その後、二〇一二年に、現代ものの警察小説 *Il metodo del coccodrillo* を発表し、この作品で同年ジョルジョ・シェルバネンコ賞を受賞している。シェルバネンコは一九四〇年代から六〇年代にかけて活躍したイタリアを代表するミステリ作家である。そして二〇一三年に本作を発表し、〈P分署捜査班〉シリーズを書き続けている。なお、〈P分署捜査班〉シリーズは二〇一七年にイタリアのテレビ局 Rai 1 で連続ドラマ化され、今年二〇二〇年はシーズン3が制作中だ。

これまで現代イタリアのミステリが日本で紹介されることは少なかったが、近年はサンドローネ・ダツィエーリ『パードレはそこにいる』にはじまる三部作、もしくはロッコ・スキャヴォーネ副警察長を主人公にしたアントニオ・マンジーニ『汚れた雪』など、邦訳が続いている。本作も含めたこれらの作品は、英語やフランス語などにも訳され、世界中へ紹介されているようだ。まだ数は少ないが、一連の現代イタリア・ミステリを読むと、本作を含め、強烈な個性を放つ型破りな刑事が登場する作品が目立つ。そしてみな欠点や悩みを抱えた人間臭い連中ばかりだ。また、殺人事件の向こう側に横たわる複雑な人間模様、とくに愛憎劇の深さを感じさせられるのも共通するところなのかもしれない。

すでにシリーズの第二作、*Buio*（英題：*Darkness*）の邦訳も決まっているという。この先、〈P分署捜査班〉シリーズがいかなる変化を遂げていくのか、ろくでなし刑事たちがどのような事件を追い、彼らの人生がどうなっていくのか、愉しみに待ちたい。

●ジュゼッペ・ロヤコーノ警部登場作品リスト

1 Il metodo del coccodrillo（2012）
2 I bastardi di Pizzofalcone（2013）『P分署捜査班 集結』（創元推理文庫）**本書**
3 Buio（2013） 創元推理文庫近刊
4 Gelo（2014）
5 Cuccioli（2015）
6 Pane（2016）
7 Souvenir（2017）
8 Vuoto（2018）
9 Nozze（2019）

検印
廃止

訳者紹介　東京生まれ。お茶の水女子大学理学部卒業。英米文学翻訳家。主な訳書、ローザン「チャイナタウン」「ピアノ・ソナタ」、フレムリン「泣き声は聞こえない」、テイ「ロウソクのために一シリングを」など。

P分署捜査班
集結

2020年5月29日　初版

著　者　マウリツィオ・
デ・ジョバンニ
訳　者　直《なお》　良《ら》　和《かず》　美《み》
発行所　(株)　東京創元社
代表者　渋谷健太郎

162-0814/東京都新宿区新小川町1-5
電　話　03・3268・8231-営業部
03・3268・8204-編集部
URL　http://www.tsogen.co.jp
萩原印刷・本間製本

乱丁・落丁本は、ご面倒ですが小社までご送付ください。送料小社負担にてお取替えいたします。

©直良和美　2020　Printed in Japan

ISBN978-4-488-29604-9　C0197

2002年ガラスの鍵賞受賞作

MÝRIN◆Arnaldur Indriðason

湿地

アーナルデュル・インドリダソン
柳沢由実子 訳 創元推理文庫

◆

雨交じりの風が吹く十月のレイキャヴィク。湿地にある建物の地階で、老人の死体が発見された。侵入された形跡はなく、被害者に招き入れられた何者かが突発的に殺害し、逃走したものと思われた。金品が盗まれた形跡はない。ずさんで不器用、典型的なアイスランドの殺人。だが、現場に残された三つの単語からなるメッセージが、事件の様相を変えた。しだいに明らかになる被害者の隠された過去。そして肺腑をえぐる真相。

全世界でシリーズ累計1000万部突破！　ガラスの鍵賞２年連続受賞の前人未踏の快挙を成し遂げ、CWAゴールドダガーを受賞。国内でも「ミステリが読みたい！」海外部門で第１位ほか、各種ミステリベストに軒並みランクインした、北欧ミステリの巨人の話題作、待望の文庫化。

とびきり下品、だけど憎めない名物親父
フロスト警部が主役の大人気警察小説

〈フロスト警部シリーズ〉

R·D·ウィングフィールド◎芹澤 恵 訳

創元推理文庫

クリスマスのフロスト
フロスト日和《びより》
夜のフロスト
フロスト気質《かたぎ》 上下
冬のフロスト 上下
フロスト始末 上下

刑事オリヴァー&ピア・シリーズ

TIEFE WUNDEN◆Nele Neuhaus

深い疵《きず》

ネレ・ノイハウス
酒寄進一 訳　創元推理文庫

◆

ドイツ、2007年春。ホロコーストを生き残り、アメリカ大統領顧問をつとめた著名なユダヤ人が射殺された。

凶器は第二次大戦期の拳銃で、現場には「16145」の数字が残されていた。

しかし司法解剖の結果、被害者がナチスの武装親衛隊員だったという驚愕の事実が判明する。

そして第二、第三の殺人が発生。

被害者らの過去を探り、犯行に及んだのは何者なのか。

刑事オリヴァーとピアは幾多の難局に直面しつつも、凄絶な連続殺人の真相を追い続ける。

計算され尽くした緻密な構成&誰もが嘘をついている&著者が仕掛けた数々のミスリードの罠。

ドイツミステリの女王が贈る破格の警察小説!